李峤研究

河北省社会科学基金项目

吴萱 著

河北大学出版社
·保定·

李峤研究

LI QIAO YANJIU

出 版 人：朱文富
责任编辑：郝 健
装帧设计：杨艳霞
责任校对：牟 霖
兰彩红
责任印制：常 凯

图书在版编目（CIP）数据

李峤研究 / 吴萱著 . -- 保定 ：河北大学出版社，2021.11
ISBN 978-7-5666-1934-1

Ⅰ . ①李… Ⅱ . ①吴… Ⅲ . ①李峤－文学研究 Ⅳ . ① I206.42

中国版本图书馆 CIP 数据核字 (2021) 第 228232 号

出版发行：河北大学出版社
地址：河北省保定市七一东路 2666 号 邮编：071000
电话：0312-5073019 0312-5073029
邮箱：hbdxcbs818@163.com 网址：www.hbdxcbs.com
经 销：全国新华书店
印 刷：河北纪元数字印刷有限公司
幅面尺寸：170 mm × 240 mm
印 张：16
字 数：260 千字
版 次：2021 年 11 月第 1 版
印 次：2021 年 11 月第 1 次印刷
书 号：ISBN 978-7-5666-1934-1
定 价：80.00 元

序

李峤是初唐武后与中宗时期台阁名臣、诗人，出身于赵郡李氏，近年来学界对其不乏关注，取得了可观的成果，不过还缺乏系统性的研究，有待深入与细化。吴萱的博士论文《李峤研究》在学界已有成果的基础上，详细解读作品与史料，对李峤的家世生平、交游思想、诗文题材、艺术风格以及版本著录，进行了全面、系统且较有深度的研究，时有新见，拓展空间不小。

该成果创获颇多，略举数例。

其一，关于李峤家世生平等方面的梳理和探究，态度中允可信。

李峤是初唐武后与中宗时期较有影响的人物，他生于唐太宗贞观年间，成长于名门望族赵郡李氏，其家族代传儒学，先世代为著姓，有着良好的家世、深厚的家学渊源。李峤十五通五经，弱冠擢进士第，举制策甲科，历仕高宗、武后、中宗、睿宗、玄宗五朝，曾三知政事，也曾数度被贬，卒于庐州别驾贬所。其一生可谓宦海沉浮，命途多舛。然而，由于其先是谄媚武后，继而依附二张及武三思，之后又追随韦氏一党，其为人为官多受人诟病。史家之评价，褒贬兼而有之，贬抑者居多。作者立足于史书记载，对其是非功过给予了较为客观的评价。

其二，关于李峤诗文作品的类型化分析，多层面展开，解读有新意、有深度。

在初唐文人之中，李峤传世的诗、文作品数量是相当可观的。由于其一生位极人臣，并以文学见知于武后、中宗，加之多扈从侍宴游幸机会，且朝廷大手笔，皆主命为之，因而一直被目为宫廷御用文人。其诗歌除 120 首单题咏物诗外，尚有半数为应制之作，其文则大多为表疏制册碑志等案牍公文之类，诗文内容难免谀美颂德，殊乏情采。

李峤之诗尽管多咏物、应制、酬赠唱和之作，然而总体风格典丽，善于隶事用典，其咏物诗作体物浏亮，应制诗富丽典雅，边塞诗意境开阔，送别诗情景交融，咏怀诗疏宕有致，总体表现诗由初唐向盛唐过渡的特征。李峤于律诗声律的定型，亦有非常重要的贡献。其诗不仅对仗工整，还有流水对的成功运用，使诗歌显示出灵动之美。

李峤之文绝大多数为骈体文，内容十分丰富，不仅有大量表制之类公文，亦有鸿篇巨制的碑文墓志，以及彰显其性情的赋与书等文体。其表题材丰富，种类繁多，语言得体，表意明晰；其制则呈现明显程式化特征；其碑文皆鸿篇巨制，尽管多歌功颂德之语，却气势恢宏，不同凡响；其赋与书尽管数量不多，却能够体现其性情，颇具文学色彩。总之，其文总体典雅华丽，诚有“文章宿老”之风。

吴萱对李峤之诗文题材、艺术风格等的深入与细化研究，其重要的学术价值是显而易见的。

其三，关于李峤人格面貌，史评纷纭其说，作者多有考论，且说服力很强。

所谓“李公有三戾”之论，所谓“苏瓌有子，李峤无儿”之说，多见于野史、笔记，类似说法成了后世批评李峤人品的依据。作者多所检索、挖掘史料，认真甄别真伪，小心求证，遂往往有一得之见。重材料、重史实，才能真正知人论世，才能避免人云亦云的人物褒贬误区。

该博士论文在匿名评审环节中，同行评议专家既肯定了取得的许多成绩，同时也指出了某些不足。对于专家们的指导意见，作者经过反复思考，在若干方面予以了认真修正、打磨，此番成书较之原稿已有明显进步。倘若求全责备，我以为还有尚需继续拓展的余地，诸如对初唐文学生态的整体把握，燕赵地域文化对李峤诗文特别是对其诗歌创作的影响，类似问题如能获得更为深广的研究，该论著或将更能满足阅读期待。

总体来看，《李峤研究》多有可圈可点之处，其不事空谈、稳健求实的朴素文风，尤其令人欣喜。其书稿即将付梓，著者要我撰序，作为导师略陈数语如斯，亦借此向吴萱博士表示祝贺。

姜剑云

辛丑仲夏于古城保定

目　录

引 言

李峤（645—714），字巨山，出身唐代赵郡李氏之东祖房，初唐武后、中宗时期台阁名臣、诗人，文坛领袖，赵州赞皇（今河北赞皇）人。曾历仕唐高宗、武后、中宗、睿宗、玄宗五朝。他早年才名远播，中年官居高位，“弱冠举进士，累转监察御史”，曾三知政事（“知政事”系官名，唐朝宰相职衔名义），封赵国公，亦曾数遭黜，晚年颠沛流离，最终“为庐州别驾而卒”①，可谓命途多舛，宦海沉浮。在文学才能方面，他“为儿时，梦人遗双笔，自是有文辞，十五通《五经》，薛元超称之。二十擢进士第”，武后时期更是“每有大手笔，皆特命峤为之”。而且他“富才思，有所属缀，人多传讽。……然其仕前与王勃、杨盈川接，中与崔融、苏味道齐名，晚诸人没，而为文章宿老，一时学者取法焉”②。他与同乡苏味道并称“苏李”，与崔融、苏味道、杜审言并称“文章四友”。曾主持编纂了1300卷的大型类书《三教珠英》（惜已佚)。《全唐诗》卷五七—卷六一存诗209首，当为初唐时期诗歌保留最多的一位诗人。《全唐文》卷二四二—卷二四九存文8卷，《唐文拾遗》1篇，共计160篇。有《评诗格》1篇，旧题为其所撰。总而言之，无论于政坛还是文坛，李峤在当时都曾具有相当的影响，是初唐武后、中宗时期宫廷文坛的重要成员。

李峤的生平仕历、交游思想以及政治主张等，除《旧唐书》《新唐书》本传外，散见于两《唐书》及《资治通鉴》《朝野佥载》《唐会要》《册府元龟》等各类文献中。作为武后、中宗朝的台阁重臣，其有更多扈从游幸、侍宴的机会，因而一直被后世目为宫廷文人，其诗歌除120首单题咏物诗之外，有40余首应制诗作，其文中数量最多的则为“表”“制”之类公文。或许是由于其御用文臣

① ［后晋］刘昫等：《旧唐书》，中华书局1975年版，第2995页。

② ［宋］欧阳修、宋祁：《新唐书》，中华书局1975年版，第4371页。

的身份，抑或其诗文作品“重技巧而乏情思，藻丽有余而雄浑不足”① 的特点，也可能是因为其先谄媚武后，依附张易之兄弟，继而追随韦氏，以及“性好荣迁，憎人升进；性好文章，憎人才笔；性好贪浊，憎人受赂”② 的所谓“三戾”被人诟病，更重要的是其诗文尽管有很高的成就却远远无法与盛唐那些大家相比，总而言之，至今学界对其研究尚不够深入和全面。因此，笔者认为：

第一，在武后、中宗朝的文坛和政坛上，李峤是一位具有相当影响力的重要人物，然而在 20 世纪 90 年代以前，几乎没有对其进行研究的专文，更不用说专门的论著了，即便在文学史中有所提及，也往往是将其放在“文章四友”中简单地一笔带过，对其缺乏专门性研究。这种状况在近些年来，尤其在进入 21 世纪之后有了明显的改观，目前学界已先后涌现出一批具有开拓意义的研究成果，如见于各类学术期刊的专文 20 余篇，以李峤及其诗歌、声律，特别是 120 首咏物诗作为研究对象的硕士学位论文 9 篇，还出版了《李峤诗注　苏味道诗注》（徐定祥注）、《苏味道　李峤年谱》（陈冠明著）两部专著。通过这些成果可以看到，李峤在初唐诗坛的地位及价值已经越来越受到学界的关注，但是迄今为止，还没有专门对其生平仕历、交游思想、诗文作品进行全方位、系统深入研究的论著出现。因此，笔者试图在前人成果的基础之上，对李峤其诗、其文、其人做一个尽可能全面、系统、深入的研究，以期填补相关领域的空白。

第二，李峤历仕唐高宗、武后、中宗、睿宗、玄宗五朝，历任安定小尉、长安尉、监察御史、给事中、润州司马、凤阁舍人、麟台少监等职。武周时期，依附张易之兄弟。中宗年间，依附韦皇后和梁王武三思，官至中书令、特进，封为赵国公。睿宗时，贬为怀州刺史，以年老致仕。玄宗时，再贬滁州别驾，迁庐州别驾。开元二年（714）病逝于庐州，终年七十岁。其一生三度拜相，数度遭贬，最终卒于庐州别驾，生前仕途多舛，宦海沉浮。死后亦饱受争议，赞美者有之，贬斥者亦有之：“李公实神敏，才华乃天授。睦亲何用心，处贵不忘旧。故事遵台阁，新诗冠宇宙。在人忠所奉，恶我诚将宥。南浦去莫归，嗟嗟

① 袁行霈主编：《中国文学史》，高等教育出版社 1999 年版，第二卷，第 226 页。

② ［唐］刘悚、张鷟撰，程毅中、赵守俨点校：《隋唐嘉话　朝野佥载》，中华书局 1979 年版，第 98 页。

蔑孙秀”[①]（张说《五君咏·李赵公峤》；“李公有三戾：性好荣迁，憎人升进；性好文章，憎人才笔；性好贪浊，憎人受赂”[②]。张说、张鷟与李峤几乎同处一时，然而二人对他的评价却天壤之别。纵观两《唐书》本传及其他相关文献，李峤被人赞颂之处的确很多，如“事母以孝闻”，如敢于为狄仁杰等仗义执言，不惧酷吏来俊臣，终致“忤旨，出为润州司马”（《旧唐书》本传），甚至曾以一介文弱书生，当（唐）“高宗击邕、岩二州叛獠”之时，不仅“诏监其军”，而且“入洞喻降之，由是罢兵”[③]等。而其被人诟病之处亦不在少数，先是阿谀武后，依附张易之兄弟，继而奉迎韦后、梁王武三思、太平公主，以及中宗时的“志欲曲行私惠，冀得复居相位，奏置员外官数千人。至是官僚倍多，府库减耗”[④]等。因而，本书试图立足于史籍文献，通过对李峤思想及复杂人格的深入探究，对其为人、为官、为文尽量给予客观、公允、准确的评价，进一步展现特定历史时期动荡的政治环境中文人的独特心态。

第三，关于李峤的著述，据《旧唐书》本传记载，“有文集五十卷”[⑤]；《旧唐书·经籍志》作三十卷[⑥]；《新唐书·艺文志》作五十卷、《杂咏诗》十二卷、《军谋前鉴》十卷[⑦]；《宋史·艺文志》著录《李峤诗》十卷，《李峤新咏》一卷，《军谋前鉴》十卷[⑧]；晁公武《郡斋读书志》卷四上著录《李峤集》一卷，云“《集》本六十卷，未见，今所录一百二十咏而已，或题曰《单题诗》，有张方注”[⑨]。在敦煌文献中也发现了李峤诗之相关材料，即“斯五五五”“伯三七三八”号残卷。

《全唐诗》卷五七—卷六一收录李峤诗5卷计209首，加上陈尚君《全唐诗

① 中华书局编辑部点校：《全唐诗》（增订本），中华书局1999年版，第930页。

② 《隋唐嘉话　朝野佥载》，第98页。

③ 《新唐书》，第4367页。

④ 《旧唐书》，第2995页。

⑤ 《旧唐书》，第2995页。

⑥ 参见《旧唐书》，第2075页。

⑦ 分别见《新唐书》第1600、1609、1551页。

⑧ 参见［元］脱脱等：《宋史》，中华书局1977年版，第5279、5330、5332页。

⑨ ［宋］晁公武：《郡斋读书志》，文渊阁四库全书本，台湾商务印书馆1986年版，第674册，第249页。

补编》所辑录的一首《钱》，共计210首。这其中有11首与宋之问、韦应物、徐彦伯、李乂、张乔相重，经王启兴先生考证，基本上可以确定《鹧鸪》《奉和春日游苑喜雨应制》2首非李峤作品①，因而可以确定为其所作的诗共计208首，这其中，单题咏物诗120首、其他咏物诗8首、挽诗4首、酬赠诗14首、非应制送别诗10首、边塞诗8首、怀古诗1首、应制诗43首。

《全唐文》卷二四二—卷二四九共著录其文158篇，其中，赋1篇、制44篇、表94篇、疏4篇、书6篇、状1篇、序1篇、启1篇、碑4篇、册2篇。此外，陈尚君《全唐文补编》又补入文4篇，分别为《为诸王男等加封邑制》《封某王男某郡王制》《选贤为州县官奏》《代群官谢恩表》。陆心源《唐文拾遗》补入其表1篇：《为王相公请改六书表》。② 吴钢主编《全唐文补遗》补入墓志1篇：《大周故纳言博昌县开国男韦府君夫人琅耶郡太君王氏（婉）墓志铭》（韦承庆作序，李峤为铭）。③ 经陈冠明先生考辨厘正，认为《为王华畅谢兄授官表》（卷二四六）当为陈子昂所作；《请减员外官疏》与《上中宗书》（卷二四七）多有重复，疑为同一篇；《为王相公请改六书表》（卷九六二）当为李峤文；《答李清河书》（卷二四七）实为萧颖士文；《让同平章事表》应为《为淮南杜相公让平章事表》，且为刘禹锡所作；另据《唐大诏令集》等文献补入《封某王男某郡王制》《请雪免为周兴等所劾破家者疏》以及《请辍近侍典大州疏》。④ 综合统计下来，李峤传世之文共计12类162篇。

仅就作品数量而言，李峤在初唐众多文人中无疑已属大家，其诗虽难脱重技巧、过于追求藻饰之嫌，却已能寻到盛唐气象的影子；其文虽多为“制”“表”之类的应用文体，却也有着丰富的内容。李峤之文善于隶事用典，讲求骈偶，辞采华美，堪称大手笔。因此，笔者认为，对李峤诗文作品进行深入探析，有助于我们进一步考察整个唐代诗文艺术风格由初唐向盛唐的嬗变，从中不仅

---

① 参见王启兴：《初唐三诗人重出诗篇考辨》，《武汉大学学报（哲学社会科学版）》1997年第1期，第78—80页。

② 参见［清］董诰等编：《全唐文》，上海古籍出版社1990年版，第五册，《唐文拾遗》卷十六，第76页。

③ 参见吴钢主编：《全唐文补遗》，三秦出版社1995年版，第二辑，第8页。

④ 参见陈冠明：《〈全唐文〉李峤卷考辨厘正》，《古籍整理研究学刊》1995年1、2期合刊，第23—26+20页。

能够探究初唐宫廷诗风的流变，而且也可以从某一角度展现唐代骈文鼎新革故的历程。

尽管留存诗文作品数量可观，然而或因其宫廷文臣的身份，或因其诗文中大量的扈从应制之作，学界曾经在相当长的时期里，对李峤其人、其诗、其文并未过多关注。

关于李峤及其诗其文研究情况，可以大致以20世纪90年代为界，分为前后两个阶段。20世纪90年代之前，只有关于其诗文版本刊刻著录的一些成果见于《唐集叙录》《唐诗书录》中，而针对其诗文作品，目前没有检索到学界进行专门研究的论文、专著，我们只能于各种文学史或研究唐代文学的论著之中零散地见到只言片语的评价，有的甚至只字不提，即使提及，也多过于简单。如游国恩等主编的《中国文学史》中仅说“崔融、李峤、苏味道、杜审言被称为‘文章四友’”，其后只是简单介绍杜审言及其成就，未提李峤①；郑振铎《插图本中国文学史》对李峤略作介绍，认为其“风格同于沈、宋，才情却显然有些差别”②；罗宗强、郝世峰主编《隋唐五代文学史》，则在对其《和杜学士江南初霁羁怀》《饯骆四（二首之一）》两首诗给予肯定之后，同样将其诗风总体概括为“重技巧而乏情思，藻丽有余而浑厚不足”③，而这些评价又往往将目光集中在其诗歌方面。唯钱基博先生在其《中国文学史》中对《秋望赋》（即李峤《楚望赋》——笔者注）、《上雍州高长史书》、《与夏县崔少府书》、《攀龙台碑》等6篇文章做过精当的点评④，于景祥《唐宋骈文史》引《神龙历序》并简要评价⑤，堪称慧眼独具，却又稍嫌简略。

值得一提的是万曼先生在其所著的由中华书局1980年出版的《唐集叙录》中，除对历代史志典籍之中所记载的李峤诗文集版本的流传情况进行了搜集整理与勘误之外，还援引王重民《敦煌古籍叙录》等资料对有关《李峤杂咏》的注者以及版本流传情况进行了梳理研究，具开拓意义，此为目前所见最早比较系统的李峤诗文集版本著录的梳理，为进一步研究提供了大量可资借鉴的成果

① 参见游国恩等主编：《中国文学史》，人民文学出版社1963年版，第二册，第24页。

② 参见郑振铎：《插图本中国文学史》，人民文学出版社1957年版，第303页。

③ 参见罗宗强、郝世峰主编：《隋唐五代文学史》，高等教育出版社1990年版，第94—95页。

④ 参见钱基博：《中国文学史》，中华书局1993年版，第278页。

⑤ 参见于景祥：《唐宋骈文史》，辽宁人民出版社1991年版，第31—32页。

及极为有价值的研究线索。陈伯海、朱易安二位先生的《唐诗书录》，亦对李峤诗文作品的版本情况进行了著录，该书同样援引了王重民《敦煌古籍叙录》相关成果，其最具价值之处在于收集并列出了现收藏于各地图书馆的《李峤集》《李峤杂咏》等不同的版本信息，这一点尤其难能可贵，其《备考》部分，亦列举了历代文献典籍中对李峤文集版本源流情况的记载。

1992 年，徐定祥在《江淮论坛》第 6 期上发表了一篇具有拓荒意义的论文——《论李峤及其诗歌》，该文对李峤其人的生平仕历以及其诗歌进行了初步研究、评价，探讨其诗歌艺术特点并予以肯定，明确了他“在唐代诗史上，自有其承上启下的历史功绩”。① 可以说，从此以后，尤其进入 21 世纪，学术界对李峤开始给予更多的关注，体现在如下几个方面：

首先，出版了具有开拓意义的两部专著。徐定祥先生注释的《李峤诗注 苏味道诗注》（上海古籍出版社 1995 年版），为李峤诗作了翔实的注解及考论，尤其该书《附录》部分，辑录了不少研究李峤的文献资料，为学者提供了极为有价值的参考，无疑为对李峤进行更为深入的研究打下了坚实的基础。之后，陈冠明先生撰写的《苏味道 李峤年谱》（中央文献出版社 2000 年版）一书，以年谱的形式，对李峤的生平、仕历等情况做了甚为翔实的考证，陈尚君先生在为其所作的《序》中对该书给予充分的肯定，认为其“文献搜罗完备，编纂遵循规范”“考订精密，立说严谨”“态度客观，评价恰当”②。两部专著的出版，填补了当时国内研究界的空白。

其次，有 20 几篇见解独到并且极有价值的论文公开发表，除上文已提到的徐定祥的专文之外，比较有代表性的当属葛晓音先生的《创作范式的提倡和初盛唐诗的普及——从〈李峤百咏〉谈起》（《文学遗产》1995 年第 6 期）、刘伟生《李峤〈楚望赋〉并序的理论内涵与价值》（《中国韵文学刊》2011 年第 3 期）以及刘艺的三篇专文：《蒙学视野中的李峤〈杂咏诗〉》（《四川师范大学学报（社会科学版）》2002 年第 2 期）、《李峤评价中的误区》（《西南民族学院学报（哲学社会科学版）》2001 年第 3 期）、《李峤“杂咏诗”：普及五律的启蒙教材》（《四川大学学报（哲学社会科学版）》2002 年第 1 期）。其中，葛文首先述及李

① 参见徐定祥：《论李峤及其诗歌》，《江淮论坛》1992 年第 6 期，第 95—102 页。

② 陈冠明：《苏味道 李峤年谱》，中央文献出版社 2000 年版，陈尚君序。

峤的120首咏物诗在日本的流播及接受情况，进而从“创作范式”这一角度，强调了李峤咏物诗的独特价值。刘艺《李峤评价中的误区》针对以往学界对李峤评价中存在的“片面看待历史人物，忽略其整体性”“以人废言，忽略其才华功绩”“苛求古人，忽略其时代特殊性”“混淆诗歌功用，忽略其特殊性”① 诸多误区，有针对性地予以反拨，并指出：“历代对李峤的评价中的重重误区，均源自对时代、人物、作品整体性与特殊性把握的偏差。”② 这对我们正确看待李峤这一人格呈现复杂性、多面性特点的封建时代御用文人具有很大启发意义。其另两篇论文，则从律诗启蒙这一角度，认定李峤120首咏物诗“不仅在诗歌史上独具特色，是一部应时的诗体创作蒙学教材，在蒙学史上更是不同凡响，既符合蒙学传统，又具有新的开拓”，从而强调“只有从蒙学角度入手，才能真正看清其优长与不足，并给予公允的评价”。另外，刘伟生《李峤〈楚望赋〉并序的理论内涵与价值》，则为目前检索到的研究李峤文章作品的少数专文之一，该文论及李峤《楚望赋》及序所揭示的“相互关联的两大理论：感物说与登临说”，并由李峤的《楚望赋》认识到，屈、宋情怀与赋体文学对感物兴思及登临伤神现象与理论的影响，意识到诗赋创作与理论发展客观存在的绵绵不绝的轨迹和李峤本人在文学发展史上的多样贡献。③ 在李峤之文的研究方面有所创获。

再次，2005年之后出现的几篇硕士学位论文，将李峤诗歌研究，尤其是李峤120首咏物诗研究引向纵深，其意义不可小觑。其中，苗富强《李峤诗歌研究》（河北大学2006年）、王芹《李峤及其诗歌初探》（山东师范大学2009年）二文在初步研究李峤其人生平思想的基础之上，对李峤诗进行了比较细致的分类研究，从思想内容及艺术特色两方面做了探究，客观地肯定了李峤诗歌的艺术成就及其对近体诗发展的贡献；张玉翠《论李峤诗声律研究》（山东师范大学2011年）则在研究李峤诗歌的基础之上，从研究其诗的平仄、声病、对仗、用韵等有关声律的角度，肯定了李峤诗在近体诗定型方面的重要贡献；张琦《李

① 刘艺：《李峤评价中的误区》，《西南民族学院学报（哲学社会科学版）》2001年第3期，第117—121页。

② 刘艺：《李峤评价中的误区》，《西南民族学院学报（哲学社会科学版）》2001年第3期，第121页。

③ 参见刘伟生：《李峤〈楚望赋〉并序的理论内涵与价值》，《中国韵文学刊》2011年第3期，第83—87+96页。

峤杂咏诗的文体学研究》（陕西师范大学 2012 年）、许鸣钰《李峤杂咏诗专题研究》（南昌大学 2020 年）从对偶、声律两方面研究李峤杂咏诗的文体学意义、价值；熊亮《李峤诗歌用典研究》（福建师范大学 2017 年）则是针对李峤 209 首诗歌中作者所统计的 1036 处用典进行了深入探究与评价。这些学位论文从多种角度针对李峤诗歌，尤其是 120 首咏物诗做了专门性研究，却也存在一定空间，还有待于进一步挖掘与细化。

最后，20 世纪 90 年代以来，尤其进入 21 世纪后，学界涌现了数量可观的以“文章四友”以及唐代文学、初唐宫廷文坛为研究对象的期刊专文、学位论文及专著，当然也都会或多或少涉及李峤诗文作品。其中期刊论文如葛晓音《论宫廷文人在初唐诗歌艺术发展中的作用》（《辽宁大学学报（哲学社会科学版）》1990 年第 4 期）；张家壮关于“文章四友”的四篇专文——《“文章四友”名称、名次考辨及其文学意义》（《漳州师范学院学报（哲学社会科学版）》2003 年第 2 期）、《“文章四友”诗歌的宫廷情结与革故鼎新》（《福建师范大学学报（哲学社会科学版）》2002 年第 4 期）、《宫廷之外的自树立——“文章四友”诗歌的个体化倾向》（《中国韵文学刊》2005 年第 1 期）、《新诗贯宇宙——“文章四友”近体诗的体制建设与推普之功》（《长江大学学报（社会科学版）》2005 年第 3 期）等，多围绕“文章四友”诗歌展开研究，从“‘四友’其时的政治、文化氛围及诗歌自身的艺术进程出发，理清此四者在诗歌创作上的时代烙痕及新变质素，俾于初唐的诗歌发展有更清楚的了解”（张家壮《“文章四友”诗歌的宫廷情结与革故鼎新》）。学位论文如亢巧霞的博士论文《初唐骈散文编年史》（厦门大学 2007 年）涉及李峤之骈文创作；祝良文的博士论文《初唐宫廷诗考论》（华东师范大学 2005 年）在初唐宫廷诗歌的视域之下对李峤诗作有所提及；郭庆如的硕士论文《唐代表文研究》（辽宁大学 2018 年）对李峤之表文给予中肯评价等。这些均涉及李峤及其诗文作品。专著如［美］宇文所安《初唐诗》（北京：生活·读书·新知三联书店，2004 年版），论及初唐诗坛，对李峤诗歌作品多有所涉及；聂永华《初唐宫廷诗风流变考论》（北京：中国社会科学出版社，2002 年版），设专门章节论述“文章四友”对初唐诗风流变的贡献，肯定了他们在初唐走向盛唐的诗风嬗变中的重要作用。

除此之外，近年来出版的文学史也对李峤诗歌文章给予了一定的关注，较有影响的如袁行霈主编《中国文学史》是这样评价的：“李峤的诗歌创作，因重技巧而乏情思，藻丽有余而雄浑不足，总的说来不如杜审言。这与他一生仕宦显达而较少挫折不无关系。李峤的诗，以工整的五言律为主，在这方面下过很深的功夫。他的一百二十多首五言咏物诗，多为奉命或应制之作，故缺乏生意，无多少可取之处；但这些诗大都是合律的，且十分讲究修辞技巧，在当时五言律的发展过程中起到推动作用。”① 由王长华先生主编的《河北文学通史》更是在其《唐代河北文学》这一部分中单列一节对“李峤与律诗定型”予以探究。②

综观近年来学界对李峤的研究，可以说成果丰硕，但也存在一些缺憾，主要是以下几点：

其一，研究大多集中于李峤的诗歌作品，特别是其120首单题咏物诗，诗歌作品的其他类型以及其文的研究明显不足，尤其关于其文的研究，目前仅见专文三篇，除上文提及的刘伟生专文之外，陈冠明《〈全唐文〉李峤卷考辨厘正》(《古籍整理研究学刊》1995年1、2期合刊)、张淑珍《从李清河其人考订〈答李清河书〉作者》(《今日科苑》2008年第12期)两篇属于考证性质。关于李峤之文的研究，尚有待于进一步开拓。

其二，仅就诗歌研究而言，对李峤诗歌思想内容、艺术成就的研究还有待于深化，于前代的继承和对后世影响的情况、对李峤于初唐向盛唐诗风流变之承上启下的作用、对近体诗定型的推动等还需完善。

其三，尽管近年来学界不少有识之士努力纠正了以往对李峤人格认识的偏差，但仍有必要通过对其一生交游仕历的考述，从社会生活环境、思想形成、人格分析诸方面对李峤被人赞颂、受人诟病之处做更深层次的探究，给予客观全面的评价。

在此基础之上，本书将立足于文本，借鉴前人成果，力求给予李峤其人全面客观公允的评价，分析其思想人格的多面性、复杂性、矛盾性，本着知人论世的原则，将他置于其所处的特定历史环境中进行研究、考察，并由此探究其所处动荡政治局面中文人的仕宦心态；对李峤诗文作品进行全方位研读探究，全面考察其诗的思想内容、艺术风格以及表现手法，进而探究其于唐诗由初唐

① 袁行霈主编：《中国文学史》，第二卷，第226页。

② 参见王长华主编：《河北文学通史》，科学出版社2010年版，第一卷，第296页。

走向盛唐诗风流变环节中的意义与价值；深入分析李峤诗歌对前代的继承，并且通过分析后世各种唐诗选本对李峤诗的选取情况，进一步考察其对后世的影响；同时，本书将对《全唐文》中所留存的李峤的文章做全面认真的研究。

第一章　李峤诗文著录与版本考述

有关李峤诗文著作的版本源流情况，前人已有所涉猎，在此，试做更为详尽的梳理与探究，追本溯源，以期对其诗文在历代的刊刻著录与流播情况有一个完整清晰的认识，希冀能够为对李峤诗文作品做全面深入的研究打下基础。

第一节　概　述

有关李峤诗文的著录与版本源流情况，前人的研究成果主要有：万曼《唐集叙录》①；陈伯海、朱易安《唐诗书录》②；徐定祥《李峤诗注　苏味道诗注》③；胡志昂《日藏古抄李峤咏物诗注》④；王重民《敦煌古籍叙录》⑤；陈冠明《苏味道　李峤年谱》⑥；等等。其中，万曼先生的《唐集叙录·李峤集》为目前所见最早的系统专论，为我们做进一步研究提供了大量可资借鉴的成果及极为有价值的研究线索，兹录全文如下：

> 《李峤集》，《旧唐书·经籍志》作三十卷，《新唐书·艺文志》作五十卷。《旧书》本传云："有文集五十卷。"辛文房《唐才子传》云："今集五

---

① 参见万曼：《唐集叙录》，中华书局1980年版，第30页。

② 参见陈伯海、朱易安：《唐诗书录》，齐鲁书社1988年版，第191页。

③ 参见［唐］李峤、苏味道撰，徐定祥注：《李峤诗注　苏味道诗注》，上海古籍出版社1995年版，《前言》部分。

④ 参见［唐］李峤撰，张庭芳注，胡志昂编：《日藏古抄李峤咏物诗注》，上海古籍出版社1998年版，《前言》部分。

⑤ 参见王重民：《敦煌古籍叙录·李峤杂咏注》，中华书局1979年版，第289页。

⑥ 参见《苏味道　李峤年谱》，第232页。

十卷，杂咏诗十二卷、单题诗一百二十首，张方为注，传于世。”当以五十卷为是，但集久佚。晁公武《郡斋读书志》四上作《李峤集》一卷，并云："集本六十卷未见，今所录一百二十咏而已，或题曰单题诗，有张方注。”是在两宋间所流传者仅单题诗一百二十首。

单题诗或题《李峤杂咏》二卷，嘉庆间日本天瀑《佚存丛书》有刻本。前有天宝六年（747）登仕郎守信安郡博士张庭芳撰序。上卷乾象、坤仪、芳草、嘉树、灵禽、祥兽；下卷居处、服玩、文物、武器、音乐、玉帛凡十二部，每部十首，共一百二十首。孙星衍《平津馆鉴藏书记》云："《全唐诗》李峤集本有此诗，中多缺句，此本俱完。”钱塘丁丙善本书室著录亦此本也。

王重民《敦煌古籍叙录》有《李峤杂咏注》（张庭芳撰，斯555，伯3738）。叙云：

> 斯坦因所得五五五号，为残诗十七行，有注；伯希和所得三七三八号卷，仅六行，诗注均相似，书法亦同，知为同书，恨不知书名与撰人姓氏。刘修业女士为东方语言学校编所藏华文书目，偶检《佚存丛书》本《李峤杂咏》，谓即此《杂咏》残卷，余检阅良然。更阅卷端张庭芳序，而知此残卷诗注，即张庭芳所撰者。斯氏卷始咏《银》末三句，讫《布》，共六首又三句，在《佚存》本玉帛部十首中。伯氏卷有咏《羊》末二句、咏《兔》咏《凤》各一首全，咏《鹤》仅存开端二句。咏《凤》诗前有“灵禽十首”一目，则知《全唐诗》无子目者，或因从类书辑出也。然《佚存》本灵禽部在祥兽部前，卷子本反是，盖佚存本与张庭芳注本不同也。《佚存》本文句与《全唐诗》所辑，大致相同，卷子本《钱》至《帛》六诗中，其末二句每与《佚存》本不同，咏《兔》咏《凤》亦如之。然则庭芳所据，固别一本也。
>
> 天瀑氏跋称“《朗咏集注》往往引《百咏注》。《宋志》载庭芳注《哀江南赋》，而不及此注，则亡佚之久可知。”余兹获残编于英法两京，恨不得《朗咏集注》者一校之，更以证明余说之不误也。一九三八年九月八日。

读此则晁公武、辛文房所谓张方，当系张庭芳之误，而辛文房所谓："杂咏诗十二卷，单题诗一百二十首者”，亦为一种，十二卷即十二部；一

> 百二十首，其总数也，并非杂咏诗十二卷外，又有单题诗一百二十首也。
>
> 高儒《百川书志》十四著录《李峤集》三卷，注云“咏物之作凡二十首”。题名、卷数及所注首数，当皆有误。
>
> 至于其他诗作，《善本书室藏书志》著录《李峤集》三卷，系明活字本，丁丙（松生）曰：“旧集五十卷，此则后人摭拾而成，前赋后诗，与嘉靖间徐献忠所刊《唐诗百家》，次第一式，当从宋本出也。”《北京图书馆善本书目》有明嘉靖三十三年（1554）黄氏浮玉山房刻《唐诗二十六家》本，与前本当同一渊源。①

这是目前所见最早的、较为系统的有关李峤诗文作品刊刻著录及版本源流的整理成果。文中除对历代史志典籍之中所记载的李峤诗文集版本的流传情况进行搜集整理与勘误之外，还援引王重民《敦煌古籍叙录》等资料对有关《李峤杂咏》的注者以及版本流传情况进行了梳理研究，虽具开拓意义，然毕竟稍嫌简略，有待于进一步完善。

陈伯海、朱易安二位先生的《唐诗书录》，亦对李峤诗文作品的版本情况进行了著录，该书同样援引了王重民《敦煌古籍叙录》相关成果，其最具价值之处在于收集并列出了现收藏于各地图书馆的《李峤集》《李峤杂咏》等不同的版本信息，为我们进一步研究提供了极有价值的线索，其《备考》部分，亦列举了历代相关典籍对李峤文集版本源流情况的记载，然而仍稍嫌简略，未做必要的、细致系统的梳理。相关内容如下：

> 李峤集三卷
>
> 明抄本（中山大学藏）
>
> 明仿宋刊本（台湾“中央图书馆”藏）
>
> 明铜活字《唐人诗集》印本
>
> 明刻《唐五十家集》本
>
> 明朱警辑《唐百家诗·初唐二十一家》本
>
> 明黄贯曾辑《唐诗二十六家》本（国图藏本有周暹校）

① 《唐集叙录》，第30—31页。

1981年8月上海古籍出版社《唐五十家诗集》影印明铜活字本

李峤杂咏二卷

日本延宽三年（1675）纸屋平兵卫刻本（大连藏）

清抄本（有清丁丙跋，南京藏）

《佚存丛书》本第一帙

清光绪中崇文书局刊《正觉楼丛书》本

杂咏二卷

《艺海珠尘》本

杂咏百二十首

《丛书集成初编》本（据《佚存丛书》本排印）

唐李峤诗一卷

明初抄《唐十八家诗》本

初唐李峤诗集一卷

明万历毕懋谦刻《十家唐诗》本

李峤杂咏注

（唐）张庭芳注　敦煌写本（存残卷，分藏于伦敦、巴黎图书馆）

日藏古抄李峤咏物诗注

（唐）张庭芳注　胡志昂编　1998年8月上海古籍出版社印行

[备考]

《旧唐书·经籍志》：李峤集三十卷。

《新唐书·艺文志》：李峤集五十卷，李峤杂咏诗十二卷。

《郡斋读书志》：李峤集一卷。……峤富才思，前与王勃、杨炯，续与崔融、苏味道齐名。晚诸人没，为文章宿老，学者取法焉。集本六十卷，未见。今所录一百二十咏而已，或题曰“单题诗”，有张方注。（今按《唐集叙录》云：“所谓张方，当系张庭芳之误。”）

《宋史·艺文志》：李峤集十卷。李峤新咏一卷。

《百川书志》：李峤诗三卷。……其咏物之作凡二十首。

《善本书室藏书志》：李峤集三卷，明活字本。……旧集五十卷。此则后人摭拾而成，前赋后诗，与嘉靖间徐献忠所刊《唐诗百家》次第一式，当从宋本出也。[①]

王重民先生《敦煌古籍叙录·李峤杂咏注》全文已见录于上文万曼《唐集叙录·李峤集》，是借流落于海外（分藏于伦敦和巴黎）的敦煌“斯五五五”“伯三七三八”号残卷，对《李峤杂咏注》进行的相关研究；徐定祥、胡志昂二位先生的论述，均见于其所编所注之李峤诗集的《前言》部分，前者考察李峤诗歌的著录与版本流传情况，后者则集中于《李峤杂咏注》的版本源流特别是其于日本的流传情况；陈冠明《苏味道　李峤年谱》则是对李峤诗文集的版本流传情况进行了简单的梳理。

显然，相对于被目为“文章宿老”“一时学者取法焉”的重要地位，相对于留存下来的大量的诗文作品，以上对于李峤诗文的著录、文集的刊刻及版本流传情况的研究还远远不够系统和完整，其主要的不足之处在于：版本刊刻著录及流传的脉络不够清晰；研究偏重于诗歌作品，尤其是 120 首单题咏物诗的结集流传，关于其文，很少涉及。因此，在诸位先生研究成果的基础之上，笔者查阅了大量一手资料，并赴国家图书馆、上海图书馆、南京图书馆等处，试图对李峤诗文的刊刻著录与版本流传情况进行较为系统的梳理，希望能够填补相关研究之空白。

第二节　唐五代时期李峤诗文的结集及作品著录

“峤富才思，有所属缀，人多传讽。……为文章宿老，一时学者取法焉。”[②]可见，李峤的诗文，在其生前身后即因其才名远播受到追捧而已广为流传，只是，我们今天能够见到的相关记载却是寥寥，其诗文多有散佚，或与晚年其曾获罪于玄宗，屡遭贬黜有一点关系。成书于五代时期的《旧唐书》在其《经籍志》中著录“《李峤集》三十卷”[③]，而在李峤的本传中却又说“有文集五十

---

① 《唐诗书录》，第 191—192 页。

② 《新唐书》，第 4371 页。

③ 《旧唐书》，第 2075 页。

卷”①，所载情况已然是前后不一致了。傅璇琮先生《唐才子传校笺·李峤》认为《旧唐书·经籍志》“与《旧传》《新志》皆不合，三字当为五字之误”②，万曼先生也认为“当以五十卷为是”。笔者则认为，也许还存在另一种可能，当时其集或存在两个版本，即三十卷本的《李峤集》以及五十卷本的“文集”。仅仅是一个推断，惜已无从查考。至于这些文集的刊刻情况，仅就目前所能见到的材料，尚无法确切知晓。

一、《李峤杂咏》的注本

李峤诗文在唐代的结集与刊刻流传情况，由于年代太过久远，又缺乏足够史料，已无法确知，目前所见，唯张庭芳为其120首单题咏物诗所作注本，即今之所见《李峤杂咏注》。《李峤杂咏》，古称《杂咏诗》《百二十咏》《百廿咏》等，至宋代又因其每首均以单字为题而亦被称为“单题诗”。集中收录了李峤的120首咏物诗，分为乾象、坤仪、芳草、嘉树、灵含（灵禽）、祥兽、居处、服玩、文物、武器、音乐、玉帛12部，每部10首。明代收入三卷《李峤集》中，不再分部，清代有不同版本的单行本刊行。这些诗全部为五言律诗，文辞典雅华丽，多隶事用典，普遍被认为更像一部小型类书。张庭芳“于是欲罢不能，研章摘句，辄因注述。思郁文繁，庶有补于琢磨，俾无置于凝滞”③，为之作注。今所存《李峤杂咏》张庭芳注本，集前有张庭芳所作之序，其序曰：

故中书令郑国公李峤杂咏百二十首序

登仕郎守信安郡博士张庭芳撰

尝览尊德叙能，述古不作，窃所企慕，愤发于中，顾有阙于慎言，诚见贻于尤悔者矣！然夫禁鸡虽谬，周鼠徒珍，犹遇兼金以答，岂独卢胡致哂。顷寻绎故中书令郑国李公百二十咏，藻丽词清，调谐律雅，宏溢逾于灵运，密致掩于延年。特茂霜松，孤悬皓月。高标凛凛，千载仰其箐芬；明镜亭亭，万象含其朗耀。味夫纯粹，罕测端倪。故燕公刺异词曰：“新诗冠宇宙。”斯言不佞，信而有征。于是欲罢不能，研章摘句，辄因注述。思

① 《旧唐书》，第2995页。

② 傅璇琮主编：《唐才子传校笺》，中华书局1987年版，第一册，第127页。

③ 《日藏古抄李峤咏物诗注》，第1页，并参见《佚存丛书》第一帙《李峤杂咏》。

郁文繁，庶有补于琢磨，俾无置于凝滞。且欲启诸童稚，焉敢贻于后贤。于时巨唐天宝六载龙集强圉之所述也。①

“登仕郎守信安郡博士张庭芳”何许人也？《全唐文》卷三百六十四仅云：“庭芳天宝时人。”② 检视《新唐书》，在其卷六十，志第五十《艺文四》著录：“张庭芳注庾信《哀江南赋》一卷。”③《宋史》在卷二百八，志第一百六十一《艺文七》著录：“张庭芳注《哀江南赋》一卷。”④ 余者再无其他线索。他与后世典籍中所谓“张方为注”的张方是否为同一人呢？这一点学界亦存争议。万曼先生引王重民《敦煌古籍叙录》认为“晁公武、辛文房所谓张方，当系张庭芳之误”⑤；陈冠明亦认为“《郡斋读书志》《唐才子传》等均误作张方”⑥；胡志昂先生则认为“张庭芳与张方是否为同一人物尚可存疑”⑦；段莉萍的专文《从敦煌残本考李峤〈杂咏诗〉的版本源流》认为“李峤《杂咏诗》的各类版本中，敦煌本的底本应该是最早的，注者可能就是张方所注”⑧。笔者则认为：由于目前李峤这 120 首杂咏诗及为其所作之注确实多存异文，在尚无足够材料可以证明的前提下，张庭芳与张方是否为同一人，还有待于进一步考证。有两点倒是可以肯定：首先，张庭芳“欲罢不能，研章摘句，辄因注述”的目的在于“欲启诸童稚”，即其为李峤杂咏诗作注的目的是为诗学启蒙；其次，从上所引序文中“于时巨唐天宝六载龙集强圉之所述也”可知，这个集子成书的时间在天宝六载，即公元 747 年，也就是说，至少在天宝年间，李峤的 120 首咏物诗已经结集流传且有注本了。并且，伴随着当时唐帝国与日本频繁的文化交流，《李峤杂

---

① 《全唐文》，第 1633—1634 页。同时参见《日藏古抄李峤咏物诗注》及《佚存丛书》第一帙《李峤杂咏》集前序。

② 《全唐文》，第 1633 页。

③ 《新唐书》，第 1622 页。

④ 《宋史》，第 5332 页。

⑤ 《唐集叙录》，第 31 页。

⑥ 《苏味道　李峤年谱》，第 233 页。

⑦ 《日藏古抄李峤咏物诗注·前言》。

⑧ 段莉萍：《从敦煌残本考李峤〈杂咏诗〉的版本源流》，《敦煌研究》2004 年第 5 期，第 78 页。

咏注》很快便漂洋过海，传入邻邦日本，成为当时重要的诗学启蒙读物。

《李峤杂咏》的张庭芳注本，“兼顾了典故征引与史料考证两种注释学体例与方法”①。在古籍散佚，许多典故湮没于历史长河中无从查考的今天，为我们解读李峤咏物诗保留了极有价值的资料。

关于这个集以及其注本的流传情况，旅日学者胡志昂先生在《日藏古抄李峤咏物诗注·前言》中，援引大量材料，反复比较，充分论证，对其国内海外的版本源流情况进行了颇为详尽的探究梳理，认为李峤这120首诗，非一时所作，或经历了一个不断修改的过程，大约在盛唐时期，便已东渡日本，平安时代被定为当时日本贵族及士族阶层重要的幼学读物。目前日本所存最古者，为嵯峨天皇（公元809—823年在位）时期之写本“宸翰本”，存诗21首；而在长期的传抄或刊刻过程之中，此集不断地被增补改写，因而今天在日本至少形成了三个版本系统的八个抄本。为了证明观点，胡志昂先生还列举了多种不同异文进行比对。② 这更有助于《李峤杂咏》的辑佚与辨伪工作。

总之，李峤的120首单题咏物诗，在唐玄宗天宝年间就已经有注本流传于世，并且很快便传入日本，并产生了深远影响。

二、唐人选唐诗诸选本中对李峤诗的著录

查检现存唐人选唐诗诸选本，仅见3种录有李峤少量诗作③：

芮挺章《国秀集》卷上，收录李峤诗四首，即《侍宴甘泉殿》《饯薛大夫护边》《送崔主簿赴沧州》《送司马先生》；

佚名《搜玉小集》，录李峤诗二首，即《汾阴行》《太平公主山亭侍宴应制》；

李康成《玉台后集》仅录李诗一首，即《倡妇行》。

其实，不独李峤，检视今存唐人选本，不难看到，同为“文章四友”的杜审言、崔融、苏味道，其诗入选的也不是很多，为便于研究比较，现将其具体选诗情况列表如下：

---

① 张佳：《唐集唐注考》，《天中学刊》2011年第3期，第79页。

② 参见《日藏古抄李峤咏物诗注·前言》。

③ 参见傅璇琮编撰：《唐人选唐诗新编》，陕西人民教育出版社1996年版。

表 1-1　唐人选唐诗诸选本录“文章四友”诗情况

“文章四友”	《国秀集》	《搜玉小集》	《玉台后集》
李峤	《侍宴甘泉殿》 《饯薛大夫护边》 《送崔主簿赴沧州》 《送司马先生》	《汾阴行》 《太平公主山亭侍宴应制》	《倡妇行》
杜审言	《春日江津游望》 《秋夜宴临津郑明府》 《夏日过郑七山斋》 《九日宴江阴》 《赠薛绾书记》	《赠苏管记》	—
崔融	—	《西行军遇风》《韦长史挽歌》	—
苏味道	—	《观灯》	—

现存 13 种唐人选唐诗选本之中，选录包括李峤在内的“文章四友”的诗作的，集中于《国秀集》及《搜玉小集》等。作为武后、中宗朝重要的文臣，为当时学者所取法的“文章宿老”，李峤的诗并未有大量入选的情况，其实，这是与选本选诗的时代、所选诗人的地域范围、选家选诗的趣尚等诸多因素密切相关的。具体来说：殷璠《丹阳集》“唯录乡人”①，即当时丹阳一带诗人；殷璠《河岳英灵集》，唯选盛唐诸家，收常建、李白等 24 人 234 首诗，这些诗大都作于开元二年（714）至天宝十二载（753）间；元结《箧中集》所选乃与其同时之沈千运等 7 人 24 首诗，时间亦晚于盛唐；令狐楚《御览诗》所选为刘方平等 30 位中唐诗人的 286 首诗；高仲武《中兴间气集》专录肃宗、代宗时期，即至德元载（756）到大历末年（779）间 26 人 140 首诗；姚合《极玄集》所选以中唐诸家居多，包括王维等 21 人的诗 100 首，且多为五言律绝；许敬宗等编《翰林学士集》，所收乃是唐太宗君臣酬和之诗；韦庄《又玄集》实际录 146 人的 296 首诗作，于初唐只选了宋之问，其余则为盛唐、中唐、晚唐诗人；韦縠《才调集》选录 180 多位作者 1000 首诗，选诗虽初盛中晚各个时期兼而有之，初唐

① ［清］永瑢等：《四库全书总目·集部总叙》，中华书局 1965 年版，第 1267 页。

却只选沈佺期、宋之问二家。

芮挺章《国秀集》，或成书于天宝年间，虽自诩选诗在“虽开元以来，唯天宝三载”年间，但却入选初唐李峤、宋之问、杜审言等人诗作；无名氏编《搜玉小集》选诗以初唐为主；《玉台后集》乃是李康成上承《玉台新咏》，编选梁至唐代，以吟咏女性生活为主题之诗。以上三个选本选诗涉及初唐，且具有很明显的宫廷倾向，选录了李峤以及“四友”之诗。惜数量不是很多。

这里需要特别指出的是另一唐人选唐诗集——《珠英集》（又名《珠英学士集》），晁公武《郡斋读书志》著录《珠英学士集》五卷，并云：

> 右唐武后朝尝诏武三思等修《三教珠英》一千三百卷，预修书者凡四十七人，崔融编集其所赋诗各题爵里，以官班为次，融为之序。①

《唐会要》卷三十六《修撰》亦载：

> 大足元年十一月十二日，麟台监张昌宗撰《三教珠英》一千三百卷成，上之。初，圣历中，……遂令张昌宗召李峤、阎朝隐、徐彦伯、薛曜、员半千、魏知古、于季子、王无竞、沈佺期、王适、徐坚、尹元凯、张说、马吉甫、元希声、李处正、高备、刘知几、房元阳、宋之问、崔湜、常元旦、杨齐哲、富嘉谟、蒋凤等二十六人同撰。于旧书外，更加佛、道二教，及亲属、姓名、方域等部。②

《旧唐书·阎朝隐传》（《旧唐书》卷一百九十中《文苑中》）：

> 成均祭酒李峤与张昌宗为修书使，尽收天下文词之士为学士，……③

---

① ［宋］晁公武：《衢本郡斋读书志》，江苏古籍出版社1988年影印“宛委别藏”本，第二册，第708页。

② ［宋］王溥：《唐会要》，中华书局1955年版，第65页。

③ 《旧唐书》，第5026页。

《玉海》卷五十四在著录《三教珠英》后云：

> 有《珠英学士集》五卷，崔融集学士李峤、张说等四十六人诗总二百七十六首。①

从上面的记载可知，李峤实际是以“修书使”的身份主持修撰《三教珠英》的，他应该是会有一些唱和之作入选《珠英学士集》的。王应麟《玉海》著录《珠英学士集》共收录“四十六人诗总二百七十六首”，然而，令人遗憾的是，该书久佚，我们现在所见之《珠英集》，仅为于敦煌发现的残卷，仅存作者十三人诗五十五首②，显然与记载之其书全貌相去甚远。

尽管入选作品不是很多，唐人选唐诗诸本毕竟为我们保存了一些李峤诗作，这一点诚然可贵。

总之，李峤诗文在唐代已经结集，存三十卷、五十卷之说，惜无法确知其原貌；然其《杂咏诗》不仅有了注本，且已流传于域内海外，在日本成为重要的蒙学读物，产生了深远影响；李峤诗文作品散见于当时一些总集、选本，其于当时之影响，可窥一斑。

第三节　宋元时期李峤诗文的著录与流传

众所周知，宋代文化与学术都因受到统治者的足够重视而十分繁荣，不仅于史志文献、官私书目之中留存了大量极有价值的记载，大量总集的编纂也为后世保存了可供我们进行研究的隋唐五代文人诗文作品及宝贵史料。而元朝尽管入主中原时间不长，却也留下了不少有价值的文献。只是这一时期，学者将刊刻整理唐代文人别集的目光，更多地投向诸如李白、杜甫、韩愈等大家，李峤的诗文作品，更多出现在一些类书、总集之中，至于其诗文集的版本情况，则散见于各种史志以及官私书目之中。关于李峤诗文作品的著录与诗文集的版

① ［宋］王应麟：《玉海》，文渊阁四库全书本，台湾商务印书馆 1986 年版，第 944 册，第 452 页。

② 参见傅璇琮编撰：《唐人选唐诗新编·珠英集》。

本流传，试作如下梳理：

一、宋元时期史志以及官私书目记载

宋元时所编纂修订的史志及官私书目中，有关李峤著作版本情况的记载大致如下：

《新唐书》卷五十九志第四十九《艺文三》著录“李峤《军谋前鉴》十卷”；又于卷六十志第五十《艺文四》分别著录“《李峤集》五十卷”“李峤《杂咏诗》十二卷”。①

《宋史》在卷二百七志第一百六十《艺文六》著录“《军谋前鉴》十卷”，著者为“阙”；又于卷二百八志第一百六十一《艺文七》分别著录“《李峤诗》十卷”“李峤《新咏》一卷”。②

宋仁宗景祐元年（1034），命翰林学士张观、李淑、宋祁等校定整理三馆与秘阁藏书，去芜存菁、刊其讹舛，编成《崇文总目》。这是宋代官修书目，亦为北宋时期规模最大的书目，其著录经籍 3445 部，30669 卷。《崇文总目》共六十六卷，其卷六《兵家类》著录《军谋前鉴》十卷，未注明著者；卷十二《集部·四》著录“《李峤杂咏诗》十二卷”。③

南宋郑樵《通志》卷六十八《艺文略六》有“《军谋前鉴》十卷，李峤撰”；又在卷七十《艺文略八》中著录“《李峤集》五十卷、《李峤杂咏诗》十二卷”。④

南宋著名目录学家晁公武在其解题私家藏书书目《郡斋读书志》之卷四上著录“《李峤集》一卷”：

> 右唐李峤，巨山也，赞皇人，擢进士第，制策甲科，为监察御史，武后时同凤阁鸾台平章事。峤富才思，前与王勃、杨炯，续与崔融、苏味道齐名。晚诸人没，为文章宿老，学者取法焉。集本六十卷，未见，今所录

① 分别见《新唐书》第 1551、1600、1609 页。

② 分别见《宋史》第 5279、5330、5332 页。

③ 分别见［宋］王尧臣等：《崇文总目》，文渊阁四库全书本，台湾商务印书馆 1986 年版，第 674 册，第 71、142 页。

④ 分别见［宋］郑樵：《通志》，中华书局 1987 年版，第一册，第 798、821、824 页。

一百二十咏而已，或题曰“单题诗”，有张方注。①

南宋陈振孙撰私家藏书目录《直斋书录解题》在其卷二十二著录：“《评诗格》一卷。”并且指出：“峤在昌龄之前，而引昌龄《诗格》八病，亦未然也。”②

元代马端临《文献通考》卷二百三十一《经籍五十八》著录：

> 鼂氏曰：峤，巨山也，赞皇人，擢进士第，制策甲科，为监察御史，武后时同凤阁鸾台平章事。峤富才思，前与王勃、杨炯，中与崔融、苏味道齐名，晚诸人没，为文章宿老，学者取法焉。集本六十卷，未见，今所录一百二十咏而已，或题曰“单题诗”，有张方注。③

元代辛文房的《唐才子传》卷一《李峤》载：“今集五十卷，《杂咏诗》十二卷，单题诗一百二十首，张方为注，传于世。”④

由上边所列记载情况可知，这一时期有关《李峤集》的著录情况并不一致，出现了一卷、十卷、五十卷甚至六十卷的不同说法。有“张方为注”的单题咏物诗 120 首流传于世，著录为一卷甚至十二卷。《直斋书录解题》还著录了一卷《评诗格》，并表示“亦未然也”。此《评诗格》最早见录于《吟窗杂录》⑤，《吟窗杂录》是宋人陈应行编辑的一部汇集从初唐到北宋有关诗格、吟谱、句图以及诗论的书籍，具有较重要的诗学文献价值。而最早见于书目记载的即《直斋书录解题》⑥。《新唐书·艺文三》还著录了李峤《军谋前鉴》十卷，郑樵《通志》亦作著录，而《宋史》及《崇文总目》虽然著录该书，却未注何人所撰，后世书目之中也没有再见到著录，疑已佚。至于其文集刊刻信息，未见记载，惜无法确切知晓。

---

① 《郡斋读书志》，第二册，第 545 页。

② ［宋］陈振孙：《直斋书录解题》，上海古籍出版社 1987 年版，第 642 页。

③ ［元］马端临：《文献通考》，中华书局 1986 年版，第 1843 页。

④ 《唐才子传校笺》，第一册，第 127 页。

⑤ 参见［宋］陈应行编，王秀梅整理：《吟窗杂录》，中华书局 1997 年版，第 251 页。

⑥ 关于李峤《评诗格》，张伯伟认为系杂抄崔融《唐朝新定诗格》而成之伪托之作，且此伪作亦有散佚，具体参见张伯伟撰《全唐五代诗格汇考》，凤凰出版社 2002 年版，第 139—144 页。

二、宋元时期诗文总集对李峤作品的载录

（一）姚铉《唐文粹》

成书于宋真宗大中祥符四年（1011），由姚铉编纂的《唐文粹》100卷，共收唐代诗文1980篇，因其成书较早，虽篇幅不大却颇具价值。为矫时弊，诚如其序云："以古雅为命，不以雕篆为工，故侈言曼辞率皆不取。"故所录诗以古体为主，不录四六文和近体诗，因而收录李峤诗文并不是很多，计有：《汾阴行》、《请每十州分置御使巡按疏》（即后世《论巡察风俗疏》）、《上高长史书》三篇，均不见录于《文苑英华》。①

（二）计有功《唐诗纪事》

计氏在其《唐诗纪事·序》中云：

> 三百年间文集、杂说、传记、遗史、碑志、石刻，下至一联一句，传诵口耳，悉搜采缮录；间捧宦牒，周游四方，名山胜地，残篇遗墨，未尝弃去。②

由此可见其在编纂过程之中所付出的心血。《唐诗纪事》既选诗作，亦存评论等与诗作有关的资料，因而既是唐代诗歌总集，亦为唐宋有关诗评的汇编。全书81卷，共收诗人1150家。

《唐诗纪事》卷十录李峤诗18首：《三会寺应制》、《陪幸临渭亭遇雪》、《送沙门玄奘等还荆州》、《幸太平公主南庄》、《送张仁亶赴朔方应制》、《荐福寺应制》、《陪游苑中遇雪应制》、《剪彩花应制》、《人日清晖阁应制》、《安乐公主山庄》（题目与《文苑英华》同，后世诸本均作《太平公主山亭侍宴应制》）、《人日大明宫应制》、《春日游苑喜雨》、《送金城公主》、《九日应制》、《七夕应制》、《正月中宗上清晖阁遇雪》、《汾阴行》、《侍宴桃花园咏桃花应制》（原诗此处并未录诗题，题目为笔者据《全唐诗》加）。除《九日应制》和《七夕应制》外，均见录于《文苑英华》，只是诗的题目以及内容有一些差异。此外，书中还保存

---

① 参见［宋］姚铉编：《唐文粹》，文渊阁四库全书本，台湾商务印书馆1986年版。

② ［宋］计有功辑：《唐诗纪事》，上海古籍出版社2008年版，书前《序》部分。

了“峤有三戾”以及《松窗录》之“苏瓌有子，李峤无儿”等材料。①

（三）郭茂倩《乐府诗集》

郭茂倩《乐府诗集》100卷“是研究隋唐五代乐府诗歌的第一要集”②。因其专录上古至五代的乐府歌诗，载李峤诗二首，即：卷九十三《新乐府辞四》录《汾阴行》、卷六十八《杂曲歌辞八》录《东飞伯劳歌》（后世诸本多作《拟古东飞伯劳西飞燕》）。③

（四）蒲积中《古今岁时杂咏》

南宋蒲积中在真宗时宋绶《岁时杂咏》基础上，编订《古今岁时杂咏》46卷，收录节日及岁时题咏诗2749首。载录李峤诗21首，其中，《二月奉教作》等13首诗不见录于《文苑英华》。为便于研究，列表如下④：

表1-2　《古今岁时杂咏》著录李峤诗情况

卷数	岁时节令	选诗篇目	备注
卷三	立春	《立春日侍宴别殿内出采花应制》	
卷五	人日	《奉和人日清晖阁宴群臣遇雪应制》 《人日清晖阁遇雪应制》 《人日侍宴大明宫应制》	
卷十四	清明	《清明日早赴王门率成》 《清明日龙门游泛》	《清明日龙门游泛》未见录于《文苑英华》
卷二十六	七夕	《同赋山居七夕》 《七夕应制》	《七夕应制》未见录于《文苑英华》
卷三十三	重阳	《九日侍宴应制得欢字》 《和九月九日登慈恩寺浮图应制》	《九日侍宴应制得欢字》未见录于《文苑英华》
卷三十九	冬至	《和麹典设扈从东郊忆弟使往安西冬至日恨不得同申拜庆》	

① 参见《唐诗纪事》，第143—146页。

② 陶敏、李一飞：《隋唐五代文学史料学》，中华书局2001年版，第120页。

③ 参见［宋］郭茂倩编：《乐府诗集》，中华书局1979年版。

④ 参见［宋］蒲积中编，徐敏霞校点：《古今岁时杂咏》，辽宁教育出版社1998年版。

续表

卷数	岁时节令	选诗篇目	备注
卷四十三	二月	《二月奉教作》	这 10 首诗未见录于《文苑英华》等总集
	三月	《三月奉教作》	
卷四十四	四月	《四月奉教作》	
	五月	《五月奉教作》	
	六月	《六月奉教作》	
卷四十五	八月	《八月奉教作》	
	九月	《九月奉教作》	
卷四十七	十月	《十月奉教作》	
	十一月	《十一月奉教作》	
	十二月	《十二月奉教作》	

（五）洪迈《万首唐人绝句》①

选录李峤五言绝句 2 题 3 首：《风》《中秋月二首》；七言绝句 4 首：《侍宴桃花园应制》《幸韦嗣立山庄应制》《送司马先生》《奉和游苑遇雪应制》。其中，《中秋月二首》《送司马先生》未见录于之前总集。

以上这些总集，或多或少地收录了李峤的诗文作品，由于较后世更接近作者所生活的时代，因而更具价值。

三、《文苑英华》对李峤诗文的载录

宋初，由李昉等奉敕编纂的上接《文选》，起自萧梁，下迄五代的千卷总集《文苑英华》，录作家 2000 余人，作品近 20000 篇。该书按文体分为“赋”“诗”“歌行”“杂文”“中书制诰”“翰林制诰”“表”“谥哀册文”等 39 类，每类之中又按题材分若干子目。《文苑英华》保存了大量的隋唐五代尤其是唐代的文献资料，为目前所见最早大量著录李峤诗文作品的总集，全书共收录李峤诗 104 题 106 首（重出 2 首，实为 102 题 104 首），文 149 篇（重出 2 篇，实为 147 篇）。

---

① 此书最初由南宋洪迈编选，中多疏漏，几易其稿，至明代万历年间由赵宧光再作校订补充，重新编定，改为 40 卷。参见明代赵宧光、黄习远编订：《万首唐人绝句》，书目文献出版社 1983 年版。

（一）《文苑英华》对李峤之诗的载录

《文苑英华》是一部按部按类编选的总集，其载录李峤诗散见于“诗”类的“天部”“地部”“帝德”“应制”“应令”“朝省”“音乐”等19部，共计收录104题106首。包括单题咏物诗41首，其他题材、体裁诗65首［其中《扈从还洛呈侍从群官》《田假限疾不获还庄载想田园兼思亲友写怀赠林素（一作“杜幽素”）》两首为重出］，因而实际为102题104首。与清代《全唐诗》相比，未录的除79首单题咏物诗外，还有：《鹧鸪》《清明日龙门游泛》《中秋月二首》《云》《甘露殿侍宴应制》《送崔主簿赴沧州》《倡妇行》《奉和春日游苑喜雨应制》《九日应制得欢字》《二月奉教作》《三月奉教作》《四月奉教作》《五月奉教作》《六月奉教作》《八月奉教作》《九月奉教作》《十月奉教作》《十一月奉教作》《十二月奉教作》《和麹典设扈从东郊忆弟使往安西冬至日恨不得同申拜庆》《饯薛大夫护边》《送司马先生》《风》《石淙》《上清晖阁遇雪》等。具体情况可参见附录列表。①

（二）《文苑英华》对李峤之文的载录

《文苑英华》对李峤文的载录，散见于“中书制诰”“翰林制诰”“表”等10大类之中，基本按文体分类编排，具体为“赋”1篇、“制”44篇、“表”89篇、“碑”4篇、“文”2篇、“序”1篇、“书”5篇、“状”1篇、“启”1篇、“疏”1篇，共计149篇（其中《为太平公主辞起新宅表》《与夏县崔少府书》两篇重出，实为147篇），其实这已经很接近清代《全唐文》的入选数目了。仅仅有《为武攸暨让官封表》《为武攸暨让兼知司礼事表》《上中宗书》《上高长史和诗序》《答李清河书》《谢许致仕表》《谢端午赐衣表》《谏建白马坂大像表》《请减员外官疏》《请辍近侍典大州疏》《为宗楚客让营膳大监第三表》等篇什未被著录。著录情况以及与《全唐文》的比较可参见附录列表。②

由于成书较早，且为官修，大量隋唐五代诗文作品借《文苑英华》得以保存，所以还是具有很高的文献史料价值的。尽管前人对其质量多有诟病，然而毋庸置疑的是，在保存李峤诗文方面，《文苑英华》实在是功不可没。陶敏、李

① 所列内容均参见［宋］李昉等编《文苑英华》，中华书局1966年版，以及《全唐诗》（增订本）卷五七一卷六一。

② 参见《文苑英华》及《全唐文》第二册第1079—1115页。

一飞《隋唐五代文学史料学》称其为“著作渊薮”①，诚然。

综上可知，宋代史志及官修私修书目对李峤作品集多有著录，然所载情况亦不甚一致，说明当时的李峤诗文作品可能有不同版本流传；至于其刊刻传抄情况，无确切记载；但在当时，不少总集却保存了大量李峤诗文作品，有益于后世的辑佚、校勘与研究工作，其中最为突出的就是《文苑英华》。

第四节　明代李峤诗文集的刊刻与流传

明代，尤其进入中后期，城市的繁荣，刻书业的发达，文人士子“文必秦汉，诗必盛唐”的提倡和对唐诗的喜爱与刻意模仿等诸多因素，都使刊刻整理唐五代总集、别集蔚然成风，各种标举选家文学主张、体现自身审美趣尚的唐诗选本亦如雨后春笋般大量涌现。得益于此，李峤的诗文作品尤其是诗歌得以被著录，其文集亦有不同版本刊刻流传。只是，这一时期见诸书目记载的并不是很多。如高儒《百川书志》卷十四：“《李峤诗》三卷，中书令赵州李峤巨山著。其咏物之作凡二十首。”② 很显然，这与之前及后世所见出入很大，只是不知是当时《百川书志》著者高儒所见即是如此，还是另有原因。以上有关李峤咏物诗的记载显然并不准确。

清代莫友芝撰，后经近代著名藏书家、版本目录学家傅增湘（1872—1949）订补的《藏园订补郘亭知见传本书目》中，对明代李峤诗文集的版本信息有以下记载：

> ［补］李峤集三卷。唐　李峤撰。〇明弘治、正德间铜活字印唐人集本，九行十七字，细黑口，左右双阑。袁克文藏。〇明嘉靖十九年朱警刊唐百家诗本，十行十八字，白口，左右双阑。余据明铜活字本校。〇明嘉靖三十三年黄氏浮玉山房刊唐诗二十六家本，十行十九字，白口，左右双阑。从朱警唐百家诗本出。

---

① 《隋唐五代文学史料学》，第112页。

② ［明］高儒：《百川书志》，《续修四库全书》编纂委员会编《续修四库全书》，上海古籍出版社1996年版，第919册，第406页。

［补］李峤集四卷。唐　李峤撰。○明万历十三年吴琯刊唐诗纪本，九行十九字，白口，四周双阑。余临何焯评校于其上。

［补］李峤集一卷。唐　李峤撰。○明万历间毕效钦编刊十家唐诗本，九行十九字，白口，四周双阑。①

这个记载，基本上概括了李峤诗集的三卷本、一卷本的版本情况，较为详尽可靠。

如前所述，宋人刊刻整理唐人别集，往往集中于李白、杜甫、韩愈、白居易等大家，这种情况到了明代，尤其进入明朝中后期，有了一些变化，许多唐代文人的别集都受到了不同程度的重视。李峤的别集此时期就有了不同版本，主要为一卷本与三卷本。仅就笔者所见简要梳理如下：

一、《李峤集》三卷本

三卷本《李峤集》又有以下 3 种版本：

（一）《李峤集》三卷，明铜活字本

此本南京图书馆、国家图书馆均有收藏。笔者于南图所见为其复制后存于“馆藏资源”中的影像资料，在国图所见则为缩微制品。

南图藏影像资料显示其为 9 行 17 字，左右单边单鱼尾，白口，书前有序，然并未注明作序者。云：

李字巨山，赵州人。二十擢进士，迁监察御史。武后同凤阁鸾台平章事。明皇将幸蜀，登花萼楼，使楼前善水调者奏歌，歌曰：“山川满目泪沾衣，富贵荣华能几时？不见只今汾水上，唯有年年秋雁飞。”帝惨怆，移时顾侍者曰：“谁为此？”对曰：“故宰相李峤之词。”帝曰：“真才子！”旧集五十卷，此则后人摭拾而成。前赋后诗，于嘉靖间徐献忠所刊《唐诗百家》次第一式，当从宋本出也。②

① ［清］莫友芝撰，傅增湘订补：《藏园订补郘亭知见传本书目》，中华书局 2009 年版，第 963 页。

② 《李峤集》三卷本，南京图书馆藏，上卷，书前《序》。

此引文与丁丙《善本书室藏书志》一致。该书为上中下三卷，卷上、卷中为一册，卷下一册。卷上先赋后诗，收录《楚望赋》及五、七言古诗，其中，五言古诗 8 首：《秋山望月酬李骑曹》《晚秋喜雨（并序）》《奉教追赴九成宫途中口号》《和同府李祭酒休沐田居》《扈从还洛呈侍从群官》《奉使筑朔方六州城率尔而作》《早发苦竹馆》《安辑岭表事平龙归》；七言古诗 3 首：《宝剑篇》《汾阴行》《拟古东飞百伯劳西飞燕》。卷中为五言律诗，即单题咏物诗 80 首，起于《日》终于《酒》，未分部。卷下五言律诗，其中，单题咏物诗 40 首，未分部，起于《经》终于《布》；之后录五言律诗 23 题 24 首：《寒食清明日早赴王门率成》《侍宴甘露殿》《奉和春日游苑喜雨应制》《奉和七夕两仪殿会宴应制》《立春日侍宴内殿出剪彩花应制》《春日侍宴幸芙蓉园应制》《中宗降诞日长定公主满月侍宴应制》《奉和骊山高顶寓目应制》《和周记室从驾晓发合壁宫》《奉和春日游苑喜雨应制》《奉和人日清辉阁宴群臣遇雪应制》《闰九月九日幸总持寺登浮图应制》《幸白鹿观应制》《和杜侍御太清台宿直旦有怀》《和杜学士江南初霁羁怀》《和杜五弟晴朝独坐见赠》《晚景怅然简二三子》《送李邕》《又送别》《马武骑挽歌二首》《武三思挽歌》《天官崔侍郎夫人卢氏挽歌》《游禁苑幸临渭亭遇雪应制》；五言排律 16 首：《奉和幸荐福寺》《奉和幸长安故城未央宫应制》《皇帝上礼抚事述怀》《奉和天枢成宴夷夏群僚应制》《奉和拜洛应制》《奉和幸韦嗣立山庄侍宴应制》《奉和幸望春宫送朔方军大总管张仁亶》《奉和幸三会寺应制》《刘侍读见和山邸篇什重申此赠》《和杜学士旅次淮口阻风》《田假限疾不获还庄载想田园兼思亲友赠杜幽素》《送光禄刘主簿之洛》《送骆奉礼从军》《军师凯旋自邕州顺流舟中》《夏晚九成宫呈同僚》《王屋山第之侧杂构小亭暇日与奉公同游》；五言绝句 1 题 2 首：《中秋月二首》；七言绝句 3 首：《侍宴桃花园咏桃花应制》《奉和圣制幸韦嗣立山庄应制》《游苑遇雪》。共计 174 题 176 首。①

国图所藏《李峤集》选诗篇目、顺序以及文字内容与上所列相同。

（二）［明］黄贯曾辑《唐诗二十六家》本《李峤集》三卷

铜活字本的《李峤集》三卷黄氏浮玉山房本，藏于国家图书馆，说明为“明嘉靖三十三年”，为 10 行 19 字，白口，左右双边，单鱼尾。

其中又有三种版本：

---

① 选诗情况参见《李峤集》三卷本，南京图书馆藏。

其一，为明末重印明嘉靖十九年（1540）《唐百家诗·初唐二十一家》本，此为刻本，10行18字，白口，左右双边，单鱼尾。笔者所见为现存于国家图书馆的缩微制品。与明铜活字本基本一致。

其二，为上中下三卷，卷上、卷中为一册，卷下一册，所选先赋后诗，顺序与内容均同上。扉页题“周叔弢校”，书末附注曰：

> 李峤字巨山，赵州赞皇人。儿时梦人遗双笔，由是有文辞，弱冠擢进士第，始调安定尉，举制策甲科。武后时官凤阁舍人，每有大手笔，皆特命峤为之。累迁鸾台待郎（当为“侍郎”——笔者注），知政事，封赵国公。景龙中，以特进守兵部尚书，同中书门下三品。睿宗立，出刺怀州。明皇贬为滁州别驾，改庐州。峤富才思，初与王、杨接踵，中与崔、苏齐名，晚诸人没，独为文章宿老，一时学者取法焉。
>
> 卷中缺字依《全唐诗》补入。①

其三，仅存上中两卷，卷上所选与上面所列相同，卷中起于《云》止于《烛》，前边佚《日》《月》《星》《风》4首，后边缺《酒》1首。

（三）《唐百家诗》本《李峤诗集》三卷本

明嘉靖十九年（1544），朱警刊《唐百家诗》本，为10行18字，白口，左右双阑，单鱼尾。丁丙据明铜活字本校。南京图书馆藏。先赋后诗，选诗篇目及顺序同明铜活字本。

以上各种三卷本《李峤集》，目前笔者所见最早为明铜活字本，所选均前赋后诗，且所选诗的排列顺序、文字基本一致，几种不同版本当出于同一底本。

二、《十家唐诗》本《李峤诗集》一卷

初唐《李峤诗集》一卷，明万历毕懋谦刻《十家唐诗》本。现收藏于南京图书馆。然笔者未能见到原本，所见为南京图书馆拍下存于其“馆藏资源”中的影像资料。该本为白口，左右双边，单鱼尾，9行19字。卷端“初唐诗”下边题为“新安毕效钦编，秣陵顾起元校”，书前有序，未注明作者。序曰：

---

① ［明］黄贯曾辑：《唐诗二十六家》本《李峤集》三卷，国家图书馆藏。

《十家唐诗》十卷，明万历刊本，新安毕效钦增订，秣陵顾起元校正。前有万历辛卯新安方宏静序，又万历戊申江宁顾起元序，金陵朱之蕃序，万历壬辰新都毕力忠自序。所选十家，初唐为李峤、为张说、为张九龄、为苏颋，盛唐为储光羲、为李颀、为常建、为崔颢、为王昌龄、为祖咏。

此书共两册，第一册为目录，第二册为选诗，集前有小传曰：

李峤字巨山，赵州人，儿时梦人遗双笔，自是有文辞。十五通五经，二十擢进士第。神龙初为中书令，相中宗。峤富于才思，人多传讽，前与王杨接武，中与崔苏齐名，晚诸人殁，为文章宿老。然有三戾，己好荣迁，憎人升进；己好文章，憎人才华；己好贪浊，憎人受贿。有集五十卷。①

诗集按体编次，分别著录五言古诗7首，五言律诗157首，五言排律20首，七言律诗3首，五言绝句1题2首，七言绝句3首，共计为192首，具体情况为：

五言古诗除《长林令卫象饧丝结歌》外，其余6首均与明铜活字本同。而《长林令卫象饧丝结歌》，《全唐诗》著录于司空曙名下。②

五言律诗157首，其中单题咏物诗120首，选诗次序及诗中缺字缺句均与明铜活字本同。其余37首中，有10首未见前录，分别为：《洛阳河亭奉酬留守群公追送》、《寻纪道士偶会诸叟》、《同萧炼师宿太乙庙》、《送同落第东游》、《别柳判官赴振武》（第四句以后缺失）、《失题》、《送流人》、《过胡居士睹王右丞遗文》、《送郎使君赴郢州》、《贼平后送人北归》。其中，《洛阳河亭奉酬留守群公追送》、《寻纪道士偶会诸叟》、《同萧炼师宿太乙庙》、《送同落第东游》、《别柳判官赴振武》（《全唐诗》作《送柳判官赴振武》且无缺句），《全唐诗》著录于李益名下③；《失题》（实为《赠李端》）、《送流人》、《过胡居士睹王右丞遗文》、《送郎使君赴郢州》、《贼平后送人北归》，《全唐诗》收录于司空曙名下。④

---

① 《十家唐诗》本《李峤诗集》一卷本，南京图书馆藏。

② 参见《全唐诗》，第3324页。

③ 参见《全唐诗》，第3211页。

④ 参见《全唐诗》，第3309—3310页。

三、《唐音统签》本

明末胡震亨倾其毕生精力编纂的唐五代诗歌总集《唐音统签》，全书千余卷，以天干为纪，自《甲签》至《壬签》，按时代先后辑录唐及五代的诗作以及词曲、歌谣、谚语、酒令、占辞等。《癸签》则为包括体裁、法微、评汇、乐通、诂笺、谈丛、集录等部分的资料汇编。

《唐音统签·乙签六十八》卷四十六至卷五十一，共六卷，前有小传曰：

> 李峤，字巨山，赵州人，弱冠举进士。则天朝官凤阁舍人，每有大手笔，皆特命峤为之。累迁鸾台侍郎知政事，封赵国公。景龙中，以特进守兵部尚书同中书门下三品。睿宗立，出刺怀州。玄宗贬为滁州别驾，改庐州，卒。峤富才思，初与王杨接踵，中与崔苏齐名，晚诸人没，独为文章宿老，一时学者取法焉。集五十卷，杂咏诗十二卷。

其后小字附注云：

> 《宋志》峤诗十卷，《新咏》一卷，《通考》止存《单题诗》一卷。张说云："李峤、崔融、薛稷、宋之问之文，如良金美玉，无施不可。"《纪事》云："峤有三戾，性好荣迁，憎人升进；好文章，憎人才笔；性贪浊，憎人受赂。"①

《唐音统签》按不同体裁收录李峤诗作191题193首。其中，卷四十六为五言古诗7首，七言古诗3首，计10首；卷四十七录五言律诗29题31首；卷四十八、四十九为120首单题咏物诗，未分部类，未完全按顺序排列；卷五十为五言排律21首，卷五十一为七言律诗3首，五言绝句2题3首，七言绝句5首。具体情况详见附录列表。

胡震亨《唐音统签》本著录李峤诗的编排体例、选诗顺序其实与明铜活字三卷本《李峤集》大体一致。这个体例与顺序，后来一直沿用至《全唐诗》。

---

① ［明］胡震亨辑：《唐音统签》，故宫博物院编"故宫珍本丛刊"第595册，海南出版社2000年版，第186页。

第五节 清代李峤作品的刊刻与著录

有清一代，由于统治者在思想上的禁锢等诸多因素的影响，迫于大环境的压力，读书人普遍继承自汉代以来以考据和训诂为核心的经学传统，潜心于古籍的整理研究，学术界空前繁荣。得益于此，李峤诗文作品的整理研究工作亦较之前有所发展。

一、有关书目记载

（一）丁丙《善本书室藏书志》

丁丙《善本书室藏书志》在卷二十四著录《李峤集》三卷，下边注明为“明活字本”，并云：

> 峤字巨山，赵州人，二十擢进士，迁监察御史，武后时同凤阁鸾台平章事。明皇将幸蜀，登花萼楼，使楼前善水调者奏歌，歌曰：“山川满目泪沾衣，富贵荣华能几时？不见至今汾水上，唯有年年秋雁飞。”帝惨怆，移时顾侍者，曰：“谁为此？”对曰：“故宰相李峤之词也。”帝曰：“真才子！”旧集五十卷，此则后人摭拾而成，前赋后诗，与嘉靖间徐献忠所刊《唐诗百家》，次第一式，当从宋本出也。
>
> 《故中书令郑国公李峤杂咏》
>
> 西域辛文房《唐才子传》“《李峤集》五十卷，《杂咏诗》十二卷，单题诗一百二十首，张方为注，传于世。”此即《单题诗》也。上卷：乾象、坤仪、芳草、嘉树、灵禽、祥兽；下卷：居处、服玩、文物、武器、音乐、玉帛。凡十二部，每部十首，张注已佚，前唯存巨唐天宝六载登仕郎守信安郡博士张庭芳撰序耳。此书传自东瀛嘉庆间传写者也。①

由上可知，丁氏所藏之《李峤集》三卷本，“前赋后诗，与嘉靖间徐献忠所刊《唐诗百家》，次第一式，当从宋本出也”。而《李峤杂咏》，无注，分上下两卷，

---

① ［清］丁丙：《善本书室藏书志》，《续修四库全书》编纂委员会编《续修四库全书》，上海古籍出版社1996年版，第927册，第435页。

前有张庭芳所撰之序，“东瀛嘉庆间传写者也”，即《佚存丛书》本或者以《佚存丛书》本为底本。

（二）孙星衍《平津馆鉴藏书籍记》

清代著名藏书家、目录学家孙星衍（1753—1818）在其《平津馆鉴藏书籍记》卷三《旧影写本》部分著录《李峤杂咏》二卷：

> 《李峤杂咏》二卷，影写本，前有唐天宝六载张庭芳序，自乾象至玉帛十二部，每部十首，共百廿首。《全唐诗》李峤集本有此诗，中多缺句，此本俱完。”钱塘丁丙善本书室著录亦此本也。末有己未天瀑跋。①

据此可知，孙氏所著录的当为《佚存丛书》本或以《佚存丛书》为底本。

（三）《藏园订补郘亭知见传本书目》

《藏园订补郘亭知见传本书目》亦著录了清代《李峤杂咏》的版本信息。

> ［补］《李峤杂咏》二卷。唐　李峤撰。日本宽政至文化间刊佚存丛书本，在第一辑。○清光绪间湖北崇文书局刊正觉楼丛刻本。
>
> ［补］《杂咏》二卷。唐　李峤撰。○清嘉庆间吴省兰辑刊艺海珠尘本，十行二十一字，白口，左右双阑。在木集。②

这个记载，主要是《李峤杂咏》的《佚存丛书》本、《艺海珠尘》本的版本情况。

二、《全唐诗季振宜写本》

《全唐诗季振宜写本》为清初季振宜在钱谦益所编唐诗稿本基础之上续修编纂而成。即后来康熙年间编修《全唐诗》时“朕兹发内府所有《全唐诗》，命诸词臣，合《唐音统签》诸编，参互校勘，搜补缺遗，略去初盛中晚之名，一依

---

① ［清］孙星衍：《平津馆鉴藏书籍记》，《续修四库全书》编纂委员会编《续修四库全书》，上海古籍出版社 1996 年版，第 923 册，第 638 页。

② 《藏园订补郘亭知见传本书目》，第 963 页。

时代分置次序”①，所谓的“内府所有”的“《全唐诗》”②。该书于卷四七—卷五一录李别驾（即李峤）诗五卷③，前有小传：

李峤，字巨山，赵州赞皇人。儿时梦人遗双笔，自是有文词。擢进士第，始调安定尉，举制策甲科，迁长安。时畿尉名文章者，骆宾王、刘光业，峤最少。典等夷授监察御史，忤武后旨，出为润州司马，久乃召为凤阁舍人，文册大号令，多主为之。俄知天官侍郎，同凤阁鸾台平章事，会张锡辅政，峤其出也，罢为成均祭酒，张易之败，坐附会，贬通州刺史，数月，以吏部侍郎召，俄迁尚书。中宗景龙三年，加修文馆大学士，以特进同中书门下三品。睿宗立，罢政事，下除怀州刺史。致仕初，中宗崩，峤尝密请相王诸子不宜留京师，及玄宗嗣位，获其表宫中，或请诛之。张说曰：“峤诚憯逆顺，然为当时谋，吠非其主，不可追罪。”遂免，贬滁州别驾，听随子虔州刺史畅之官，卒。峤富才思，有所属缀，人多传讽。武后时，汜水获瑞石，峤为御史，上《皇符》一篇，为世讥薄。然其仕前与王勃、杨盈川接，中与崔融、苏味道齐名，晚诸人没，而为文章宿老，一时学者取法焉。张说评曰：“李峤、崔融、薛稷、宋之问之文，如良金美玉，无施不可。”峤有三戾，性好荣迁，憎人升进；性好文章，憎人才笔；性贪浊，憎人受赂。皮日休《松窗录》云：“中宗尝召宰相苏瑰、李峤之子进见，时皆童年，帝谓曰：‘汝等各以所通书，取宜奏吾者言之。’颋应曰：‘木从绳则正，后从谏则圣。’峤之子忘其名，奏曰：‘斫朝涉之胫，剖贤人之心。’帝曰：‘苏瓌有子，李峤无儿。’”峤之子或虔州刺史欤？

全书共载录李峤诗206首，虽未明确是按体裁著录的，但每卷的情况却大致上如此，即：卷四十七为12首古体诗，与《全唐诗》相比，未录《秋山望月酬李骑曹》。卷四十八载录42题44首五言律诗，与《全唐诗》略同。卷四十九、卷

① 《全唐诗》卷首康熙《御制全唐诗序》。

② 具体情况可参见《隋唐五代文学史料学》，第139页。

③ 参见［清］季振宜编：《全唐诗季振宜写本》，故宫博物院编“故宫珍本丛刊”第621册，海南出版社2000年版，第338—357页。

五十为单题咏物诗 120 首。其中，卷四十九 58 首，卷五十 62 首。其排列顺序、缺字缺句及作者存疑情况与《全唐诗》略同，只缺字句未明确于题下标出，往往只在原文空出。卷五十一为五排及五、七绝，29 题 30 首，未录《上清晖阁遇雪》《石淙》两首，《饯薛大夫护边》一诗只作《饯薛》。

三、《全唐诗》本

（一）彭定求等编《全唐诗》本

清代康熙四十五年（1706）纂修完成的《全唐诗》，以胡震亨《唐音统签》及季振宜《全唐诗稿本》为基础，“又旁采残碑、断碣、稗史、杂书之所载，补苴所遗，凡得诗四万八千九百余首，作者二千二百余人”①。正如康熙在《御制全唐诗序》中所云：“朕兹发内府所有《全唐诗》，命诸词臣，合《唐音统签》诸编，参互校勘，搜补缺遗，略去初盛中晚之名，一依时代分置次序。”该书“网罗赅备，细大不遗。……得此一编，而唐诗之源流正变，始末厘然。自有总集以来，更无如是之既博且精者矣。”虽难免有溢美之词，却也足以说明《全唐诗》在研究唐代诗歌方面的文献资料价值。

《全唐诗》卷五七前附有作者小传曰：

> 李峤，字巨山，赵州赞皇人。儿时梦人遗双笔，由是有文辞。弱冠擢进士第，始调安定尉，举制策甲科。武后时，官凤阁舍人。每有大手笔，皆特命峤为之。累迁鸾台侍郎，知政事，封赵国公。景龙中，以特进守兵部尚书同中书门下三品。睿宗立，出刺怀州。明皇贬为滁州别驾，改庐州。峤富于才思，初与王杨接踵，中与崔苏齐名，晚诸人没，独为文章宿老，一时学者取法焉。集五十卷，今编诗五卷。②

《全唐诗》卷二“中宗皇帝”名下《十月诞辰内殿宴群臣效柏梁体联句》收录李峤诗一句。卷二五杂曲歌辞录《东飞伯劳歌》（卷五七作《拟古东飞伯劳西飞燕》，为重出）。卷二八录《桃花行》（卷六一作《侍宴桃花园咏桃花应制》，为重出）。卷五七—卷六一收录李峤诗作五卷，计 206 题 209 首，其中，卷五七为

---

① 《四库全书总目》，第 1725 页。

② 《全唐诗》，第 687 页。

古体诗13首，《鹧鸪》题下有“一作韦应物诗”；卷五八为五言律诗42题44首，《送沙门弘景道俊玄奘还荆州应制》题下有注“一作宋之问诗”；卷五九、卷六〇为单题咏物诗，未分部，顺序亦未完全按部类编排，共120首，卷五九58首，其中《原》《河》《檄》《戈》《箫》题下注明有缺句缺字，《钟》题下注“一作宋之问诗”，卷六〇为62首，《素》有缺字；卷六一31题32首，分别为七言律诗3首、五言排律20首、五言绝句2题3首、七言绝句5首、七言律诗1首。卷一九三韦应物诗有《鹧鸪啼》下注“一作李峤诗（即卷五七之《鹧鸪》）。共计209首又一句。通过与《全唐诗季振宜写本》以及《唐音统签》比较，可以看出其对两者之“参互校勘，搜补缺遗”。

（二）上毛氏何世宁纂辑《全唐诗逸》

迄今为止，《全唐诗》当为搜罗李峤诗最多的版本。然其成书之后，即有学者指出其重收、误收、漏收等诸多不足之处，也有学者进行了相关研究整理工作。约相当于乾隆年间成书的《全唐诗逸》，署名“［日本］上毛氏何世宁纂辑”，三卷，前有淡海竹常撰《全唐诗逸序》，写作时间为“天明八年戊申十月”（即公元1788年，也即清乾隆五十三年）。

该书于卷下附：

> 李峤（桥）杂咏诗百二十首。《全唐诗》所载缺文颇多，今照此帮古本所传补书之，以附此。

其后有对《原》《河》《檄》《戈》《箫》《素》6首诗所缺字句的补遗。①

四、《全唐文》本

（一）董诰等编《全唐文》

成书于清嘉庆十九年（1814），迄今规模最大的唐五代文总集《全唐文》，共1000卷，先后有100多人参与编纂、勘校和总阅，共收入作者3035人的文20025篇，可谓“搜采十分浩博”“考证校勘较为精密”②。《全唐文》收录李峤之文，并于卷二四二前有李峤小传：

---

① 参见《全唐诗》，第10289—10290页。

② 《隋唐五代文学史料学》，第143—145页。

> 峤字巨山，赵州赞皇人。举进士，累迁麟台少监，圣历初同凤阁鸾台平章事，转成均祭酒，罢知政事，检校文昌左丞。长安三年，复以本官平章事。中宗朝封赞皇县公，拜中书令，加修文馆大学士，进封赵国公。元宗践位，以中宗时峤密表相王诸子勿留京师，下制放斥，寻起为卢州别驾，卒。年七十。①

《全唐文》于卷二四二—二四九卷著录李峤文共8卷。其中，卷二四二载录：赋1篇、制44篇、文1篇，计46篇；卷二四三：表24篇；卷二四四：表24篇；卷二四五：表25篇；卷二四六：表21篇；卷二四七：疏4篇、书6篇、状1篇、序1篇、启1篇，计13篇；卷二四八：碑3篇；卷二四九：碑1篇、文1篇，计2篇。合计：赋1篇、制44篇、表94篇、疏4篇、书6篇、状1篇、序1篇、启1篇，碑4篇，文2篇，共计158篇。

（二）陆心源《唐文拾遗》

清代藏书家、学者陆心源最早为《全唐文》进行补遗，成《唐文拾遗》《唐文续拾》二书，共补录佚文3000多篇。其中《唐文拾遗》于卷十六著录《为王相公请改六书表》，题目后注云："按：此文《书苑菁华》题做李峤，今存其目，文见《全唐文》九百六十二。"②

检视《全唐文》卷九六二，录有此文，作者为阙名。③

至此，李峤文共计159篇。

五、《李峤杂咏》的几个不同版本

（一）《佚存丛书》本《李峤杂咏》

《佚存丛书》由天瀑山人林衡（亦即林述斋）在日本收集中国久佚之古籍成书，计6帙17种，111卷，成书于1799—1810年间。卷末均附天瀑山人跋注。有日本宽政至文化间刊本、1882年沪上黄氏木活字排印本。国家图书馆藏两种版本：一为丛书第6册，版心题"百二十咏"，10行20字，黑口，四周单边，

① 《全唐文》，第1079页。

② 《全唐文》，第五册，《唐文拾遗》卷十六，第76页。

③ 参见《全唐文》，第4430页。

单鱼尾，扉页题“安沈秉署检”“光绪壬午孟夏校印”（即1882）；一为第一帙，9行18字，黑口，四周单边，单鱼尾。两个版本卷前均有《故中书令郑国公李峤杂咏百二十首序》，题曰“登仕郎守信安郡博士张庭芳撰”（全文见第一节），书后附天瀑山人林氏之“识”，全文如下：

李郑公杂咏二卷，或称《百咏》，或称《百二十咏》。皇朝中叶甚喜此诗，家传户诵，至使童蒙受句读者亦必熟背焉。以故诸家传本不一而足，在彼中则其诗虽散见诸类书各门，而单行本后世益轶矣。及康熙中编《全唐诗》而杂咏亦存乎其中，然佚数句者甚多，岂拾掇诸书所载以裒录者。《唐书·艺文志》云“《李峤杂咏》十二卷”，疑误羡“十”字。《宋史·艺文志》作“《李峤新咏》一卷”，识已非其旧矣，“新”字恐是杂字因形似伪耳。予所览诸本，而唯此本最系古胜。其为唐时监本，不容疑焉。故校而传之了。己未小重阳日天瀑。

张庭芳序撰予作注时，《朗咏集注》往往引《百咏集注》，而今已亡，爰据原本仍冠其序于首，《宋志》载庭芳注《哀江南赋》而不及此注，则逸亡之久可知云。天瀑又识。①

《佚存丛书》本《李峤杂咏》分上下卷，上卷：乾象、坤仪、芳草、嘉树、灵禽、祥兽；下卷：居处、服玩、文物、武器、音乐、玉帛。因其底本源于海外，且已在日本长期流传，其诗与《全唐诗》文字内容存较大差异，而《池》与《筝》两首诗，《佚存丛书》本与《全唐诗》所选录诗，文字内容甚至完全不相同。大多数诗则是诗句或字句有不同。

（二）《艺海珠尘》本《李峤杂咏》

《艺海珠尘》丛书，清嘉庆年间吴省兰辑。8集，163种。后其婿钱熙辅又续2集，42种。所收前人著作包括经学、小学、诗文等著作。《杂咏百二十首》在辛集中。

国家图书馆藏有《艺海珠尘》本，扉页有“集部别集类五”“南汇吴省兰泉之集”“嘉兴陈元鉴　金士校”内容。集前小传：

---

① 《佚存丛书》本《李峤杂咏》，国家图书馆藏。

字巨山，赵州赞皇人，唐初擢进士第一，历中书令、特进、赵国公，终庐州别驾。①

集中有些诗正文之下附有诸如“中本作×”“中华本作×”形式的校勘文字。

（三）《正觉楼丛书》本《李峤杂咏》

国家图书馆藏有两种版本的《正觉楼丛书》本《李峤杂咏》，分别是清道光九年（1829）刊刻，李瀚章辑，刻本，崇文书局刊印；以及清光绪六—七年（1880—1881）刊刻。均为9行18字，白口，左右双边，单鱼尾，书前有“登仕郎守信安郡博士张庭芳撰”《故中书令郑国公李峤杂咏百二十首序》。均分上下两卷，上卷为乾象、坤仪、芳草、嘉树、灵禽、祥兽；下卷为居处、服玩、文物、武器、音乐、玉帛。所选篇目、选诗顺序、诗的内容相同，且同于《佚存丛书》本。

第六节　20世纪以来李峤诗文集的整理刊刻

进入20世纪以来，伴随着敦煌古籍的发现与整理研究，域外大量汉籍的回归，墓志碑文的不断出土，学界视野得以空前开拓，学者的学术观念、研究方法也在不断更新，这都使得古代文集的整理以及古代文学的研究进入一个崭新的阶段，取得了令人瞩目的丰硕成果。在这样的大背景之下，有关李峤的研究同样引起了学界更多关注，其作品也得到进一步的整理。具体主要有以下几方面的成果。

一、《全唐诗》《全唐文》研究中对李峤诗文的辑佚辨伪工作

（一）关于《全唐诗》

20世纪以来，尤其进入新时期，学者倾注了大量精力针对《全唐诗》进行了细致缜密的辑佚、辨伪等工作，成果可谓层出不穷，其中，涉及李峤诗作的主要为辑佚与校勘，有以下成果：

① 《艺海珠尘》本《李峤杂咏》，国家图书馆藏。

1. 童养年辑录、陈尚君修订《全唐诗续补遗》

童养年辑录，陈尚君修订，中华书局编辑部点校的《全唐诗》（增订本）收录在第14册，该书于卷一补录李峤一首七言绝句《钱》。并于诗后注明：“《古今图书集成·食货典》三五八《钱钞部》。”①

2. 陈尚君辑《全唐诗续拾》

由陈尚君补辑，共60卷，中华书局编辑部点校的《全唐诗》（增订本）收录在第15册，其于卷九补录李峤《池》《筝》2首诗，诗后有“以上见《佚存丛书》本《李峤杂咏百二十首》卷下”，且云：

> 按：《佚存丛书》本《李峤杂咏百二十首》，所录诸诗文字与《全唐诗》所载者差异较大。以上二诗完全不同，故另录出。有一句或数句不同者，录如次。仅个别文字不同者从略。

其后列出《风》《雾》《梨》《楼》《桥》《帘》《扇》《墨》《刀》《弹》《琵琶》《珠》《绫》《素》《锦》《布》16首之所存异句。后又录“伯三七三八”“斯五五五”敦煌残卷李峤诗之异句。②

3.《全唐诗》收李峤诗的重出与辨伪

学者很早就已经注意到《全唐诗》重收误收问题并有所考证，李峤诗中亦有此类问题，计有11首与他人重出：与宋之问重出6首，《春日侍宴芙蓉园应制》《钟》《笛》《奉和九月九登慈恩浮图应制》《送沙门弘景道俊玄奘还荆州应制》《九日应制得欢字》；与李乂重出1首，《奉和春日游苑喜雨应制》；与徐彦伯重出《上清晖阁遇雪》，又见于赵彦伯名下；与韦应物重出1首《鹧鸪》；与张乔重出《中秋月二首》。王启兴先生认为这11首重出之作中，《奉和春日游苑喜雨应制》应为李乂之作，《鹧鸪》当为韦应物所作，其余9首皆为李峤诗，其考证详细严谨，不再赘述。③

目前为止，笔者可以搜集到的李峤的诗歌，《全唐诗》及其补遗共210首，

---

① 《全唐诗》，第十四册《全唐诗续补遗》，第10599页。

② 引文及校勘情况参见《全唐诗》第十五册第11012—11013页。

③ 参见《初唐三诗人重出诗篇考辨》，第78—80页。

其中，有 2 首基本可以确定非李峤所作，确定为其诗作的共 208 首又一句。

（二）关于《全唐文》

进入 20 世纪以来，针对《全唐文》的研究主要集中于搜罗佚文与纠订讹误等方面，李峤之文亦有多篇被辑出，具体情况如下：

1. 吴钢主编《全唐文补遗》

吴钢主编的《全唐文补遗》，汇集了近年新发现的唐五代墓志等资料，共 7 辑，其于第 2 辑收录李峤所作墓志 1 篇，即《大周故纳言博昌县开国男韦府君夫人琅耶郡太君王氏（婉）墓志铭》。① 该文亦见录于周绍良主编的《唐代墓志汇编续集》。②

2. 陈尚君辑校《全唐文补编》

由陈尚君辑校整理的《全唐文补编》160 卷，当为对 20 世纪以来唐代文献的一次全面的整理。该书于卷二七收录李峤文章 4 篇，即《为诸王男等加封邑制》、《封某王男某郡王制》、《选贤为州县官奏》（题拟）、《代群官谢恩表》。③

3. 陈冠明《〈全唐文〉李峤卷考辨厘正》

陈冠明先生在该文中对《全唐文》李峤卷的“重出”“误入”“遗漏”三个问题进行了较为详尽的考辨厘正。以下为具体内容④：

其一：重出。《为王华畅谢兄授官表）（卷二四六）又见于《全唐文》卷二一〇陈子昂卷，题作《为王美畅谢兄官表》，经考证当为陈子昂所作。《请减员外官疏》与《上中宗书》（卷二四七）多有重复，疑为同一篇。

其二：误入。第一种情况为李峤之文误入他人集中，《为王相公请改六书表》载《全唐文》卷九六二，著者阙名，实为李峤文。第二种情况，他人之作误入李峤卷，《答李清河书》（卷二四七）实为萧颖士文，而非李峤所作。《让同平章事表》应为《为淮南杜相公让平章事表》，且为刘禹锡所作。

其三：遗漏。据《唐大诏令集》等文献补入《封某王男某郡王制》《请雪免为周兴等所劾破家者疏》以及《请辍近侍典大州疏》（卷二四七）之佚文。

---

① 参见《全唐文补遗》，第 8 页。

② 参见周绍良、赵超主编：《唐代墓志汇编续集》，上海古籍出版社 2001 年版，第 349 页。

③ 参见陈尚君辑校：《全唐文补编》，中华书局 2005 年版，第 327 页。

④ 参见《〈全唐文〉李峤卷考辨厘正》，第 23—26＋20 页。

二、《李峤杂咏》的几个版本

进入20世纪以来，《李峤杂咏》有几次重印的情况：

（一）以《佚存丛书》为底本的重印本

主要是《续修四库全书》本、《丛书集成初编》本。

其中，《续修四库全书》本在集部别集类，丛书的第1305册，与《骆临海集笺注》《王子安集注》《李诗选注》同在一册。集前有“据民国十三年上海商务印书馆影印日本宽政至文化间本影印原书版框高一三三毫米宽一八〇毫米”字样。前有张庭芳所撰之序。后有天瀑山人跋及识。与《佚存丛书》本完全相同。①

（二）《丛书集成新编》本

台北新文丰出版公司出版，在第69册，目录前标有“艺海”字样，书前有：

> 字巨山，赵州赞皇人。初唐擢进士第一，历中书令、特进、赵国公，终庐州别驾。

分上下卷，书后有张庭芳序及天瀑山人跋及识。

（三）《日藏古抄李峤咏物诗注》

1998年8月，上海古籍出版社影印出版的“海外珍藏善本丛书”，包括《唐钞文选集注汇存》《海外孤本晚明戏剧选集三种》《日藏宋本庄子音义》以及胡志昂编的《日藏古抄李峤咏物诗注》。

由旅日学者胡志昂整理的这个李峤杂咏注的影印本，为庆应艺术大学贵重书室藏本，为日本现存各种版本中最早的古钞完本，分上下卷。在书的前言部分，胡志昂先生对李峤咏物诗注的张庭芳注本在日本的流传情况以及国内李峤杂咏的版本源流进行了详细介绍。前有张庭芳序，后有天瀑跋及识。书后附敦煌残卷二种以及咏物诗古注佚文。

---

① 《续修四库全书》编纂委员会编：《续修四库全书》，上海古籍出版社1996年版，第1305册，第509—510页。

三、当代对李峤诗集的整理与出版

（一）影印明铜活字本《李峤集》三卷

上海古籍出版社1981年影印出版，共8册，《李峤集》在第1册。此为影印明铜活字本，所选诗的顺序以及其他内容均与明活字本同，很好地保存了明代铜活字本的原貌。

（二）徐定祥《李峤诗注　苏味道诗注》

上海古籍出版社出版的“唐诗小集”丛书之一种，为与《苏味道诗注》本合集。前半部分为《李峤诗注》本。共收录李峤诗207题209首。全书分为四卷，其中，卷一为编年部分，收录诗44首；卷二为不编年部分，收录诗43题45首；卷三、卷四为120首杂咏诗。

该书前言部分简单介绍了李峤生平、作品版本、文学成就等情况。附录则辑录了相关的研究资料，为进一步拓展研究提供了必要的线索。书中利用佚存本、明正德铜活字本、徐献忠本、黄氏浮玉山房本等诸版本以及选本，对李峤诗进行了校勘，并对一些词语典故进行了注解，为迄今唯一的李峤诗歌注本。

小　结

至此，笔者已经对李峤诗文作品在各种总集中著录文集的版本流传情况进行了较为细致系统的梳理，在此基础之上，可以得出以下几个结论。

第一，初唐武后、中宗朝为当时学者所取法的“文章宿老”李峤，诗文在其生前身后或已流传，然多散佚，至迟于天宝年间，其120首杂咏诗已经结集并由张庭芳为之作注，该注本很快便东渡日本，成为当时乃至后世日本重要的蒙学读本，成为学习创作律诗的初学教材，在长期流传过程中形成了至少3种版本体系的8个抄本。而在国内，至宋代，诗尚存，注已佚，官私书目多作“张方为注”之说。到了清嘉庆年间，由天瀑山人林衡在日本收集中国久佚古籍刊行，于是有了《佚存丛书》本，有日本宽政至文化间刊本，其后或以此为底本刊刻印行，形成《正觉楼丛书》本、《续修四库全书》本等版本，或以此与《全唐诗》等互校。1998年，张庭芳注、胡志昂编《日藏古抄本李峤咏物诗注》收入上海古籍出版社“海外珍藏善本丛书”。

第二，目前所见“唐人选唐诗”诸选本，仅有芮挺章《国秀集》、佚名《搜玉小集》、李康成《玉台后集》收录李峤诗 7 首。宋初《文苑英华》成为最早大量保存李峤诗文作品的大型类书，其诗按内容分部分类著录，其文则按内容体裁著录。由于《文苑英华》成书较早且为官修，李峤诗文借此得以保存。之后的其他总集，如《古今岁时杂咏》《万首唐人绝句》《唐文粹》等，亦不同程度著录保存了李峤的诗文作品。在古籍因种种原因大量散佚的大背景之下，李峤的诗文赖次得以流传于后世。

第三，《李峤集》的版本情况，散见于宋元时期大量官私书目之中，有三十卷、五十卷等不同说法，然其刊刻情况却因缺少记载而无法知其原貌，至明代正德年间的铜活字本《唐五十家诗集·李峤集》三卷，为较早的三卷本《李峤集》；明嘉靖三十三年（1544）黄氏浮玉山房黄贯曾辑《唐诗二十六家》本《李峤集》三卷本以及明万历毕懋谦刻《十家唐诗》本《李峤诗集》一卷。

第四，分别成书于明末及清初的胡震亨《唐音统签》和季振宜等的《全唐诗稿本》，成为清康熙年间编纂《全唐诗》的依据。由《全唐诗》以及后人为之所做的辑佚、辨伪等工作，现知李峤诗合计 210 首又一句。而《全唐文》以及其后的《唐文拾遗》《全唐文补遗》《全唐文补编》等，则使目前注明著者为李峤或经考证著者为李峤的文达到 164 篇。

第五，徐定祥《李峤诗注》为目前唯一李峤诗的注本，由上海古籍出版社于 1995 年 6 月出版，为“唐诗小集”丛书之一种。

第六，各种文献中有关李峤其人的小传或记载，呈现大同小异的情况，盖因相互转引所致。

总之，以上有关于李峤诗文集版本及作品著录情况的梳理总结，为我们做进一步研究打下了必要的基础。

第二章　家世与生平考略

李峤，字巨山，赵州赞皇人，生于唐太宗贞观后期，卒于玄宗开元初。他十五便已能通《五经》，二十即擢进士第，进而举制策甲科，历仕唐高宗、武后、中宗、睿宗、玄宗五朝，曾三知政事，亦曾数遭贬谪，一生宦海沉浮，仕途坎坷，晚年更是颠沛流离，年七十卒于庐州别驾（唐代州刺史下亦设立长史官，名为刺史佐官，却无实职，亦称为别驾）。文学成就方面，其前与王勃、杨炯相接，中与崔融、苏味道、杜审言合称“文章四友”，又与苏味道并称“苏李”。在初唐武后、中宗朝可谓位高、权重、名显。然其家世、生平仕历，尤其其家世情况，虽散见于两《唐书》本传以及其他文献典籍中，却不甚详细。本着“知人论世”的原则，为了能够更加全面地把握他的思想性格，以期更为深刻准确地解读其诗文作品，我们有必要对其家世、生平仕历进行深入细致的研究。

第一节　代为著姓——李峤家世考略

有关李峤家世情况，《旧唐书》卷九十四《列传》第四十四（以下简称《旧传》）、《新唐书》卷一百二十三《列传》第四十八之本传（以下简称《新传》）、《新唐书》卷七二《表》第十二《宰相世系》（以下简称《世系表》）等史志典籍之中均或多或少有所记载。此外，李峤长子李畅墓志《唐正议大夫使持节相州诸军事守相州刺史上柱国赞皇县开国子李公墓志铭（并序）》（以下简称李畅《墓志》）亦提供了一些佐证材料。如《旧传》云：

> 李峤，赵州赞皇人，隋内史侍郎元操从曾孙也。代为著姓，父镇恶，

襄城令。峤早孤，事母以孝闻。①

而《新传》则更为简略：

李峤字巨山，赵州赞皇人。早孤，事母孝。②

元人辛文房《唐才子传》亦云：

峤字巨山，赵州人。③

傅璇琮先生在其所主编的《唐才子传校笺·李峤》中做了简要考述，为方便研究引述，兹录相关内容如下：

按据《新唐书》卷七十二上《宰相世系表》二上，赵郡李氏东祖房，有李孝贞："字元操，隋冯翊太守、武安县公。"其弟孝基，即峤曾祖，隋晋王文学；孝基子野王，唐鲁郡功曹；野王子镇恶，襄城令。镇恶生峤。《新表》载峤字巨山，《唐诗纪事》卷一〇李峤条同。

又李孝贞，《北史》有传（卷三三）。据传，孝基仕北齐，"孝基从姊则昭信皇后，从兄祖勋女为废帝济南王妃，祖钦女一为后主娥英，一为琅邪王俨妃，祖勋叔骞女为安德王延宗妃。诸房子女，多有才貌，又因昭信后，所以与帝室姻媾重叠。""元操弟孝基，亦有才学，风词甚美。以卫尉丞待诏文林馆，位仪曹郎中。"

又据《新唐书》卷三九《地理志》三，河北道赵州赵郡有赞皇县（今河北省赞皇县）。④

① 《旧唐书》，第2992页。

② 《新唐书》，第4367页。

③ 《唐才子传校笺》，第119页。

④ 《唐才子传校笺》，第119—120页。

由此，我们对李峤先祖及家世情况便已然有了大致了解。只是，史料记载过于简略且十分分散，而傅先生所考，仅止于峤之曾祖李孝基以及从曾祖孝贞，其曾祖孝基以上世系情况无考。笔者依据《世系表》《北史》，并结合清末出土墓志《魏故使持节侍中都督定冀相殷四州诸军事骠骑大将军定州刺史尚书令仪同三司文静李公墓志铭》（本章以下简称李宪《墓志》）以及李峤长子李畅《墓志》等史料，试对其籍里、家族世系进行较为翔实的考证。

一、赵郡及赵郡李氏家族

李峤为赞皇人，属赵郡李氏家族。赵郡李氏至唐代和陇西李氏、范阳卢氏、荥阳郑氏、清河博陵崔氏、太原王氏并为五大高门士族，仕宦显达，具有深厚的家学渊源和良好的家风。李峤在其文中尝自称"赵国李峤"，如"八月十五日三原县尉赵国李峤谨再拜"（《上雍州高长史书》）及"月日三原县尉赵国李峤谨再拜致书于崔录事司马录事"（《与雍州崔录事司马录事书》）①，可见其对家世的自矜，亦可知唐人对门第郡望其实是很重视的。

据《世系表》可知，李峤属赵郡李氏之东祖房。②

（一）关于赵郡

关于赵郡，《旧唐书》卷三十九《志》第十九《地理二》有：

赵州　汉平棘县，故城在今县南。后魏于昭庆县置殷州，齐改为赵州。隋废，寻复置赵郡于平棘县。武德元年，张志昂以郡归国，改为赵州，领平棘、高邑、赞皇、元氏、廮陶、栾城、大陆、柏乡、房子、槀城、鼓城十二县。其年，以槀城属廉州，以鼓城属深州。四年，改大陆为象城。天宝元年，改为赵郡。乾元元年，复为赵州。旧领县九，户二万一千四百二十七，口八万五千九百九十二。天宝，户六万三千四百五十四，口三十九万五千二百三十八。去京师东北一千八百四十三里，至东都一千三十三里。③

① 参见《全唐文》，第1103、1104页。

② 参见《新唐书》，第2599页。

③ 《旧唐书》，第1500—1501页。

又李吉甫《元和郡县图志》卷第十七《河北道二》载：

赵州，赵郡。望。……平棘县地，又为赵国。自两汉及魏，皆以封建子弟。后魏明帝又于广阿城置殷州，高齐改殷州为赵州，因赵国为名。隋开皇十六年又于栾城县置栾州，大业二年废栾州，以县并属赵州。三年，以赵州为赵郡。武德元年，张志昂举城归国，又改为赵州。州境：东西二百五十里，南北一百一十七里。……管县九：平棘，元氏，临城，柏乡，高邑，赞皇，昭庆，宁晋，栾城。

平棘县，……赵郡李氏旧宅，在县西南二十里。即后汉、魏以来山东旧族也，亦谓之"三巷李家"，云东祖居巷之东，南祖居巷之南，西祖居巷之西。亦曰"三祖宅巷"也。三祖李氏，亦有地属高邑县。

赞皇县，……本汉高邑县之地，属常山郡，隋开皇六年于此置赞皇县，县南有赞皇山，因以为名，属栾州。大业二年改属赵州，皇朝因之。……

百陵冈，在县东十里。即赵郡李氏之别业于此冈下也。冈上亦有李氏茔冢甚多。①

综合以上材料可知，赵郡，古称赵国，或称赵州，其大致范围在今天的河北省南部地区，商周时为赵国领地，自汉至唐，其名称及所辖范围常有变化，唐时大致辖平棘（即今之赵县一带）、元氏、临城、柏乡、高邑、赞皇、昭庆（即今之隆尧县一带）、宁晋、栾城等县。赵郡李氏家族即指以赵郡为郡望的李姓家族，他们世代繁衍生息于此。物华天宝，人杰地灵，这一方水土孕育了李氏家族许许多多留名于青史的子孙。据统计，仅有唐一代，赵郡李氏就先后有17人官至宰相，如李敬玄（相高宗）、李元素（相武后）、李游道（相武后）、李日知（相睿宗、玄宗）、李藩（相宪宗）、李固言（相文宗）、李绅（相武宗）、李绛（相宪宗）、李珏（相文宗）、李怀远（相武后）、李吉甫（相宪宗）、李德裕（相文宗、武宗）等。②

---

① ［唐］李吉甫撰，贺次君点校：《元和郡县图志》，中华书局1983年版，第488—493页。

② 参见李建华：《唐代山东士族与文学》，南京师范大学2007年博士学位论文，第64页。

（二）赵郡李氏家族

关于赵郡李氏的先祖，《世系表》有以下叙述：

赵郡李氏，出自秦司徒昙次子玑，字伯衡，秦太傅。三子：云、牧、齐。牧为赵相，封武安君，始居赵郡。赵纳顿弱之间，杀牧。齐为中山相，亦家焉，即中山始祖也。牧三子：汩、弘、鲜。汩，秦中大夫、詹事，生谅、左车、仲车。左车，赵广武君，生常伯、遐。遐字伯友，汉涿郡守，生岳、德、文、班。岳字长卿，谏议大夫，生秉、义。秉字世范，颍川太守，因徙家焉。生翼、协、敏。敏，五大夫将军，生谟、道、朗。谟字道谋，临淮太守，生哆、华、旭。哆字子让，上党太守，生护、元。护字鸿默，酒泉太守，生武、昭、奋。武字昭先，东郡太守、太常卿，生赞、修、奕、就。修字伯游，后汉太尉，生谅、叔、训、季。谅字世益，赵国相。生膺，字元礼，河南尹。生瓌、瓒、瑾。瑾字叔瑜，东平相，避难复居赵，生志、恢、宣。恢字叔兴，生定、台、奖、硕。定字文义，魏水衡都尉、渔阳太守，生伯括、机、叔括、季括。机字仲括，太学博士、临江乐安二郡太守，生群、瓌、密、楷、越。楷字雄方，晋司农丞、治书侍御史，避赵王伦之难，徙居常山。五子：辑、晃、芬、劲、叡。叡子勖，兄弟居巷东；劲子盛，兄弟居巷西。故叡为东祖，芬与弟劲共称西祖，辑与弟晃共称南祖。自楷徙居平棘南，通号平棘李氏。辑字护宗，高密太守，子慎敦，居柏仁，子孙甚微，与晃南徙故垒，故辑、晃皆称南祖。晃字仲黄，镇南府长史。生羲，字敬仲，燕司空长史。生吉，字彦同，东宫舍人。生聪，字小时，尚书郎。二子真、融。

东祖叡，字幼黄，高平太守、江陵宁公。生勖，字景贤，顿丘太守、大中正。生颐，字彦祖，高阳太守、武安公。四子：勰、系、奉、曾。①

《元和姓纂》认为：李姓，“帝颛顼高阳之裔”②。古人向来重视家族门第传承，

① 《新唐书》，第2473—2474、2481页。

② ［唐］林宝撰，岑仲勉校记，郁贤皓、陶敏整理，孙望审定：《元和姓纂 附四校记》，中华书局1994年版，第1页。

以上所记或有附会，然十分详尽地罗列出了赵郡李氏家族自先秦到西晋分立三祖时代代传承之脉络。《北史》卷三十三《列传》第二十一也有记载，其世系脉络与《世系表》大致相同，唯强调了赵郡李氏的一些较有名望的先祖，如李左车、李恢等。且有关南祖房部分略有出入。《北史》云：

案赵郡李氏，出自赵将武安君牧。当楚、汉之际，广武君左车则其先也。左车十四世孙恢，字仲兴，汉桓、灵间，高尚不仕，号有道大夫。恢生定，字文义，仕魏，位渔阳太守。有子四人，并仕晋。平字伯括，为乐平太守；机字仲括，位国子博士；隐字叔括，保字季括，位并尚书郎。兄弟皆以儒素著名，时谓之四括。

机子楷，字雄方，位书侍御史，家于平棘南。有男子五人，辑、晃、茱、劲、叡。辑字护宗，晃字仲黄，茱字季黄，劲字少黄，叡字幼黄，并以友悌著美，为当世所宗，时所谓四黄者也。辑位高密郡守，二子，慎、敦。晃位镇南府长史，一子，义。劲位书侍御史，四子，盛、敏、隆、喜。叡位高平太守，二子，勖、充。其后，慎、敦居柏仁，子孙甚微。义南徙故垒，世谓之南祖。勖兄弟居巷东，盛兄弟居巷西，世人指其所居，因以为目，盖自此也。①

近年来，结合考古新发现，以及由海外及我国台湾学者助推的针对隋唐时期士族家族研究的风气之下，有关赵郡李氏家族的研究逐渐形成热点，广受学界关注，已有多篇专论探讨，如：唐华全《赵郡李氏与北齐皇室通婚考论》②、张葳《赵郡李氏“三祖”小考》③、《隋唐赵郡李氏家学家风略论》④、高诗敏

① ［唐］李延寿：《北史》，中华书局1974年版，第1235—1236页。

② 参见唐华全：《赵郡李氏与北齐皇室通婚考论》，《齐鲁学刊》2010年第5期，第52—56页。

③ 参见张葳：《赵郡李氏“三祖”小考》，武汉大学中国三至九世纪研究所编《魏晋南北朝隋唐史资料》第22辑，武汉大学出版社2005年版，第50—68页。

④ 参见张葳：《隋唐赵郡李氏家学家风略论》，《西南大学学报（社会科学版）》2009年第4期，第167—173页。

《北朝赵郡李氏的婚姻及其特点》①、冻国栋《河北元氏新出数方唐赵郡李氏家族墓志概观》② 等，其研究领域涉及李氏“三祖”情况考述，其与北朝皇室及其他士族大家的通婚研究，在南北朝交流中的活动、作用，隋唐时期的交游仕宦情况以及家学家风渊源形成等相关问题的深入探讨等。

综合上述资料以及其他典籍，我们对赵郡李氏家族有了整体的认识。其具体可追溯至先秦，秦司徒李昙有四子，崇、辩、昭、玑。其长子李崇迁居陇西，即成为陇西李氏之始祖。赵郡李氏则出自李昙之幼子李玑。玑为秦太傅，有三子，次子即赵国名将李牧，封武安君，始居赵。李牧之孙广武君李左车为楚汉相争之际辅佐韩信的名士。自秦至汉再到西晋末，世事动荡，赵李家族不断繁衍变迁，西晋李楷“字雄方，晋司农丞、治书侍御史，避赵王伦之难，徙居常山”。楷有五子，“叡（一作睿——笔者注）为东祖，芬（一作棻——笔者注）与弟劲共称西祖，辑与弟晃共称南祖”，三祖房始分立，并于此后逐渐发展繁衍，不断壮大。北朝时，赵郡李氏家族凭借与北齐皇室以及山东世家望族联姻，巩固提高了其社会地位，走向繁盛。当时家族有很多成员在朝为官甚至官居要职，其才能往往深受当权者赏识，其学识品行亦为世人瞩目。诸如“好学有器度”“性敦厚”“至孝”“有才学”等评价会频繁出现于其正史之本传中。长期的积累，使赵郡李氏家族逐渐形成了博涉经史、代传儒学的家学渊源以及儒素德业、奉守礼法的良好家风。

从北朝直至隋唐时期，赵郡李氏家族更是代有才俊，无论于文坛亦或政坛，都曾频频出现其家族后裔的身影。在唐代，李姓本大姓，而赵郡李氏家族影响又仅次于陇西李氏，堪称著姓，可以说支系繁盛，名人辈出。《世系表》又云：“赵郡李氏定著六房：其一曰南祖，二曰东祖，三曰西祖，四曰辽东，五曰江夏，六曰汉中。宰相十七人。（南祖有游道、藩、固言、日知、敬玄、绅、元素；东祖有绛、峤、珏；西祖有怀远、吉甫、德裕；辽东有泌；江夏有鄘、磎；

① 参见高诗敏：《北朝赵郡李氏的婚姻及其特点》，《许昌学院学报》1990 年第 3 期，第 23—29 页。

② 参见冻国栋：《河北元氏新出数方唐赵郡李氏家族墓志概观》，《魏晋南北朝隋唐史资料》第 26 辑，第 146—156 页。

汉中有安期。)"① 这里所列出的还只是那些位及宰辅的，至于大小各级官吏，更是数以百计，诚然可以称得上是名门望族。

李峤就生长于这样一个门第显赫的士族大家。赵郡李氏家族良好的家学家风滋养着他，对其产生了根深蒂固的影响，其正统的儒家思想、崇尚雅正的审美趣味以及深厚的文学素养的形成，恐与家族的影响不无关系。

二、李峤之先祖、祖父、父母及其他长辈

如前所述，李峤属于赵郡李氏之东祖房，其先祖多为当时重臣，其生平仕历均于正史中可考，只是有的不是很详细，以下试做系统考证梳理。

(一) 留名青史的先辈

据李峤长子李畅《墓志》所载："公即后魏太尉高平宣王顺之八代孙也。"②可知，李峤系北魏高平宣王李顺之七代孙。又据宋邓名世《古今姓氏书辩证》：

> 系字和叔，后魏平棘男，生顺，字德正，四部尚书、高平宣王。生式，字景则，濮阳侯。式生宪，字仲轨，扬州刺史、濮阳文靖伯。生希远、希宗、希仁、希骞、希礼，……希礼字景节，北齐信州刺史。文公生孝正(当为"北齐信州刺史文公，生孝正"——笔者注)、孝基，孝基，隋晋王文学。生野王、东王。野王，东郡功曹，生襄城令镇恶，镇恶生佖、峤，佖台州司法参军，峤字巨山，相武后。生畅、裕、槩、懿，皆太守刺史。③

结合《北史》《魏书》《新唐书·宰相世系表》等相关史籍，我们可以大致理清其先祖的生平仕历情况和东祖房这一支系的长幼关系。

1. 七世祖李顺

据《世系表》可知：李顺，"字德正，四部尚书、高平宣王"④，为北魏重臣。《北史》卷三十三《列传》第二十一有传："李顺字德正，钜鹿公灵之从父

---

① 《新唐书》，第2599页。

② 周绍良、赵超主编：《唐代墓志汇编续集》，上海古籍出版社2001年版，第518—519页。

③ [宋] 邓名世撰，王力平点校：《古今姓氏书辩证》，江西人民出版社2006年版，第320—321页。

④ 《新唐书》，第2506页。

弟也。父系，慕容垂散骑侍郎、东武城令。道武定中原，以为平棘令。卒，赠赵郡太守、平棘男。顺博涉经史，有计策。神瑞（北魏明元帝年号，公元414—416年——笔者注）中，拜中书博士，转中书侍郎。从征蠕蠕，以筹略，赐爵平棘子。……帝大怒，刑顺于城西。”据传可知，李顺曾多次为北魏太武帝拓跋焘献计献策，使其屡败对手，还曾多次出使凉州，因有功，帝尝赐其珍宝，他坚辞不取，仅收典籍数千卷藏之。后因受贿及崔浩陷害被杀。“献文追赠顺侍中、镇西大将军、太尉公、高平王，谥曰宣王。妻邢氏曰孝妃。顺四子。”①《魏书》卷三十六《列传》第二十四亦有传，所载其生平仕历大致相同。②

2. 六世祖李式

李顺有四子：敳、式、弈、冏。其中，次子李式为李峤之六世先祖，《世系表》云：“式字景则，西兖州刺史、濮阳侯。”③《北史》亦附其传于李顺传之后：

> 敳弟式，字景则，学业知名。位西兖州刺史、濮阳侯。式自以家据权要，心虑危祸，常敕津吏，台有使者，必先启然后度之。既而使人卒至，始云南过，既济，突入执式赴都，与兄俱死。④

李式不仅以“学业知名”，也确实已经意识到其家族可能会面临的危难，堪称冷静明智，却最终未能摆脱被诛杀的厄运，与其兄长李敳同时受难。《魏书》同样附传于李顺传后⑤，唯其仕历更略。

3. 五世祖李宪

李式有子李宪，《世系表》云：“宪字仲轨，扬州刺史，袭濮阳文静伯。”⑥《北史·李顺传》后附传，云：

> （式）子宪，字仲轨，清粹善风仪，好学有器度。太和初，袭爵，又

---

① 所引内容参见《北史》，第1212—1215页。

② 参见［北齐］魏收：《魏书》，中华书局1974年版，第829页。

③ 《新唐书》，第2506页。

④ 《北史》，第1215页。

⑤ 参见《魏书》，第834页。

⑥ 《新唐书》，第2506页。

降为伯。拜秘书中散，雅为孝文知赏。后拜赵郡太守。赵修与其州里，修归葬父母也，牧守以下畏之累迹，宪不为屈，时人高之。后以党附高肇，为御史所劾。正光五年，行雍州刺史，寻除七兵尚书。孝昌中，除征东将军、扬州刺史、淮南大都督。及梁平北大将军元树等来寇，宪力屈而降。因求还国。既至，敕付廷尉。宪女婿安乐王鉴据相州反，灵太后谓鉴心怀劫胁，遂诏赐宪死。永熙中，赠仪同三司、尚书令、定州刺史，谥曰文靖。①

清同治十年（1871），在当时的直隶赵州（今河北赵县）段村出土了李宪的墓志——《魏故使持节侍中都督定冀相殷四州诸军事骠骑大将军定州刺史尚书令仪同三司文静李公墓志铭》。② 该墓志2000多字，在魏晋南北朝墓志中属内容比较丰富的，对研究李宪生平仕历情况以及赵郡李氏家族脉络与繁衍发展均具史料价值，可与正史互为补充。据墓志及史籍本传，李宪十二岁时任秘书内小，出入公卿之门，“清粹善风仪，好学有器度”，曾“雅为孝文知赏”，亦曾“时人高之”，深得皇帝赏识和器重，历任要职，后因“女婿安乐王鉴据相州反，灵太后谓鉴心怀劫胁，遂诏赐宪死”。如墓志文所叹：“……而祸从地出，知与不知，莫不衔涕，时年五十八。”后于孝武帝永熙年间，追赐“使持节、侍中、都督定冀相殷四州诸军事、骠骑大将军、定州刺史、尚书令、仪同三司，谥曰文静”（《北史》作“文靖”）。又据墓志、《世系表》及《北史》等史料，李宪有六子：希远字景冲、希宗字景玄、希仁字景山、骞（希义）字景让、希礼字景节、庶子长钧（一作长剑）；有五女：长辉、仲仪、叔婉、季嫔、稚媛。《魏书》亦有传③，所记大致相同。

4. 高祖李希礼

李峤高祖李希礼为李宪第五子，《世系表》曰“希礼字景节，北齐信州刺史、文公”④。又据李宪墓志，其妻为范阳卢氏。《北史》有传附后，曰：

---

① 《北史》，第1216页。

② 参见赵超：《汉魏南北朝墓志汇编》，天津古籍出版社1992年版，第328—332页。

③ 参见《魏书》，第835页。

④ 《新唐书》，第2532页。

> 希礼，字景节，性敦厚，容止枢机，动遵礼度。起家著作佐郎，修起居注。历位太常少卿，兼廷尉少卿，行魏尹事，豫州刺史。仍居议曹，与邢邵等议定礼律。卒于信州刺史。①

希礼“性敦厚，容止枢机，动遵礼度”，仕历不及其父兄，卒于信州刺史。《魏书》有传，更简略，只言其“字景节。武定末，通直散骑常侍”②。据《北史》本传，有四子：孝贞、孝基、孝俊、孝威。

5. 曾祖李孝基、从曾祖李孝贞

李峤曾祖父李孝基与其长兄李孝贞，皆在北齐及隋王朝为官，孝贞似乎更为有名，《世系表》曰“字元操，隋冯翊太守、武安县公”③。孝基，《世系表》言其“隋晋王文学”④。《北史》本传云：

> 孝贞，字元操，好学善属文。仕齐，释褐司徒府参军事。与弟孝基同见吏部郎中陆昂。昂戏之曰：“弟名孝基，兄其替矣！”孝贞对曰：“札虽不肖，请附子臧。”昂握手曰：“士固不妄有名，吾贤必当远至。”简静，不妄通接宾客。射策甲科，拜给事中。稍迁兼通直散骑常侍，副李翥使陈。
>
> 孝贞从姊则昭信皇后，从兄祖勋女为废帝济南王妃，祖钦女一为后主娥英，一为琅邪王俨妃，祖勋叔骞女为安德王延宗妃。诸房子女，多有才貌，又因昭信后，所以与帝室姻媾重叠。兄弟并以文学自达，耻为外戚家。……出为金州刺史，卒官。所著文集三十卷行于世，子元玉。
>
> 元操弟孝基，亦有才学，风词甚美。以卫尉丞待诏文林馆，位仪曹郎中。⑤

这一时期的赵郡李氏家族颇受北齐皇室器重，孝贞与孝基之从姊即北齐文宣帝高洋之昭信皇后李祖娥。由上所引本传内容可知，仅这一支系与高齐皇室通婚

---

① 《北史》，第 1217 页。

② 《魏书》，第 841 页。

③ 《新唐书》，第 2532 页。

④ 《新唐书》，第 2545 页。

⑤ 《北史》，第 1217—1219 页。

的就有五例，李氏家族成为北齐外戚，家族成员又因文章显达，为时人所瞩目。而这其中尤以李孝贞最为名重一时，他不仅“好学善属文”，“简静，不妄通接宾客”，而且有“文集三十卷行于世”。《魏书》《隋书》亦有传①，李峤曾祖李孝基，“亦有才学，风词甚美。以卫尉丞待诏文林馆，位仪曹郎中”。隋时官晋王文学，《隋书》无传。《北史》中其传则过于简略。此外，史籍中再无更多的线索。

以上考述，笔者尽量还原了李峤之诸位先祖生平仕历以及这一支系的繁衍脉络。众所周知，南北朝时期尤其北方政局动荡，政权更迭频繁，这些赵郡李氏家族的先辈们尽管多有机谋，博通经史文学，因其才能而受当权者器重赏识且处事沉稳冷静，然身陷政治漩涡之中，往往难逃被诛杀的厄运。

（二）李峤之祖父、父母及其他长辈

据《世系表》和李畅《墓志》等史料可知，李峤祖父名野王；父为李镇恶；母亲张氏，张锡之姊。

1. 祖父李野王

《世系表》言李峤祖父李野王为“鲁郡功曹”②。按据《元和郡县图志》卷第十《河南道六》：“隋大业元年，于兖州置都督府，二年改为鲁州，三年改为鲁郡，十三年为贼徐圆朗所据。武德五年，讨平圆朗，改鲁郡置兖州。”③ 可知，李峤祖父野王应该是在隋大业三年（607）至大业十三年（617）期间在鲁郡担任过功曹一职，《世系表》言其终鲁郡功曹，其或卒于此职之任上。而峤长子李畅《墓志》是如此评价其曾祖亦即峤之祖父的：

> 曾祖野王，陈（当为“隋”——笔者注）鲁郡功曹。学通典训，词高风雅。属群□并起，哲人□□，短祚迫于寇仇，遗文沉于乱代。④

当然，《墓志》难免会有溢美之词，但“短祚迫于寇仇，遗文沉于乱代”虽无具

---

① 其传见于［唐］魏徵、令狐德棻：《隋书》，中华书局1973年版，第1404—1405页。

② 《新唐书》，第2545页。

③ 《元和郡县图志》，第264页。

④ 《唐代墓志汇编续集》，第519页。

体说明，或有一定依据。毕竟，尽管野王之生卒年代无法确定，然其所生活的年代大致上应在北朝末、隋以及唐初这一时间范围内，此时社会动荡，尤其赵郡所在的河北地区更是战乱频仍，如李氏这等世族大户多遭受重创，野王生平再无可考，亦无文章传世，因此，"短祚迫于寇仇，遗文沉于乱代"，诚然。

2. 父亲李镇恶

根据《世系表》，李峤之父镇恶，终于襄城令①。李畅《墓志》是这样评述畅之祖父也即李峤之父的：

> 祖镇遒（"遒"或为"恶"之讹——笔者注）皇朝襄城令，赐魏州刺史；本于孝悌，率礼有加；饰以文章，象贤增美。抑谦不竞，卑位屈于□□；阴德必孚，余庆光于年后。

有关镇恶之生平仕历等情况，正史再无更多记载，"不著撰人名氏，记唐初至元和中杂事"的《大唐传载》，"所录唐公卿事迹言论颇详，多为史所采用，间及于诙谐谈谑及朝野琐事，亦往往与他说部相出入"②。书中有一条言及镇恶：

> 李镇恶，即赵公峤之父，选校梓州郪县令。与友人书云："州带子号，县带妻名，由来不属老夫，并是妇儿官职。"③

陈尚君辑校《全唐文补编》收录此段文字于李镇恶名下，注明来源为《大唐传载》，文后注曰："按《蜀中名胜记》卷二九载此为苏味道父亲梓州参军苏荣书。"④ 此事及文字又见录于《太平广记》卷第二百四十九《诙谐五》⑤，亦注明为李峤之父镇恶所作。

按据《元和郡县图志》卷第三十三《剑南道下》"东川节度使"下有梓州，"管县九"其中有郪县："郪县，望。郭下。本汉旧县，属广汉郡，因郪江水为

---

① 参见《新唐书》，第 2545 页。

② 《四库全书总目》，第 1185 页。

③ 《大唐传载》，文渊阁四库全书本，台湾商务印书馆 1986 年版，第 1035 册，第 531 页。

④ 《全唐文补编》，第 138 页。

⑤ 参见［宋］李昉等编：《太平广记》，中华书局 1961 年新 1 版，第 1931 页。

名也。后魏置昌城郡，后又改名昌城县，隋大业三年复为郪县。”[①] 所谓“州带子号，县带妻名”，指梓州之“梓”与郪县之“郪”，和“妻子”同音，镇恶才会于授官之后在给友人的书信中有此调侃之语。

上述材料尽管并非出自正史，是否真实可信，姑且存疑；然此文若确系李镇恶之作，就有两点信息可供我们参考，即：李镇恶曾任梓州郪县令；他自称“老夫”，故此时他不会很年轻了。

两《唐书》本传皆言峤“早孤”。陈冠明《李峤年谱》推断李峤之父卒于高宗永徽元年（650）前后，“则其父镇恶之卒大约在三十岁左右，生年在隋炀帝大业末，唐高祖武德初”[②]。其说未必准确。理由如下：

所谓“老夫”，为老年男子自称。《礼记·曲礼》：“人生十年曰幼，学。二十曰弱，冠。……大夫七十而致事。若不得谢，则必赐之几杖，行役以妇人。适四方，乘安车。自称曰老夫，于其国则称名；越国而问焉，必告之以其制。”[③] 认为大夫年七十可以“自称曰老夫”。当然，古人寿命远比现在短，且有好以“老”自称者，也有未到老年而自称“老夫”的情况，如杜甫《北征》中有“老夫情怀恶，呕泄卧数日”[④] 一句，《北征》作于唐肃宗至德二年（757），彼时杜甫四十六岁。苏轼《江城子·密州出猎》“老夫聊发少年狂”之时，不过三十九岁。然而无论怎样，三十左右甚至更早即自称为“老夫”，毕竟有点不是很合乎常理。

因此，笔者认为，李镇恶卒于李峤年纪很幼小之时无疑，但其寿命或更长一些，恐不仅仅如陈冠明所言“则其父镇恶之卒大约在三十岁左右”。

3. 母亲张氏及外祖父、舅舅

李峤的母亲张氏，亦出名门。张氏为贝州武城人，伯父张文瓘，父亲张文琮以及弟弟张锡，都曾在朝为官。峤之外祖父张文琮、舅舅张锡，新旧《唐书》均有传。《旧唐书》卷八十五《列传》第三十五曰：

---

① 《元和郡县图志》，第 841—842 页。

② 其说详见《苏味道　李峤年谱》，第 91 页。

③ ［元］吴澄：《礼记纂言》卷一中，文渊阁四库全书本，台湾商务印书馆 1986 年版，第 121 册，第 29 页。

④ 韩成武、张志民：《杜甫诗全译》，河北人民出版社 1997 年版，第 176 页。

> 张文瓘，贝州武城人。大业末，徙家魏州之昌乐。瓘幼孤，事母兄以孝友闻。……兄文琮，贞观中为持书侍御史。三迁亳州刺史，为政清简，百姓安之。……子戬，……戬弟锡，则天时为凤阁侍郎、同凤阁鸾台平章事。先是，姊子李峤知政事，锡拜官，而峤罢相出为国子祭酒，舅甥相代为相，时人荣之。①

《新唐书》卷一百一十三《列传》第三十八亦有传，其中，张锡传曰：

> 子锡，久视初，为凤阁侍郎、同凤阁鸾台平章事，代其甥李峤为宰相。请还庐陵王，不为张易之所右。与郑杲俱知选，坐泄禁中语，又赇谢钜万，时苏味道亦坐事，同被讯，系凤阁，俄徙司刑三品院。锡按辔专道，神气不慑，日膳丰鲜，无损贬。味道徒步赴逮，席地菜食。武后闻之，释味道，将斩锡，既而流循州。神龙中，累迁工部尚书，兼修国史，东都留守。韦后临朝，诏同中书门下三品，旬日，出为绛州刺史。累封平原郡公，卒。②

由上可知，李峤的母亲张氏，应该说也是成长于世宦之家的，她的父亲与弟弟同样均在唐王朝官居要职，并且还有"舅甥相代为相"这种令"时人荣之"的事。只是，李峤过早失去父亲，作为母亲，张氏独自将李峤抚养长大是很不易的。"李峤幼有清才，兄弟三人皆不过三十"，作为母亲，其所承受的忧伤与恐惧可想而知。

李峤的先祖、祖父、父亲甚至外祖父、舅舅，都做过官，有的还身居高位，名重一时。他们的生平仕历或多或少均见于正史，《旧传》言李峤"代为著姓"，确实如此。更为重要的是，深厚的家学渊源，良好的家风代代传承，家族中的长辈们久居官场，这些都会对李峤的思想性格产生一定的影响。

三、李峤之妻室、兄弟、子孙

关于李峤的家室，史籍中几乎没有留下线索，仅从李畅《墓志》中"妣燕

---

① 《旧唐书》，第2814—2816页。

② 《新唐书》，第4188页。

国夫人”[①] 可知，李峤之妻曾有“燕国夫人”的封号。其余，再无可考。其兄弟子息情况，正史中亦缺少翔实的记载，有一些散见于杂史笔记的说法，可供参考。

（一）“兄弟三人”与“昆弟五人”之说

李峤的兄弟，有“兄弟三人”和“昆弟五人”两种不同的说法。《新编分门古今类事》引《唐遗史》有：“李峤幼有清才，兄弟三人，皆不过三十。峤已长成，母甚忧之。”[②] 而《太平广记》卷二百二十一《袁天纲》[③]、《蜀中广记》卷七十八[④]、《古今说海》卷五十七《袁天纲外传》[⑤] 等所引同，往往见于有关袁天纲外传之类，盖相互转引，皆言其兄弟五人，云：

> 赞皇公李峤幼有清才，昆弟五人皆年不过三十而卒。峤已长成矣，母忧之益切。[⑥]

无法确定是“三”为“五”之误，还是“五”为“三”之讹，而且以上所引非正史，其真实可信程度本就存疑。唯一点，因其兄弟皆“年不过三十”，属早夭，未必入仕，所以《世系表》仅录李峤之兄李偘，偘终于“台州司法参军”，有三子：昭，终“鄜城令”；晄，终“冀州刺史”；晤，终“伊阙尉”。均见录于《世系表》。[⑦]

（二）四子、至少一女、五孙

根据《世系表》，李峤有四子，即：李畅、李裕、李粲、李懿。据《世系

① 《唐代墓志汇编续集》，第 519 页。

② 王云五主编，宋某撰：《新编分门古今类事》，丛书集成初编本，商务印书馆 1946 年版，第 126 页。

③ 参见《太平广记》，第 1696 页。

④ 参见［明］曹学佺：《蜀中广记》，文渊阁四库全书本，台湾商务印书馆 1986 年版，第 592 册，第 280 页。

⑤ 参见［明］陆楫辑：《古今说海》，文渊阁四库全书本，台湾商务印书馆 1986 年版，第 885 册，第 483 页。

⑥ 《太平广记》，第 1696 页。

⑦ 参见《新唐书》，第 2545—2546 页。

表》所载，李畅终于“相州刺史”；李裕，终于“海州刺史”；李粲，终于“濮州刺史”；李懿为“华阴郡太守”。① 李峤至少应该还有一女、五孙。

1. 长子李畅

峤之长子李畅，按《世系表》所载终于相州刺史。李畅《墓志》说他“博览坟籍，尤工藻翰”，且“有集卅卷，传于后”。尽管这篇墓志文堆砌了大量华而不实的赞美之辞，因其详述了其生平仕历情况，还是有一定史料价值的。《墓志》云：畅“字宣美……以开元十八年岁次庚午六月甲寅朔十八日辛未，薨于东都宣风里第，春秋五十有二。”② 据此可知，李畅字宣美，卒于开元十八年(730)六月，享年五十二岁。由是可推知，其当生于高宗仪凤四年、调露元年(679)。《墓志》言其“年十有八，属国祟大礼，以公卿子为郎，奉斋祠之事。解褐，拜左卫率府仓曹参军事”，足见其年轻之时亦属才俊。又由《墓志》可知，自其坐父罪由太子率更令出为虔州刺史之后，历任即多为刺史之职，其或受乃父之牵连亦未可知。另，《墓志》落款为“外甥京兆韦元祎书”，可知李峤之女当适京兆韦氏，亦属望族著姓。

2. 至少一女

李峤当至少还有一个女儿，以下材料可为佐证：

> 中宗即位，……至景龙三年十一月，亲祀南郊，初将定仪注，国子祭酒祝钦明希旨上言后亦合助祭，……上遂以皇后为亚献，仍补大臣李峤等女为斋娘，执笾豆焉。③

这本是一场关于皇后韦氏是否在中宗南郊祭祀中助献的争论，却恰恰从另一角度给我们提供了一个信息，即李峤至少有一女。这里只说由大臣李峤等女为斋娘，未说是几个，且因为重男轻女，古时女儿不会进入家谱，因此，也仅只能从上述材料中获知，李峤有女，至少一个，并且如上文所说，李畅《墓志》落款为“外甥京兆韦元祎书”，可知李峤之女当适京兆韦氏。

---

① 参见《新唐书》，第 2546—2547 页。

② 《唐代墓志汇编续集》，第 519 页。

③ 《旧唐书》，第 830—831 页。

3. 其他子孙

《世系表》载李峤有孙五人：李畅之子，《世系表》载为唯和，李畅《墓志》有“嗣子右威卫司戈唯知，追远罔极，孝思纯至，克成封树，永怀陵谷，乃刊石勒铭，以旌不朽”。“唯知”与“唯和”，焉知孰是。唯和，《世系表》载终于“大理司直”。李裕子唯宁、唯成，未注官职；李懿子唯岳为监察御史，唯乂为新安主簿。而曾孙辈仅录畅子唯和之子琰，合肥令，生长倩。均参见《世系表》。① 只是这些子孙远远不及他们的先辈才名卓著而已。

李峤先祖、祖父、父亲，甚至外祖父、舅舅等，生平仕历皆于正史可考，其的确成长于仕宦大家，正如《旧传》所云，李峤“代为著姓”，这对其思想会有一定影响，然而，其四子和诸位孙辈却显得默默无闻。

第二节　李峤生平仕历考述

李峤的生平及仕历情况，散见于新旧《唐书》及《唐会要》《资治通鉴》等史籍文献之中，陈冠明先生亦有考订较为详尽合理的《李峤年谱》出版。为力求全面了解其一生事迹，更为全面准确地把握其思想人格，笔者试图对李峤人生轨迹进行大致勾勒，对其生平仕历情况进行简单梳理。

一、生卒年考

关于李峤之生卒年，因无确切记载，学界多存异议，主要有以下几种不同说法：其一，认为李峤生于唐太宗贞观十八年（644），卒于玄宗开元元年（713），持此说者甚多，如《辞源》②、毛水清《隋唐五代文学史》③、《河北文学通史》④ 等，均标注“李峤（644—713）”。其二，认为李峤生于唐太宗贞观十九年（645），卒于玄宗开元二年（714），陈冠明先生《李峤年谱》即执此说。此外，《中国文学史话・隋唐五代卷》则认为其生于 641 年。⑤ 还有一些专著或

---

① 参见《新唐书》，第 2546—2547 页。

② 参见《辞源》（修订本），商务印书馆 1979 年版，第 1521 页。

③ 参见毛水清：《隋唐五代文学史》，广西人民出版社 2003 年版，第 53 页。

④ 参见《河北文学通史》，第一卷，第 296 页。

⑤ 参见王祥主编：《中国文学史话・隋唐五代卷》，吉林人民出版社 1998 年版，第 76 页。

工具书则表述得不是很肯定，或者只是给出了其生卒年的大致范围，如傅璇琮先生《唐才子传校笺》认为其当生于645或646年间，卒于714或715年间[①]，《中国历代人名大辞典》亦作如此标注[②]；而《辞海》[③]《中国大百科全书》[④]注其生卒年为“约645—约714”，《中国人名大词典·历史人物卷》[⑤]、陈贻焮主编《增订注释全唐诗》[⑥]均持此说；《唐诗大辞典》录“李峤（646—715?）”[⑦]；等等。

上述各种说法其前后相差至多一两年，除陈冠明先生《李峤年谱》之外，往往仅列出结论，多未做详细考证。而陈冠明则以《资治通鉴》《旧唐书》以及李峤文《进麟迹表》和诗《田假限疾不获还庄载想田园兼思亲友赠杜幽素》等文献资料为依据，认为李峤进士及第在麟德元年，即公元664年，又因《新传》《旧传》皆云其“二十擢进士”或“弱冠擢进士”以及“年七十”等说法，从而推算出李峤当生于贞观十九年（645），卒于开元二年（714）。其所依据的材料主要有：

> 初，中宗崩，峤尝密请相王诸子不宜留京师。及玄宗嗣位，获其表宫中，或请诛之。张说曰：“峤诚懵逆顺，然为当时谋，吠非其主，不可追罪。”天子亦顾数更赦，遂免，贬滁州别驾，听随子虔州刺史畅之官。改庐州别驾，卒，年七十。[⑧]
>
> ——《新唐书》卷一百二十三《列传》第四十八
>
> 三月甲辰，青州刺史、郇国公韦安石为沔州别驾；太子宾客、逍遥公

---

① 其观点参见《唐才子传校笺》，第120页。

② 参见张㧑之、沈起炜、刘德重主编：《中国历代人名大辞典》，上海古籍出版社1999年版，第910页。

③ 参见辞海编辑委员会编纂：《辞海》，上海辞书出版社2000年版，第3584页。

④ 参见《中国大百科全书》，中国百科全书出版社2009年版，第13册第532页。

⑤ 参见廖盖隆、罗竹风、范源主编：《中国人名大词典·历史人物卷》，上海辞书出版社1990年版，第231页。

⑥ 参见陈贻焮主编：《增订注释全唐诗》，文化艺术出版社2001年版，第397页。

⑦ 参见周勋初主编：《唐诗大辞典》，凤凰出版社2003年版，第153页。

⑧ 《新唐书》，第4370—4371页。

韦嗣立为岳州别驾；特进致仕李峤先随子在袁州，又贬滁州别驾：并员外置。①

——《旧唐书》卷八《本纪》第八《玄宗上》“开元二年”

中宗之崩也，同中书门下三品李峤密表韦后，请出相王诸子于外。上即位，于禁中得其表，以示侍臣。峤时以特进致仕，或请诛之，张说曰：“峤虽不识逆顺，然为当时之谋则忠矣。”上然之。九月，壬戌，以峤子率更令畅为虔州刺史，令峤随畅之官。②

——《资治通鉴》卷二百一十《唐纪》二十六“开元元年”

御史中丞姜晦以宗楚客等改中宗遗诏，青州刺史韦安石、太子宾客韦嗣立、刑部尚书赵彦昭、特进致仕李峤，于时同为宰相，不能匡正，令监察御史郭震弹之；且言彦昭拜巫赵氏为姑，蒙妇人服，与妻乘车诣其家。甲辰，贬安石为沔州别驾，嗣立为岳州别驾，彦昭为袁州别驾，峤为滁州别驾。③

——《资治通鉴》卷二百一十一《唐纪》二十七“开元二年”

由以上材料，我们至少可以得到这样的信息：李峤在玄宗嗣位之后因其上韦后密表于禁中被获，几被诛之，幸有张说出面为之说情，遂遭贬，开元二年三月，御史中丞姜晦令郭震弹之，李峤以“特进致仕”身份再度被贬。由此可知，其在开元二年三月还在世，当卒于是年（714）或稍后。《新传》有“年七十”之说，其生年可依此上溯至唐太宗贞观十九年，即其当生于公元 645 年。

清代徐松《登科记考》有“麟德元年……进士三人、诸科二人”云云。而在其前一年，即龙朔三年，无进士及第；后一年，即麟德二年，“进士并落下”。④ 孟二冬在《登科记考补正》中认为，麟德元年李峤进士及第。进士三人，李峤与张玹（又名弘道）、支敬伦同年及第。⑤

---

① 《旧唐书》，第 173 页。

② ［宋］司马光编著，［元］胡三省音注，“标点资治通鉴小组”校点：《资治通鉴》，中华书局 1956 年版，第 6687 页。

③ 《资治通鉴》，第 6698—6699 页。

④ 参见［清］徐松撰，赵守俨点校：《登科记考》，中华书局 1984 年版，第 51—53 页。

⑤ 参见［清］徐松撰，孟二冬补正：《登科记考补正》，燕山出版社 2003 年版，第 60—61 页。

通过对以上这些资料的梳理与综合分析，笔者赞同陈冠明先生在《李峤年谱》中的观点，即：李峤生于645年，卒于714年。①

按，陈冠明《李峤年谱》认为“王世贞说李峤为‘贵而寿’者，‘年八十八’，谬甚!”② 恐为误读。《艺苑卮言》卷八云：

> 蔡景明问余：“古亦有贵而寿者乎?”余对：“有之。公孙弘、韦贤、匡衡拜相封侯；胡广周历三公，至太傅；弘、贤、广皆八十；谢安以太保，王俭以开府，沈约以尚书令，范云、徐勉以仆射，朱异以领军，江总以尚书令，徐陵以宫傅，各秉政；高允为中书令，年九十八；范长生为丞相，年百余岁；杨素将相二十载；唐世宰辅魏徵、李峤、苏味道、张说、苏颋、韩休、张九龄、陆贽、武元衡、权德舆、令狐楚、元稹；左仆射王起年八十八；尚书白居易年七十六；……杨寿八十，丘、李、王皆七十之上。……”③

细读《艺苑卮言》相关内容，可知两点：首先，王世贞并没有说李峤活到八十八岁，享年八十八的是“左仆射王起”，而李峤是与魏徵、苏味道、张说等人位至“唐世宰辅”而已，同列的都不曾活到八十八岁，如魏徵、张说享年六十四岁，苏颋、苏味道均卒于五十八岁等；其次，《艺苑卮言》的这一部分是在讲古往今来文人之“贵而寿”者，说李峤“贵而寿”其实也不算过分，自然也谈不上“谬甚”，毕竟，李峤“年七十”，在科技并不发达的古代，应该也算是长寿了。“酒债寻常行处有，人生七十古来稀”（杜甫《曲江二首·其二》）。④《庄子·盗跖》就有“人上寿百岁，中寿八十，下寿六十”⑤ 之说。当然，所谓上

---

① 参见《苏味道　李峤年谱》，第90页。

② 《苏味道　李峤年谱》，第224页。

③ ［明］王世贞著，罗仲鼎校注：《艺苑卮言校注》，齐鲁书社1992年版，第421—422页。

④ 《杜甫诗全译》，第195页。

⑤ ［清］郭庆藩撰，王孝鱼点校：《庄子集释》，中华书局2004年版，第1000页。

寿、中寿、下寿，具体指多大年纪，文献所载多有不同①，在此，笔者不做过多讨论。总之，七十岁已经属于长寿无疑。另外，《太平广记》《新编分门古今类事》等文献均载李峤“龟息”之事，相者说他属“贵而寿”，王世贞之说恐典出于此，详见下文具体考述。

二、“少负才名”

（一）颇具神秘色彩的青少年时代

关于李峤的早期生活情况，惜于浩如烟海的古籍文献之中少有记载，从以下这些片言只语的信息之中，我们或可寻到些影子。

《旧传》云：“峤早孤，事母以孝闻。为儿童时，梦有神人遗之双笔，自是渐有学业。”② 而《新传》略同：

> 李峤字巨山，赵州赞皇人。早孤，事母孝。为儿时，梦人遗双笔，自是有文辞，……③

《唐诗纪事》《唐才子传》所说基本上相同。由此我们可知：李峤早年失怙；事母以孝；曾梦有神人赠双笔相助。

李峤之父镇恶，终于襄城令，新旧传之中皆言峤“早孤”，按其叙述，均在“为儿时，梦人遗双笔”之前，可见李峤之父应在他很幼小的时候就去世了。李峤曾于《楚望赋》中云“余少历艰虞”④，《自叙表》亦云“臣早遘凶闵”⑤，当即指此。至于其“事母以孝闻”，无疑是受到其良好的家风影响，是在赵郡李氏家族“儒素德业、恪守礼法”⑥，即世代相传的以讲求孝道为核心、注重儒家伦

---

① 《左传·僖公三十二年》孔颖达疏：“上寿百二十岁，中寿百，下寿八十。”与《太平经·解承负诀》所言相同，“上寿”均指一百二十岁。又《左传·昭公三年》孔颖达疏：“上寿百年以上，中寿九十以上，下寿八十以上。”下寿，对上寿、中寿而言，小于中寿的年龄。除《左传》孔颖达疏外，《庄子·盗跖》与《太平经·解承负诀》等则有“下寿六十”的说法。

② 《旧唐书》，第2992页。

③ 《新唐书》，第4367页。

④ 《全唐文》，第1079页。

⑤ 《全唐文》，第1102页。

⑥ 张葳：《隋唐赵郡李氏家学家风略论》，第167页。

理道德的门风的长期熏陶之下形成的。毕竟，“百善孝为先”，在隋唐时期弘扬孝道精神的大的社会文化背景之下，如赵郡李氏这样的山东著姓士族对于孝道是尤为重视的，诸如“事亲至孝”“博涉经史”之类的记载常会见诸李氏家族不同房支的后代成员传记之中。张葳专文《隋唐赵郡李氏家学家风略论》有一段论述颇为精当：

> 在这一类型的家风中对于孝道的重视和强调也是值得注意的。作为儒家伦理道德原则之一，孝道为士族家族所普遍遵循。这一点在唐代崇扬孝道的背景下在一定程度上更能提高家族的社会地位。所以，以孝而称对于士族家族具有一定的社会意义。除此之外，孝作为家族伦理的基本原则，其本意则在于集聚家族凝聚力，巩固和延续家族的发展，实则也具有积极的现实意义。这些房支以孝而称名，可见已经并非只是一般的遵行孝行，而有其特别和突出之处。这样一种在孝行方面的特别与突出很可能与维系大家族共同居住的需要有关。①

李峤自幼深受良好的家风影响，孝敬母亲，尽管过早失去了父亲的呵护，尽管兄弟皆夭折，这些似乎并未对他的成长造成不良影响，最终他不仅具备很好的政治才能，还在文学方面拥有出众的表现，究其原因，各种文献之中有关梦到神人赠双笔相助的说法虽属附会，却屡屡被引用，成为一时之美谈，似成为其拥有文学才能的不可或缺的原因。

李峤“为儿时”，梦到有神人赠双笔，于是“自是有文辞”。其实，“梦笔”的何止李峤？有关文人才俊“梦笔”之说还涉及南朝的江淹、纪少瑜，以及盛唐的李白、五代时的和凝等，其所梦内容亦略有不同，李白是“梦笔头生花”，余者皆为梦到有某位神人（或前辈文士）授之以笔，其结果则往往是从此学业长进、文名远播云云，似乎，这些人成就一番文学事业，均得益于神人相助。有意思的是，江淹晚年梦到五色之笔被郭璞索回，江郎自此“才尽”，李峤并未梦到神笔被收回，所以成了“一时学者取法”的“文章宿老”。毋庸置疑，李峤诗文中善于大量隶事用典，应是得益于其青少年时代饱读诗书以及良好的家庭

---

① 张葳：《隋唐赵郡李氏家学家风略论》，第169页。

教育、家风影响，有此梦笔之说，其实不过是对其文采斐然无法解释，就给他增加一层神秘的光环，此外并无任何特殊意义。

还有一个流传比较广的故事，同样使李峤的少年时代蒙上了神秘色彩。《新编分门古今类事》卷第十引《唐遗史》载：

李峤幼有清才，兄弟三人皆不过三十。峤已长成，母甚忧之。相者又谓曰："郎君神气清秀而寿不永，恐不得过三十。"其母大戚，留相者使与峤连榻而寝，至更深李睡已熟，相者视之无喘息气，以手候之鼻下，气绝，大惊，良久，候其气乃在耳中，遂抚而告之曰："得之矣!"因贺其母云："郎君必大贵寿，乃是龟息，但贵寿而不富耳。"后至则天朝拜相，而家常贫。①

《太平广记》卷二百二十一《袁天纲》条亦有内容大致相同细节略有不同的记载，只是那个"相者"被说成是袁天纲了。② 而这一材料后世多被引用为相学佐证，即相者认为，有"龟息"之人既贵且寿。所谓"龟息"，《汉语大词典》解释为："道教语。谓呼吸调息如龟，不饮不食而能长生。一说，以为龟睡时，气由耳出，因此长生。"③ 显然此处当解释为后者。此说无任何科学依据可言，李峤当然也不可能有此特异功能，这个故事除去作为相者（袁天纲，或作袁天罡）相术高明的佐证之外，也不过是增加了李峤青少年时代生活的神秘色彩罢了。不过，这恰与上文引《艺苑卮言》卷八王世贞所谓李峤"贵而寿"之说正好相吻合。王世贞之说，或典出于此。

总之，李峤的少年时代因为有"梦笔"与"龟息"之说而略显神秘，然毋庸置疑的是，他"幼有清才"，过早失去父亲的呵护，对母亲很是孝顺并以孝闻名。

（二）才名远播

李峤在麟德元年进士及第，《旧传》只言其"弱冠举进士"，而《新传》稍

---

① 《新编分门古今类事》，第126—127页。

② 参见《太平广记》，第1696页。

③ 罗竹风主编：《汉语大词典》（缩印本），上海辞书出版社2007年版，第7755页。

详细些，其云：

> 十五通《五经》，薛元超称之。二十擢进士第，始调安定尉。举制策甲科，迁长安。时畿尉名文章者，骆宾王、刘光业，峤最少，与等夷。①

李峤“十五通《五经》”。所谓“五经”，即指儒家经典《诗经》《尚书》《周易》《礼记》和《春秋》。通习《五经》，既是深受良好家学家风之影响，又为其今后进士及第以及载誉文坛奠定了坚实的基础。同时，早年即能通习儒家之经典，对于李峤一生的思想会产生根深蒂固的影响。关于《五经》等儒家经典之于人的教化作用，诚如前人所言：

> 《诗》以道志，《书》以道事，《礼》以道行，《易》以道阴阳，《春秋》以道名分。②
>
> ——《庄子·天下篇》
>
> 温柔、敦厚，《诗》教也。疏通、知远，《书》教也。广博、易良，《乐》教也。洁静、精微，《易》教也。恭俭、庄敬，《礼》教也。属辞、比事，《春秋》教也。③
>
> ——《礼记·经解》

《五经》作为儒家经典，有助于“温柔敦厚”“疏通知远”“广博易良”“洁静精微”“恭俭庄敬”“属辞比事”等诸多个人修养的形成，无疑为青年时代的李峤奠定了坚实的儒家思想基础，对其一生将产生深远的影响。

另据陈冠明《年谱》考证，李峤进士及第有薛元超举荐之功，即所谓“薛元超能之”是也。薛元超，祖父薛道衡，父亲为薛收，元超亦早孤。其才能颇受唐太宗、高宗赏识，新旧《唐书》均有传，《旧唐书》卷七十三《列传》第二十三本传云：

---

① 《新唐书》，第 4367 页。

② 《庄子集释》，第 1067 页。

③ [清] 孙希旦撰，沈啸寰、王星贤点校：《礼记集解》，中华书局 1989 年版，第 1254 页。

> 元超既擅文辞，兼好引寒俊，尝表荐任希古、高智周、郭正一、王义方、孟利贞等十余人，由是时论称美。①

《新唐书》卷九十八《列传》第二十三本传亦云：

> 所荐豪俊士，若任希古、高智周、郭正一、王义方、孟利贞、郑祖玄、邓玄挺、崔融等，皆以才自名于时。②

很显然，薛元超尤喜奖掖后学，举贤荐能，尽管这里罗列出的受到其擢拔的人物之中并无李峤之名，但“薛元超能之”之说当无误。据陈冠明考证，李峤于龙朔三年（663）以东都国子监太学生身份赴举，是年十月丙午（二十六日）东都含元殿前见麟趾，李峤呈献《进麟迹表》，翌年，大唐王朝改元为麟德元年，李峤进士及第，薛元超有举荐之功。③

据清代徐松《登科记考》以及孟二冬补正《登科记考补正》：麟德元年李峤进士及第。进士三人，李峤与张玜（又名弘道）、支敬伦同年及第。④

按唐制，李峤进士及第之后，仅仅是获得了相应的出身，还要经过吏部铨选，才能“释褐入仕”。入仕之后的李峤，“始调安定尉”，进而“举制策甲科”，后又“迁长安”，从而逐渐走上其仕宦之路。然而在最初的十几年间，青年李峤却不是青云直上的，其仕途甚至谈不上一帆风顺，然其才名却早已远播，《旧唐书》卷九十四《列传》四十四苏味道传有云：

> 苏味道，赵州栾城人也。少与乡人李峤俱以文辞知名，时人谓之“苏、李”。⑤

---

① 《旧唐书》，第 2590 页。

② 《新唐书》，第 3892 页。

③ 参见《苏味道　李峤年谱》，第 92—93 页。

④ 参见《登科记考补正》，第 61 页。

⑤ 《旧唐书》，第 2991 页。

《册府元龟》卷七七七《总录部》二十七《名望》第二所载略同①；《新唐书》卷二百一《列传》第一百二十六《文艺上·杜审言传》有：

少与李峤、崔融、苏味道为文章四友，世号“崔、李、苏、杜”。②

《旧唐书》李峤本传载：“为儿童时，梦有神人遗之双笔，自是渐有学业。”③《新唐书》本传又云：

时畿尉名文章者，骆宾王、刘光业，峤最少，与等夷。④

李峤弱冠即进士及第，与同乡苏味道称“苏李”；与崔融、杜审言、苏味道称“文章四友”；任职长安尉时成为“畿尉名文章者”中之年龄“最少”的；《旧传》《新传》中都提及梦有神人赠双笔之事，如果不是当时文名卓然，怎么会有“才华乃天授”⑤（张说《五君咏·李赵公峤》）的感叹？这些史料，有的可能为后世史家所追述，但是绝非毫无依据，起码能从侧面说明，青年时代的李峤，尽管早年蹭蹬下僚，其才名却早已传播在外了，所谓“少负才华”⑥ 也。

三、宦海沉浮

尽管李峤“少负才华”，但是，从“弱冠擢进士”到“始调安定尉”“举制策甲科”后“迁长安”，其间，竟蹭蹬十几年，直到三十五岁才有机会迁监察御史。在其仕宦生涯中，李峤曾于高宗朝监军岭南，参与平定“邕、严二州首领反叛”，以一介书生之力“宣朝旨，特赦其罪，亲入獠洞以招谕之，叛者尽降”，而使“高宗甚嘉之”。⑦

武后朝，因受命覆验来俊臣所构之“狄仁杰、李嗣真、裴宣礼等狱”，坚持

---

① 参见［宋］王钦若等编：《册府元龟》，中华书局1960年版，第9234页。

② 《新唐书》，第5736页。

③ 《旧唐书》，第2992页。

④ 《新唐书》，第4367页。

⑤ 《全唐诗》，第930页。

⑥ ［唐］刘肃撰，许德楠、李鼎霞点校：《大唐新语》，中华书局1984年版，第126页。

⑦ 参见《旧唐书》，第2992页。

“知其枉不申，是谓见义不为者”，而终忤旨“出为润州司马”（《旧传》），诏回之后“为凤阁舍人，文册大号令，多主为之”。曾献诗于武氏建天枢为自己歌功颂德，其诗“冠绝当时”；也曾上疏“察州县吏善恶、风俗得失”；还曾于“武后将建大像于白司马坂”时谏止，虽然未被采纳；曾预修大型类书《三教珠英》，为修书使。

“中宗即位，峤以附会张易之兄弟，出为豫州刺史。未行，又贬为通州刺史。”（《旧传》）继而拜吏部侍郎，迁吏部尚书，再为中书令，后又加修文馆大学士，监修国史，封赵国公。中宗景龙三年（709），以特进守兵部尚书、同中书门下三品。此时的李峤，仕途顺达，权重一时。

“睿宗立，罢政事，下除怀州刺史，致仕。”（《新传》）至玄宗嗣位，终因当初上韦氏之密表险至被杀戮，《旧传》云：

> 初，中宗崩，峤密表请处置相王诸子，勿令在京。及玄宗践祚，宫内获其表，以示侍臣。或请诛之，中书令张说曰：“峤虽不辨逆顺，然亦为当时之谋，吠非其主，不可追讨其罪。”上从其言，乃下制曰：“事君之节，危而不变，为臣则忠，贰乃无赦。特进、赵国公李峤，往缘宗、韦弑逆，朕恭行戡定，揖让之际，天命有归，峤有窥觎，不知逆顺，状陈诡计，朕亲览焉。以其早负辞学，累居台辅，忍而莫言，特掩其恶。今忠邪既辨，具物唯新，赏罚倘乖，下人安劝？虽经赦令，犹宜放斥，矜其老疾，俾遂余生，宜听随子虔州刺史畅赴任。”①

首先，此为李峤追随韦氏一党的佐证，是于动荡的政治环境中致命的选择；其次，关键时刻，幸亏张说冒死出面相救，李峤才幸免于遭杀戮。本已因年老致仕，希冀颐养天年，“方循初服，退守故园，忘机求汉水之翁，击壤就尧衢之老，歌太平而永日，饮圣泽而穷年。林壑长徉，俟卉木而俱槁；云霄坐隔，仰阙庭而增慕”②（《谢许致仕表》），想象着自己终于可以结交不用玩弄心术的好友，过着太平生活，徜徉于林壑，闲看花开花落，却不想竟意外再遭贬黜，当

① 《旧唐书》，第 2995 页。

② 《全唐文》，第 1101 页。

初密表恐也是一片耿耿忠心。李峤晚年心境如何，惜未留下可以令我们窥见其内心世界的诗文。

李峤一直被后人目为宫廷文人、台阁重臣，然其仕宦之路却并非一帆风顺，他历仕高宗、武后、中宗、睿宗、玄宗五朝，曾三次位及宰辅，封赵国公，亦曾屡遭贬黜，最终卒于庐州别驾。纵观其一生，诚可谓宦海沉浮。

李峤之生平仕历，散见于新旧《唐书》及《资治通鉴》等史籍之中，陈冠明先生有《李峤年谱》对其考证甚为详尽。本文为便于研究，参考两《唐书》及《册府元龟》《资治通鉴》等史料和陈氏《年谱》，特制简表如下：

表 2-1　李峤生平仕历大事年表

纪元年号	公元	年龄	大事记	主要参考资料及简单说明
太宗贞观十九年　乙巳	645	一岁	李峤出生	据《李峤年谱》《资治通鉴》《旧唐书》《新唐书》及《登科记考补正》
高宗麟德元年　甲子	664	二十岁	进士及第	《旧传》《新传》《登科记考补正》《李峤年谱》
总章二年己巳	669	二十五岁	解褐泾州安定尉	《李峤年谱》;《新传》"始调安定尉"
上元二年乙亥	675	三十一岁	去年赴制举，今年应制举登甲科，迁雍州长安尉	《李峤年谱》;《新传》"举制策甲科，迁长安"
仪凤四年、调露元年己卯	679	三十五岁	迁监察御史，赴岭南监军	《李峤年谱》《旧传》
垂拱元年乙酉	685	四十一岁	上《自叙表》自举，迁侍御史	李峤《自叙表》、《旧唐书·则天皇后纪》、《资治通鉴》卷二百三。武后是年咸令自举
垂拱四年戊子	688	四十四岁	迁司勋郎中。十二月，从武后拜洛受图，有《奉和拜洛应制》诗	《唐尚书省郎官石柱题名》、岑仲勉《郎官石柱题名新考订》、《李峤年谱》

续表1

纪元年号	公元	年龄	大事记	主要参考资料及简单说明
载初元年、天授元年庚寅	690	四十六岁	迁给事中	《李峤年谱》
天授三年、如意元年、长寿元年壬辰	692	四十八岁	因狄仁杰之狱忤旨，出为润州司马。 充使宣州采银，时有传其暴亡之说	《大唐新语》、《册府元龟》卷三〇七、《李峤年谱》
长寿二年癸巳	693	四十九岁	诏入，为凤阁舍人	《李峤年谱》
证圣元年、天册万岁元年　乙未	695	五十一岁	上表请检校逃户；天枢成，献诗《奉和天枢成宴夷夏群僚应制》"冠绝当时"	《大唐新语》卷八《文章十八》。《资治通鉴》卷二百五："夏四月，天枢成。"
天册万岁二年、万岁登封元年、万岁通天元年　丙申	696	五十二岁	上疏，论巡查风俗腊月，武后封神岳，禅少室，李峤为司牧	新旧《唐书·则天皇后纪》、《资治通鉴》卷二百五、李峤《大周降禅碑》、《李峤年谱》
万岁通天二年、神功元年　丁酉	697	五十三岁	闰十月，知天官侍郎选事	《资治通鉴》卷二百六、《李峤年谱》
圣历元年戊戌	698	五十四岁	春，知凤阁侍郎；九月，转麟台少监仍知凤阁侍郎；十月十七日，拜凤阁鸾台平章事	《李峤年谱》、新旧《唐书·则天皇后纪》、《资治通鉴》卷二百六
圣历三年、久视元年庚子	700	五十六岁	三月，转鸾台侍郎，依旧同凤阁鸾台平章事、监修国史。五月，从游嵩山石淙	《旧传》、《新唐书·宰相世系表》、《全唐诗》卷四十六"狄仁杰"诗注、《册府元龟》
			六月，领修《三教珠英》。闰七月，转成均祭酒，罢知政事	《旧唐书·张昌宗传》《旧唐书·徐坚传》等

续表 2

纪元年号	公元	年龄	大事记	主要参考资料及简单说明
久视二年、大足元年、长安元年 辛丑	701	五十七岁	六月，为鸾台侍郎同凤阁鸾台平章事；十月，为神都副留守，加通议大夫兼检校文昌左丞；十一月，《三教珠英》成书	新旧《唐书·张昌宗传》、《唐会要》卷三六、《李峤年谱》、《资治通鉴》卷二百七
长安二年 壬寅	702	五十八岁	为神都留守，守成均祭酒兼检校文昌左丞	《旧传》《新传》《李峤年谱》
长安三年 癸卯	703	五十九岁	闰四月，以本官同凤阁鸾台平章事，知纳言	《旧传》《新传》《新唐书·则天皇后纪》《李峤年谱》
长安四年 甲辰	704	六十岁	四月，知内史事；六月，自请解内史为成均祭酒同凤阁鸾台三品	《李峤年谱》
中宗神龙元年　乙巳	705	六十一岁	二月，因附会张易之兄弟出为豫州刺史，未行，贬为通州刺史；七月，征拜吏部侍郎，封赞皇县男；十月，迁吏部尚书，置员外官两千余人；十一月，封赞皇县公	新旧《唐书·中宗纪》、《李峤年谱》、《唐会要》、《通典》、《新唐书·选举制》
神龙二年 丙午	706	六十二岁	正月，以吏部尚书同中书门下三品；七月，守中书令；九月，因于吏部置员外官事上表请辞；与吐蕃盟誓，和豆卢钦望等二十二人参与盟	新旧《唐书·中宗纪》、《册府元龟》卷七二、《资治通鉴》卷二百八、《新唐书·宰相世系表》、《新唐书·吐蕃传上》
神龙三年、景龙元年 丁未	707	六十三岁	七月二十七日，为中书令；九月，封赵国公	李峤《上应天神龙皇帝册文》、《旧唐书·中宗纪》、《册府元龟》卷十六、《唐会要》
景龙二年 戊申	708	六十四岁	四月，领修文馆大学士	《旧唐书·中宗纪》、《唐诗纪事》卷九李适条

续表 3

纪元年号	公元	年龄	大事记	主要参考资料及简单说明
景龙三年 己酉	709	六十五岁	八月一日，罢中书令，以特进守中书门下三品	《新传》《旧传》《新唐书·宰相世系表》《李峤年谱》
景龙四年、殇帝唐隆元年、睿宗景云元年 庚戌	710	六十六岁	七月十七日，出为怀州刺史，致仕	《旧传》、《新传》、新旧《唐书·睿宗纪》、《资治通鉴》卷二百九
先天二年、开元元年 癸丑	713	六十九岁	九月，其上韦后密请处置相王诸子之表为玄宗所获，或请诛之，张说为之说情，遂贬李峤随其子畅之官	《旧传》《李峤年谱》《册府元龟》
开元二年 甲寅	714	七十岁	本年或稍后，卒于庐州别驾	李峤晚年屡遭贬黜，卒年未见于史籍，《新传》"卒，年七十"

第三节 "苏瓌有子 李峤无儿"小考

李峤与苏瓌皆为初唐武后、中宗朝台阁重臣，"苏瓌有子，李峤无儿"之说由来已久，散见于各种杂史笔记之类，主要有三种不同说法：中宗召二子问"所通书"，苏瓌之子苏颋之应答颇令中宗满意，中宗因而有此语；苏颋为其父苏瓌守制，坚不肯起复，乃有此说；同在朝为相，李峤之子不及瓌之子颋有才能，故时人有云。本节以新旧《唐书》、李峤长子李畅《墓志》等相关史料作为依据，针对上述三方面逐一详加考证，以期探究其真实性，从而对有关历史人物做出客观公允的评价。

一、三说之一：唐中宗召李峤、苏瓌二丞相之子问"所通书"之事

中宗召李峤、苏瓌二丞相之子问"所通书"之事，李峤之子言语未得中宗

欢心。此说最为多见。《松窗杂录》云：

> 中宗尝召宰相苏瓌、李峤子进见，二丞相子皆童年，上近抚于赭袍前，赐与甚厚。因语二儿曰："尔日忆所通书，可奏为吾者言之。"颋应曰："木从绳则正，后从谏则圣。"峤子（失其名）亦进曰："斮朝涉之胫，剖贤人之心。"上曰："苏瓌有子，李峤无儿。"①

当为此说最早且最为完整生动的版本。完全引自《松窗杂录》的如有"学者得是书，开所闻扩所见者多矣"② 之誉的由元末明初学者陶宗仪编纂的《说郛》，《说郛》卷五十二录上述内容。③ 又如明代陈耀文《天中记》卷十七④、何良俊《何氏语林》卷十八⑤等亦转引，《太平广记》卷四百九十三《杂录一·苏瓌李峤子》注明出自《松窗录》⑥，计有功《唐诗纪事》卷十《李峤》在"皮日休《松窗录》云"后引述此事⑦。而《唐语林》卷三《识鉴》则说是二子"同年"。⑧此外，基本内容与《松窗杂录》相同，然其内容稍略，未提及"二子童年"的，如《类说》卷十六⑨、《绀珠集》卷十一⑩、《古今事文类聚》后集卷六《一贤一

① ［唐］李濬：《松窗杂录》，文渊阁四库全书本，台湾商务印书馆 1986 年版，第 1035 册，第 559 页。

② ［明］陶宗仪：《说郛》，中国书店 1986 年版，杨维祯序。

③ 参见《说郛》，第 774 页。

④ 参见［明］陈耀文：《天中记》，文渊阁四库全书本，台湾商务印书馆 1986 年版，第 965 册，第 769 页。

⑤ 参见［明］何良俊：《何氏语林》，文渊阁四库全书本，台湾商务印书馆 1986 年版，第 1401 册，第 705 页。

⑥ 参见《太平广记》，第 4050 页。

⑦ 参见《唐诗纪事》，第 146 页。

⑧ 参见［宋］王谠：《唐语林》，古典文学出版社 1957 年版，第 93 页。

⑨ 参见［宋］曾慥编：《类说》，文渊阁四库全书本，台湾商务印书馆 1986 年版，第 873 册，第 272 页。

⑩ 参见《绀珠集》，文渊阁四库全书本，台湾商务印书馆 1986 年版，第 872 册，第 489 页。

否》①、《记纂渊海》卷五十八②等。

综上可知，此说有《松窗杂录》或皮日休《松窗录》等不同出处，为慎重起见，笔者检索了一下，发现《松窗录》一卷，《新唐书·艺文志》③、《通志》卷六十八④、《崇文总目》卷四⑤、《郡斋读书志》后志卷二⑥等史志书目均有著录，但未注作者姓名；《郡斋读书志》卷二上⑦、《文献通考》卷二百十五著录为“唐韦濬撰”⑧；《钦定四库全书简明目录》卷十四著录《松窗杂录》一卷，题“李濬或作韦濬，乃字之误”；《千顷堂书目》卷十五著录为李濬；《宋史》卷二百六著录有李濬《松窗小录》一卷。检索皮日休所著，亦未见此书之著录。《四库全书总目》卷百一四十有《松窗杂录》一卷，提要云：

《松窗杂录》一卷（浙江范懋柱家天一阁藏本）

> 案此书书名，撰人诸本互异。《唐志》作《松窗录》一卷，不著撰人。《宋志》作《松窗小录》一卷，题李濬撰。《文献通考》作《松窗杂录》一卷，题韦濬撰。历代小史则书名与《通考》同，人名与《宋志》同。盖传刻舛讹，未详孰是。⑨

由是，《松窗录》与《松窗杂录》当为同一书，韦濬或李濬撰。在长期流传的过程中，其书名、著者以及书中内容已多有讹舛。

首先，关于李峤长子李畅，李畅《墓志》中云：“公讳畅，字宣美，……以

---

① 参见［宋］祝穆：《古今事文类聚》，文渊阁四库全书本，台湾商务印书馆1986年版，第926册，第91页。

② 参见［宋］潘自牧：《记纂渊海》，文渊阁四库全书本，台湾商务印书馆1986年版，第931册，第643页。

③ 参见《新唐书》，第1543页。

④ 参见《通志》，第798页。

⑤ 参见《崇文总目》，第526册，第54页。

⑥ 参见《郡斋读书志》，文渊阁四库全书本，第433页。

⑦ 参见《郡斋读书志》，第196页。

⑧ ［元］马端临：《文献通考》，中华书局1986年版，第1758页。

⑨ 《四库全书总目》，第1185页。

开元十八年岁次庚午六月甲寅朔十八日辛未，薨于东都宣风里第，春秋五十有二。”① 据此可知，李畅卒于开元十八年（730）六月，享年五十二岁，那么，其生年应为高宗仪凤四年、调露元年（679）。苏颋，其传见于两《唐书》其父苏瓌本传之后，《旧传》云其“（开元）十五年卒，年五十八”②。可见，苏颋生于唐高宗咸亨元年（670），卒于开元十五年（727）。也就是说，苏颋比李峤长子李畅年长九岁，怎么可能“二子皆童年”？在这个故事中，那个“失其名”的李峤的孩子如果不是李畅，更不可能是李峤其他的儿子。畅既为长子，余者会与苏颋在年龄上相差更多。“同年”之说更无依据。所谓“同年”，不外乎有两个含义：一是同一年出生，由前说已知其为不可能；二是古代科举考试同科中式者之互称，唐代同榜进士称“同年”，若果如此，“上近抚于赭袍前，赐与甚厚”这种对待小孩子的方式显然滑稽可笑。并且，检索《登科记考》等相关资料，尚未发现苏颋与李峤哪个儿子同年及第的记载。

其次，由两《唐书》“中宗本纪”可知，唐中宗李显曾两次在位，第一次是在高宗驾崩之后，即永淳二年、弘道元年（683）年末，仅在位两个月，即被其母则天皇后废黜，之后被贬为庐陵王，软禁于房州、均州十五年，圣历元年（698）被册立为太子，神龙元年（705）复位。显然，召二丞相子问所读书之事不会在其册立为太子或者复政后，因为彼时无论哪个孩子都已经成年，“二子皆童年”怎么可能？这件事只可能发生在他第一次在位时。陈冠明先生所著《李峤年谱》就将此事系于永淳二年、弘道元年（683）：“十二月中宗即位，召李峤之子、苏瓌之子颋，使诵所通之书。”并在略加考证之后认为：“凡此相比，甚是无谓，当是附会，故多异词，今不取。”笔者认为，此时苏颋已经十四岁，早已不应算是“童年”，李峤子畅只有五岁，堪称“童年”，却又当属年幼无知，这样的两个孩子，实在没有可以相提并论的理由。只是，陈先生以《唐语林》“同年”之说，认为李畅亦为十四岁，误。③

其实，这样漏洞百出的记载，前人早有异议，《四库全书总目》在《松窗杂录》提要中就明确指出：

---

① 《唐代墓志汇编续集》，第 519 页。

② 《旧唐书》，第 2881 页。

③ 参见《苏味道 李峤年谱》，第 101 页。

> 《松窗杂录》……唯谓中宗召宰相苏瓌、李峤子进见，二子皆童年，因令奏所通书。颋应曰：木从绳则正，后从谏则圣。峤子亦进曰：斮朝涉之胫，剖贤人之心。上曰：苏瓌有子，李峤无儿云云。案颋于则天长安二年已为御史，瓌为相时，颋为中书舍人，父子同掌枢密，并非童年。故司马光深斥其说，颇不免于诬妄云。

显然持不以为然的态度。其中所引司马光之说，其内容与上文基本相同，其“考异”系于武则天长安二年（702），见《资治通鉴》卷二百七“考异”部分。①

最后，我们不妨抛开对这个事件真实性的考证，回过头来再仔细分析一下苏、李这两个宰相家的孩子对中宗问话的回应。“木从绳则正，后从谏则圣”出自《尚书·说命上》：“说复于王曰：‘唯木从绳则正，后从谏则圣。后克圣，臣不命其承，畴敢不祗若王之休命。’”② 这是在规劝君主应当像木头就着墨线才能使自己变得笔直一样去接受劝谏，这样才会成为圣人。苏颋此语颇具温柔敦厚之风，既切中要点又相当得体。而那个“失其名”的李峤之子，细想似乎也并没有错。《尚书·泰誓下》有：“自绝于天，结怨于民，斮朝涉之胫，剖贤人之心。”意思是冬天见到有人涉水过河，就斩断其胫，看看他如何能耐得了寒冷；比干忠心耿耿，就剖开胸膛取出他的心看看与常人有何不同。这是典型的暴君所作所为。李峤之子是在提醒君王，不要“自绝于天，结怨于民”，此话亦无可厚非，充其量算是有些逆耳罢了。只是这位中宗皇帝本就昏庸懦弱，这一点我们只要读一读两《唐书》的《中宗本纪》就会找出大量实证。而此时，这位中宗就只顾拣顺耳的话听，可怜李峤之子，很有点儿对牛弹琴的悲哀，不仅当时没得到圣上的夸赞，千百年来更留下了“苏瓌有子，李峤无儿”的典故，看来，其真的是远不如苏颋深谙在君王面前如何才能应对自如的语言艺术。正如刘声木先生《苌楚斋随笔·五笔卷一》援引《松窗杂录》此则故事之后的一段评论：“二子所言，皆不为无见，未易定其优劣。瓌子之言是规也，峤子之言

---

① 参见《资治通鉴》，第6560—6561页。

② ［汉］孔安国传，［唐］孔颖达疏，《十三经注疏》整理委员会整理：《尚书正义》，北京大学出版社2000年版，第295页。

是谏也，颇合“规谏”二字之理。中宗既非有道之君，峤子直谏于祸乱未萌之先，其远识应在瓌子之上，未可以中宗一语，即为公是非。司马温公《通鉴考异》深斥其诬妄，然此书本体近小说家，各尊所闻，用资谈柄，固不必是丹非素也。”① 真可谓一语中的。

综上所述笔者认为，中宗召见苏瓌、李峤二丞相之子问所读之书的事，因二子年龄相差九岁且因中宗两次在位时间上均不存在可能性而值得怀疑，通过分析君臣对话，笔者并不认为李峤之子劣于苏颋，“苏瓌有子，李峤无儿”之说，实在是“凡此相比，甚是无谓，当是附会，故多异词，今不取”②。

二、三说之二：苏颋因其父苏瓌去世，哀伤过度，拒绝起复，时人有云“苏瓌有子，李峤无儿”

此说见于《太平御览》卷四百一十四《孝下》：

> 《朝野佥载》曰：苏颋为中书舍人，父右仆射瓌卒，颋哀毁过礼。有敕起复，颋表固辞不起。上使黄门侍郎李日知就宅喻旨，终坐无言，乃奏曰：“臣见瘠病羸瘦，殆不胜哀。臣不忍言，恐其殒绝。”上恻然不之逼也。故时人语曰：“苏瓌有子，李峤无儿。”③

此事《旧唐书》苏颋本传亦有记载：

> 瓌薨，诏颋起复为工部侍郎，加银青光禄大夫。颋抗表固辞，辞理恳切，诏许其终制。服阕就职，袭父爵许国公。④

由是可证此事并非杜撰，同样说法亦见于《记纂渊海》卷三十六《仕宦部》“起

① ［清］刘声木撰，刘笃龄点校：《苌楚斋随笔续笔三笔四笔五笔》，中华书局 1998 年版，第 897 页。

② 《苏味道　李峤年谱》，第 101 页。

③ ［宋］李昉编纂，夏剑钦、张意民校点：《太平御览》，河北教育出版社 1994 年版，第四卷，第 452 页。

④ 《旧唐书》，第 2880 页。

复”条。① 这里需要指出，“苏瓌有子，李峤无儿”之说，在《记纂渊海》中两度出现，在卷五十八《论议部》“事物相形”下引了中宗问二子所通书之事。同一书，竟用两个完全不同的说法来证明“苏瓌有子，李峤无儿”么？盖其著者编纂之时亦未详加考订。

古人父母去世之后有守制的礼俗，官员须解职，不得应考，也不得婚嫁或从事娱乐活动，谓之“丁忧”。这一点至唐代已经形成了严格的规范，如果有官员因贪图功名利禄或其他原因匿父母之丧不报，或于丧制未终而做了不应该做的事，都会受到相应的惩罚。长孙无忌《唐律疏议》卷十《职制部》“匿父母及夫等丧”就有相当具体明确的律令及解释。② 白居易就曾经有“其母因看花堕井而死，而居易作《赏花》及《新井》诗，甚伤名教”被贬为江表刺史之事，这固然有官场争斗等其他原因，却也可从一个侧面说明当时官员丁忧制度的一些情况。

上边所引材料中，苏颋于丁忧期间“有敕起复”，这种“丧期未满，官员应诏除去丧服，出任官职”的做法称之为“夺情”，又称“夺礼”或“夺服”。③ 而所谓“起复”，意即“封建时代官员遭父母丧，守制尚未满期而应召任职”④。苏颋“表固辞不起”，既是父亲离世过度悲伤所致，恐又与其出身世家，长期受儒家礼教思想濡染不无关系。当然，他不仅未因守制影响自己的前程，“服阕就职，袭父爵许国公”，反而还因此赢得了时人“苏瓌有子，李峤无儿”的赞誉。如果说苏颋至孝无可非议，那么李峤之子究竟有什么不孝之事让人说长道短，有此评价？笔者对此深表不解，继而有以下考证。

《旧唐书·苏瓌传》中记载“景云元年，以老疾转太子少傅。是岁十一月薨”；《新唐书·苏瓌传》亦云“景云元年，老病，罢为太子少傅。卒，年七十二”。可知苏瓌卒于睿宗景云元年（710），《唐律疏议》对“丧制未终”的解释为“谓父母及夫丧二十七月内”⑤。我们是不是可以推断，苏颋为其父守制，即

① 参见《记纂渊海》，第 931—26 页。

② 参见［唐］长孙无忌等撰，刘俊文点校：《唐律疏议》，中华书局 1983 年版，第 204—206 页。

③ 参见《汉语大词典》（缩印本），第 1399—1400 页。

④ 《汉语大词典》（缩印本），第 5769 页。

⑤ 《唐律疏议》，第 204 页。

丁父忧至迟到玄宗开元元年（713）初，之后“服阕就职”。在这个过程中，李峤应该一直健在，直到遭贬，“为庐州别驾而卒”。所以说，其父健在，其子怎会因不孝而落人口实？相反的，李峤长子李畅《墓志》中云：“妣燕国夫人，无禄未练而赵公薨，累丁艰罚，痛深创钜，杖而后起，殆不胜哀。君子以为难也。服阕，拜吉州刺史。”可知李畅母亲燕国夫人与父亲赵公李峤盖相继离世，作为长子，李畅当按制守丧且因接连遭遇失去亲人之故，十分悲痛，“服阕，拜吉州刺史”云云。毕竟，李峤的儿子们也出身于仕宦大家——赵郡李氏家族，儒素德业的良好家风会影响他们的思想行为，也不至于有那些离经叛道的不孝之事在他们身上发生。“李峤无儿”之说，惜无更多传世资料可考。

父亲过世，作为儿子，过度悲伤甚至放弃升迁机会，不想做官，只希望按理守制，这确实令人感叹唏嘘，作为皇帝，表示理解并且“恻然不之逼也”亦在情理之中，只是时人“苏瓌有子，李峤无儿”的感慨实在是有点儿莫名其妙。既然将二者相比较，就应以事实作为依据，然就目前所见之史料，李峤诸子究竟做过什么才招致如此言论，尚无无足够的史料可供查考。

三、三说之三：苏瓌之子有才能，李峤之子不能及也

《册府元龟》卷七百七十七《总录部二十七·名望第二》有以下内容：

> 苏瓌中宗朝历左右仆射、同中书门下三品，子七人，颋、冰、诜、乂、颖（“颖”古同“颖”——笔者注）、锐、颜，颋最知名，官至中书侍郎平章事，诜，户部员外。瓌与李峤同居相位，峤有才华，其子不肖；瓌以干理而颖有文词，故代称“苏瓌有子，李峤无儿”。①

《册府元龟》卷九百四十《总录部一百九十·不嗣》所载稍略：

> 李峤中宗朝与苏瓌同居相位，峤有才华，其子不肖。瓌以干理而子颋有文辞，故代称苏瓌有子，李峤无儿。②

① 《册府元龟》，第 9234 页。

② 《册府元龟》，第 11068 页。

笔者认为，此当为“苏瓌有子，李峤无儿”最为合理的解释，理由如下：

首先，此说出自《册府元龟》。我们知道，《册府元龟》成书于宋真宗年间，属于大型政书，所选内容均自正史，其编者也集中了当时精英，而且因为是官修，可以凭借大量官方藏书资源，编书之目的在于为统治者提供可资借鉴的治国之道，可见具有较高的可信度，毕竟不同于那些稗官野史。

其次，苏瓌、李峤同为武后、中宗朝台阁重臣，“瓌为相时，颋为中书舍人，父子同掌枢密”，成为当时美谈，苏颋又因文名重于当时，与张说并称“燕许大手笔”。而李峤在当时文坛享有盛誉，《旧传》云其：“朝廷每有大手笔，皆特令峤为之。”①《新传》则言其“文册大号令，多主为之”“而为文章宿老，一时学者取法焉”②。在当时可以说是权倾一时，文名卓著。但是，除前文提到的长子李畅之外，他其余的儿子们则显得默默无闻，据《新唐书·宰相世系表》载，李峤有四子，李畅、李裕、李粲、李懿。据《世系表》及李畅《墓志》可知，李畅终于相州刺史，“博览坟籍，尤工藻翰”且“有集卅卷，传于后”；李裕，终于海州刺史；李粲，终于濮州刺史；李懿为华阴郡太守。③ 显而易见，无论于文坛还是官场，李峤的儿子们都远不能与许国公苏颋相提并论。或因本就属平庸之辈，或因其父曾获罪于玄宗受到牵连，总之，“其子不肖”，也就难怪时人有“苏瓌有子，李峤无儿”的慨叹了。

通过以上考证笔者认为：“苏瓌有子，李峤无儿”之说由来已久，最为合理的解释可能是，同在武后、中宗朝为相的苏瓌与李峤尽管在文坛与官场都同样享有盛名，然李峤之子却远远不及瓌子苏颋，因此，为时人所唏嘘。而就目前所能见到的史料来看，中宗召二相之子问所通书之事，基本无存在之可能，或为杜撰。而苏颋坚持为其父守制史书有载，我们却未见李峤之子有不孝作为的史实。

我们应当承认，尽管李峤在武后、中宗朝曾位高权重，然因其先追随武后，依附张昌宗、张易之兄弟，诸武被灭后又转而效力于韦氏一党，故其为人多遭诟病，而其晚年又屡屡被贬，“苏瓌有子，李峤无儿”之说，既见于杂史笔记之

---

① 《旧唐书》，第 2993 页。

② 《新唐书》，第 4367、4371 页。

③ 参见《新唐书》，第 2546—2547 页。

类，在未有更加确切的史料可资证明之前，本就未可确定其真实与否，有些子虚乌有之说，或确有以讹传讹之嫌，抑或“所谓失势之人，史家众恶归焉”①。

小　结

李峤出身赵郡李氏家族，“代传儒学”的家学渊源，对其思想产生了根深蒂固的影响，而其先祖“代为著姓”，生平事迹均于正史可考：七世祖李顺，官“四部尚书、高平宣王”，为北魏重臣；六世祖李式，以学业知名，官至西兖州刺史，濮阳侯；五世祖李宪，“清粹善风仪，好学有器度”，为濮阳文静伯；高祖李希礼，“性敦厚，容止枢机，动遵礼度”；曾祖李孝基，“风词甚美。以卫尉丞待诏文林馆”；祖野王，隋鲁郡功曹，“学通典训，词高风雅”；其父镇恶，终于襄城令；母亲张氏，系出名门。李峤兄弟有三人、五人之说，姑且存疑，其长子李畅《墓志》成为我们研究的重要史料。此外，李峤共有四子，至少有一女，孙辈五人，其事迹见《新唐书·宰相世系表》。

李峤生于太宗贞观十九年（645），卒于玄宗开元二年（714）或稍后，“十五通《五经》”，“弱冠擢进士”，“始调安定尉”，“举制策甲科”，累迁监察御史，曾为凤阁舍人、中书令、凤阁鸾台平章事同中书门下三品，封赵国公，历仕五朝，三知政事，又数遭贬谪，宦海沉浮，晚年又因获罪于玄宗几被杀戮，终卒于庐州别驾。

“苏瓌有子，李峤无儿”之说散见于各类杂史笔记，有三个不同的版本，而其中，苏瓌之子苏颋才能出众，为李峤诸子所不及，当是此说最为合理的解释，只是所谓“失势之人，史家众恶归焉”，令后人扼腕。

① 《苏味道　李峤年谱》，第228页。

第三章　李峤交游与思想考论

有关李峤的交游与思想，目前所见，仅几篇研究其诗歌的硕士学位论文有所提及；陈冠明《李峤年谱》略有考证，惜不够全面深入。在此，笔者希望对其具体情况做尽量详细的梳理与考论。

第一节　李峤交游考论

李峤在高宗朝入仕，主要活动于武后、中宗时期，因为其御用文臣的身份，长期周旋于台阁宫廷，即使其间曾遭贬谪，往往不久即被召回，时间很短。故其交游范围并不十分广泛，多限于同僚及后学，且由于史料的缺失，其同很多人的交往情况已无从确切考证，我们仅能从浩如烟海的史书以及有限的传世作品中，寻到些只言片语的信息。

一、与长者的交往

（一）“薛元超称之”

《新唐书》李峤本传说李峤：“十五通《五经》，薛元超称之。二十擢进士第。”① 据陈冠明《年谱》考证认为，《新唐书》所引内容标点有误，李峤进士及第有薛元超举荐之功，即李峤本传中所谓“薛元超称之”，所称之事是其进士及第。薛元超，祖父薛道衡，父亲为薛收，元超亦早孤。其才能颇受唐太宗、高宗赏识，新旧《唐书》均有传，《旧唐书》卷七十三《列传》第二十三本传云：

> 元超既擅文辞，兼好引寒俊，尝表荐任希古、高智周、郭正一、王义

---

① 《新唐书》，第4367页。

方、孟利贞等十余人，由是时论称美。[①]

《新唐书》卷九十八《列传》第二十三本传亦云：

所荐豪俊士，若任希古、高智周、郭正一、王义方、孟利贞、郑祖玄、邓玄挺、崔融等，皆以才自名于时。[②]

很显然，薛元超尤喜奖掖后学，举贤荐能，尽管这里罗列的受到其擢拔的人物之中并无李峤之名，但两《唐书》李峤本传都有李峤获“薛元超称之”的说法。

据陈冠明考证，李峤于唐高宗龙朔三年（663）以东都国子监太学生身份赴举，是年十月丙午（二十六日）东都含元殿前见麟趾，李峤呈献《进麟迹表》，翌年，诏改元为麟德元年（664），李峤进士及第。薛元超有举荐之功。[③]

无论是因为其通习《五经》、少负才名，还是在其科举考试方面，总而言之，薛元超的鼓励或举荐，对青年李峤意义重大。

（二）上书高长史“敢荐狂妄，唯君侯择焉”

《全唐文》录有李峤两篇写给高长史的文字——《上雍州高长史书》《上高长史述和诗启》，记录着李峤与这位姓名事迹无可考证的高长史的交往，也表现着青年时期的李峤对仕途的热情和对建功立业的渴望。

我们无从知道高长史何许人也，单从李峤仅有的六篇传世的文中就有两篇是写给这位高长史的这一点可以推想，其曾于青年李峤意义不同一般。从这两篇书中，我们能够寻些李峤与之交往的情况。

在《上高长史述和诗启》中，李峤对高长史的诗作极尽赞美，甚至有言过其实之嫌。如文章开篇即言：

近于录事参军杜延昌处，伏见公《秋月遥想洛城十韵》之作。曲中之妙，传乎郢客之声；天下之珍，得自隋侯之掌。凤鸣六吕，龙文九光，骇

---

① 《旧唐书》，第2590页。

② 《新唐书》，第3892页。

③ 参见《苏味道　李峤年谱》，第92—93页。

> 属奇观，相趋动色。……足使两都宾主，羞谈翰墨；二陆兄弟，耻论词赋。①

足可以使“两都宾主，羞谈翰墨；二陆兄弟，耻论词赋”的诗究竟有多么出类拔萃！只可惜检视《全唐诗》等文献，笔者终究没能找到这首《秋月遥想洛城十韵》，自然不能明白诗究竟何等精妙，而让李峤这位公认的才子有如此之赞叹。不过纵观全文，其主要内容就是赞扬高长史诗作，极言自己“以庸音自效，辄忘固陋”，字里行间充满对对方的敬仰赞誉，表现着自己的谦卑。然而，我们细读全文，可以发现其对高长史及其诗作的褒扬是泛泛的，没有基于诗作本身的具体评论，甚至也不能借此更多窥见李峤的诗学主张或文学思想，也就是说，这篇文章中心就是投书高长史以表敬慕。当然，这种所谓的仰慕之情未必完全发自内心，这其中很可能有出于其他目的而对对方极尽赞美，也许是晚生后学的敬仰，希望对方奖掖举荐。

《上雍州高长史书》作于李峤任职三原县尉之时，大约在唐高宗上元三年、仪凤元年（676）或稍后，此时的李峤已经仕途蹭蹬十余年。全文表达了渴望对方举荐，一起建功立业的意思：“愿君侯垂古人之风，申国士之分，假其白璧之契，接以黄金之言，不忽当年，要之卒岁，则重如熊掌，府中饶取义之宾；轻若鸿毛，节下有徇身之士矣。”② 是在说自己愿意为其效力，肝脑涂地，在所不惜。

尽管如前所述，囿于史料匮乏，我们无法确定这位高长史的具体身份，无法找到其是否有写给李峤的书信之类，只有上述两篇文章见证着李峤与他的交往。从李峤这两篇文章可以看出，彼时的李峤，正是热衷功名、渴望建功立业的年龄，对这位尊长亦是充满敬仰之情，希望其可以助一臂之力。

二、与“文章四友”中其他三位的交往

目前所见，“文章四友”之合称，最早见于宋代宋祁、欧阳修所著《新唐书》，其卷二百一《艺文上・杜审言传》曰：“（杜审言）少与李峤、崔融、苏味

---

① 《全唐文》，第 1105 页。

② 《全唐文》，第 1104 页。

道为文章四友，世号‘崔、李、苏、杜’。”[①] 计有功《唐诗纪事》卷六“杜审言”条[②]、晁公武《郡斋读书志》卷十七著录“《杜审言集》一卷”[③] 后有相同的记载，盖相互因袭也。李峤与四友中其他三人的交往，缘于其在朝共同为官以及诗文唱和来往。

（一）与苏味道，早年即并称“苏李”

李峤与苏味道的交往在四友之中当为最早的，《旧唐书·苏味道传》有“少与乡人李峤俱以文辞知名，时人谓之‘苏李’”[④] 之说。此说亦见于《新唐书》卷一百一十四《列传》第三十九《苏味道传》[⑤]、《册府元龟》卷七七七《总录部·名望二》[⑥]、《唐诗纪事》卷六“苏味道”条[⑦]。苏味道，赵州栾城人，两《唐书》有传，陈冠明有苏味道之年谱与李峤之年谱编为《苏味道　李峤年谱》一起出版。

李峤与苏味道并没有留下诗文唱和及书信往来的资料，然据新旧《唐书》二人的本传以及陈冠明《年谱》的考证，二人曾于武后、中宗时期先后在朝为官，又是同乡，交往便成为可能，只是没有留下相关文献。以下仅举二人共同参与的活动几例，可资参考。

其一，李峤、苏味道同赞刘知幾《思慎赋》，以为属于陆机《豪士》之类，读之可得全身之道。此事见《新唐书》卷一百三十二《刘子玄传》：

> 武后证圣初……时吏横酷，淫及善人，公卿被诛死者踵相及。子玄悼士无良而甘于祸，作《思慎赋》以刺时。苏味道、李峤见而叹曰：“陆机《豪士》之流乎，周身之道尽矣！”[⑧]

---

① 《新唐书》，第 5736 页。

② 参见《唐诗纪事》，第 79 页。

③ 参见《郡斋读书志》，“宛委别藏”本，第二册，第 544 页。

④ 《旧唐书》，第 2991 页。

⑤ 参见《新唐书》，第 4202 页。

⑥ 参见《册府元龟》，第 9234 页。

⑦ 参见《唐诗纪事》，第 76 页。

⑧ 《新唐书》，第 4520 页。

刘子玄字知幾，为避玄宗讳以字行。此事《旧唐书》卷一百二《刘子玄传》所载略有不同，苏、李所叹“陆机《豪士》所不及”①。可以看出，首先两人对一些事情有相近的看法；其次，面临当时酷吏横行、政治斗争错综复杂的状况，他们也有共同的忧患意识；当然，二人对刘知幾的赞赏之情同样溢于言表。

其二，垂拱四年（688），武后拜洛受图，苏、李扈从，皆有应制之作，李峤为《奉和拜洛应制》，苏味道有《奉和受图温洛应制》。李诗云：

> 七萃銮舆动，千年瑞检开。文如龟负出，图似凤衔来。殷荐三神享，明禋万国陪。周旗黄鸟集，汉幄紫云回。日暮钩陈转，清歌上帝台。②

苏味道诗云：

> 绿绮膺河检，清坛俯洛滨。天旋俄制跸，孝享属严禋。陟配光三祖，怀柔洎百神。雾开中道日，雪敛属车尘。预奉咸英奏，长歌亿万春。③

两首诗同样对武后极尽赞美，诸多过誉之词，属于典型的应制之作，显然李诗在境界与气势上更胜一筹。

其三，圣历三年、久视元年（700）五月，武后幸嵩山石淙，自制七言一首，群臣皆和之，李峤、苏味道皆有应和诗作，说明二人都曾扈从游幸。《全唐诗》卷四六狄仁杰《奉和圣制夏日游石淙山》于题下有云：

> 石淙山，在今河南登封县东南三十里，有天后及群臣侍宴诗并序刻北崖上。其序云：“石淙者，即平乐涧。其诗天后自制七言一首，侍游应制皇太子显、……鸾台侍郎李峤、凤阁侍郎苏味道……”④

---

① 《旧唐书》，第 3162 页。

② 《李峤诗注　苏味道诗注》，第 18 页。

③ 《全唐诗》，第 751 页。

④ 《全唐诗》，第 558 页。

苏味道《嵩山石淙侍宴应制》诗云：

雕舆藻卫拥千官，仙洞灵溪访九丹。隐暧源花迷近路，参差岭竹扫危坛。重崖对耸霞文驳，瀑水交飞雨气寒。天洛宸襟有余兴，裴回周矚驻归銮。①

二人于武后朝皆官至宰相，或有其他交往或共同侍宴游幸等活动，惜史料散失，甚至，未见其酬赠之诗。

（二）与崔融，因才华而相互倾慕

李峤与崔融的交往，缘于二人早年因对方才华的相互敬慕。彼时，李峤知三原县尉，崔融在夏县尉任，其均以文知名于当时，二人的诗文交往亦是目前所见文献资料中所载有关“文章四友”交游的最早记录。高宗仪凤二年（677），李峤三十三岁，寻访绛州夏县县尉崔融不遇，得到其弟的接待，遗憾之余遂有《与夏县崔少府书》及赠诗以表达未遇的遗憾，以及对其才华的仰慕。

李峤年长崔融八岁，在当时文坛已然算是崭露头角，然而通观其《与夏县崔少府书》，却自是谦逊有礼。全文以表达其对崔融才华的敬仰倾慕之情为中心，开篇即写出对崔融这位少年才俊的仰慕——“伏闻高义之日久矣”，由此可以看出，两人之前并不相识，属于神交。接着，李峤对崔融之才能大加赞赏，表达了欲与之成为知音的愿望：“仆窃不逊，仰希古人，以为天下襟期，四海兄弟，款平生于千载，感气义于一言。道或乖，胶漆不能同其异；志苟合，楚越无以异其同。”寻访未遇，即以书信及短诗相赠：“顷者关塞羁游，风尘旅泊，抒情歌事，略有短篇。未足追踵词人，亦以言其所志。窃不自外，思简知音。”同时，文中还述说了自己对自身现状的不满：

若下官者，落拓无系，支离少合，何尝效一艺于友朋，关一奇于卿相？形沦散冗，名弃草泽，通人未曾接赏，谈士不以挂言，行为诮累，动成嗤鄙。……且仆智不效于一官，谋不周于千虑，德惭季路，诉甚伯寮，畏此简书，就兹文墨，首路之日，驰情下风，不谓燕雀联翩，鸿鹄已远，形留

① 《全唐诗》，第752页。

神往，室迩人遐，孤此宿心，延伫何极？①

文中大量使用典故借以表达自己的思想，有对崔融由衷的钦慕，有对建功立业的渴望，亦有对自身命运遭际的倾诉，有较多真实情感流露。

《全唐文》卷二百二十有崔融《报三原李少府书》，可资参照理解，是书为崔融于次年回报李峤之书。在书中，崔融首先解释了自己不在夏县的原因："仆去夏遄征祖秋，戾止于舍弟圆处，辱吾子赠书。"接着，不惜笔墨盛赞李峤书信诗文："是何词裁清雅，兴旨奥深，黄缣白锻吐其文，玉篆银钩艳其彩。"赞美其才华、为人："足下博闻强学，丰才赡思。以为魏蜀名游，吴郑奇节，不独砖古，可生于今。"表达与之成为知音的愿望，"且仆之于君，早钦风素"云云。文中对李峤所处之逆境深表痛心且给予鼓励，通篇热情洋溢：

夫黄金之为宝也重矣，而众或铄之；白玉之为璞也真矣，而众或非之。木秀于林，堆出于岸者，卒为风波所击；材出于众，行高于人者，必为时俗所议。……霜雪增加，然后知松柏之劲也；阴阳薄蚀，然后知日月之明。②

很明显，恐与李峤整体文风的偏于典雅有关，崔融之书更富于热情。尽管其后笔者再未检索到二人之间诗文唱和的文献资料，但却是可以从这两封书信之中感受到他们相互仰慕、渴望倾心相交的情谊。

此外，二人在朝都曾为侍从文臣，皆曾随武后游幸嵩山石淙，留下了应制诗作。李峤有《石淙》，崔融有《嵩山石淙侍宴应制》：

洞口仙岩类削成，泉香石冷昼含清。龙旗画月中天下，凤管披云此地迎。树作帷屏阳景翳，芝如宫阙夏凉生。今朝出豫临悬圃，明日陪游向赤城。③

① 《全唐文》，第 1104 页。

② 《全唐文》，第 979 页。

③ 《全唐诗》，第 765 页。

大足元年（701），李峤为修书使，与张昌宗领修《三教珠英》，预修者有二十七人、四十六人、四十七人等不同说法，崔融即在此列。“珠英学士”集团成员相互酬唱应和，成《珠英学士集》，晁公武《郡斋读书志》卷十七下注《珠英学士集》云：

右唐武后朝诏武三思等修《三教珠英》一千三百卷，预修书者凡四十七人，崔融编集其所赋诗各题爵里，以官班为次，融为之序。①

又《玉海》卷五十四在著录《三教珠英》后云：

有《珠英学士集》五卷，崔融集学士李峤、张说等四十六人诗总二百七十六首。②

《新唐书·艺文志四》等均有著录。该书久佚，惜无法知其原貌，亦不见二人诗作，唯其皆参与其中，可为二人交往之证明。

（三）与杜审言，以诗酬赠唱和

在李峤与友人酬赠之诗中，尤以赠杜审言为最多，为《酬和杜五弟晴朝独坐见赠》《和杜学士江南初霁羁怀》《和杜学士旅次淮口阻风》《奉和杜员外扈从教阅》4首。这些诗与李峤那些应制奉和之类相比，多清新鲜活的景物描写，为李诗中风格独具之作，也见证着他们的交往与友情。中宗景龙二年（708）五月，于修文馆置学士，李峤为大学士，杜审言为直学士。《唐诗纪事》于卷九“李适”条下记载：

初，中宗景龙二年，始于修文馆置大学士四员，学士八员，直学士十二员，象四时、八节、十二月。于是李峤、宗楚客、赵彦昭、韦嗣立为大学士，适、刘宪、崔湜、郑愔、卢藏用、李乂、岑羲、刘子玄为学士，薛

① 《郡斋读书志》，“宛委别藏”本，第二册，第708页。

② 《玉海》，第452页。

> 稷、马怀素、宋之问、武平一、杜审言、沈佺期、阎朝隐、韦安石为直学士，……①

在此后的差不多两年时间中，他们常伴中宗游幸宴饮赋诗应制。是年七夕，两仪殿宴饮赋诗，李峤、杜审言同有奉和应制之诗：李峤《奉和七夕两仪殿会宴应制》、杜审言《奉和七夕两仪殿侍宴应制》。② 只是由于文献缺失，笔者没有检索到杜审言酬赠李峤的诗文，史料之中亦缺少二人交游之记载。

其实不独李峤与杜审言、崔融、苏味道之交游文献所载很少，“文章四友”之间诗文唱和见录于《全唐诗》等诗文总集的，同样凤毛麟角，这与文献散佚不无关系。检索文献，除上边所提到的之外，仅有调露元年（679），苏味道为管记时杜审言有诗相赠——《赠苏味道》。此外，杜审言有诗《赠崔融二十韵》《送崔融》。③

“文章四友”在武后、中宗朝因文学而见知于君主，又因“文章”于当时后世并称，只是囿于史料之匮乏，我们已经无法知道当时他们之间以诗文相互酬赠的具体情况，但当时既然有此并称，想必四人之间会有一些交往的。

三、对后学的称赏举荐

（一）称齐澣“有王佐才”

齐澣（675—746），字洗心。定州义丰（今河北安国）人。圣历初，登进士第。解褐授蒲州司法参军。开元间，官至中书舍人。终于平阳太守。《全唐诗》存其诗二首，《全唐诗补编》存其诗一首，《全唐文》存其文二篇。生平事迹见《旧唐书》卷一百九十中《文苑中》④，《新唐书》卷一百二十八《列传》第五十三⑤亦有传，曰：

> 齐澣，字洗心，定州义丰人，少开敏，年十四，见特进李峤，峤称有

① 《唐诗纪事》，第113—114页。

② 参见《全唐诗》，第692、732页。

③ 参见《全唐诗》，第733、735、736页。

④ 参见《旧唐书》，第5036—5039页。

⑤ 参见《新唐书》，第4468—4471页。

王佐才。①

“王佐才”出自《汉书・董仲舒传》：“刘向称董仲舒有王佐之材，虽伊、吕亡以加。”② 在此，李峤是在盛赞齐澣具有辅佐帝王之才。对于年仅十四的少年，李峤不吝惜用极其美好的语言予以赞美，以他的身份地位，这种赞美肯定会引起世人对这位少年的关注，同时对其产生很好的激励作用。

（二）荐李邕“堪为谏诤之官”

李邕为李善之子，字安邑，后世称“李北海”，书法出众，文尤善碑颂，《旧唐书》卷一百九十中《文苑中》有传，传云：

> 邕少知名，长安初，内史李峤及监察御史张廷珪并荐邕词高行直，堪为谏诤之官，由是召拜左拾遗。③

《新唐书》卷二百二《艺文》亦有传，所载内容与《旧唐书》略同，不过，《新唐书・李邕传》与《唐诗纪事》也记载了另一件事，同样是李峤对李邕的大加赞赏。《新唐书・李邕传》云：

> 邕少知名，既冠，见李峤，请假直秘书，未几，奥篇隐帙，了辨如响。峤叹曰：“子且名家！”④

李峤不仅欣赏李邕的才华能力，还与张廷珪一起举荐李邕“堪为谏诤官”，稍后，李邕果“由是召拜左拾遗”。不仅如此，他们还结下了深厚的友谊，中宗神龙二年（706），李邕“以与张柬之善，出为南和令，又贬富州司户”⑤，李峤有诗相赠。诗写得情景交融，字里行间满是浓浓的离别伤感之情，诗云：

---

① 《新唐书》，第 4468 页。

② ［汉］班固：《汉书》，中华书局 1964 年版，第 2526 页。

③ 《旧唐书》，第 5039 页。

④ 《新唐书》，第 5754 页。

⑤ 《旧唐书》，第 5040 页。

落日荒郊外，风景正凄凄。离人席上起，征马路傍嘶。

别酒倾壶赠，行书掩泪题。殷勤御沟水，从此各东西。①

——《送李邕》

与友人离别，在作者眼中，景色竟是如此凄迷，想到从此将会与友人如御沟之水各奔东西，诗人被深深的伤感包围着，由此可知诗人与李邕有着真挚的友谊。

（三）叹苏颋“峤等所不及也”

李峤与苏瓌同为台阁重臣，苏颋乃苏瓌之子，少年颖悟聪俊，李峤曾对其才能由衷表示过赞誉，此事见于《太平广记》：

苏颋少聪俊，一览千言。景龙二年六月二日，初定内难，准颋为中书舍人，在太极后阁，颋尚年少，初当剧任，文诏填委动以万计，时或忧其不济，而颋手操口对无毫厘差失，主书韩礼、谭子阳转书诏草，屡请曰：“乞公稍迟，礼等书不及，恐手腕将废。”中书令李峤见之，叹曰：“舍人思若泉涌，峤等所不及也。②

——《太平广记》卷二百一《才名》

苏颋之后果然文名卓著，与张说因主张“崇雅黜浮”，以矫正陈、隋以来的浮丽风气，讲究实用、重视风骨，而并称“燕许大手笔”。自古有“文人相轻”之说，李峤却能够对年轻同僚且同为文人的后辈由衷赞美，认为自己“所不及也”，实在是难能可贵。

张鷟《朝野佥载》有“李公有三戾：性好荣迁，憎人升进；性好文章，憎人才笔；性好贪浊，憎人受赂”之说，通过以上事例我们不难发现，所谓李峤“性好荣迁，憎人升进”“憎人才笔”皆为无稽之谈。

四、与张说之交，患难见真情

李峤与张说的交往，最早或可上溯至万岁通天二年、神功元年（697）。是年，张说有《与凤阁舍人书》，希望当时已经位高权重的李峤可以施以援手，对

① 《李峤诗注 苏味道诗注》，第 39 页。

② 《太平广记》，第 1510 页。

其加以举荐。张说之书云：

> 范阳张说谨上凤阁舍人公足下：窃闻高义远矣，愿托下风久之，自非气以同求，音为赏奉，降此已往，复何云云？昔有飞英子处于深林，俘转沟壑；适遇灵风子出于大块，将猎云霄。飞英子思欲游焉，扬袂大呼，请俱载矣。灵风子不知其人也，怒气视叱而还之。飞英子曰："吁！子非至公也。夫至公也者，以义而求之，以仁而与之，况乃假有余之资，济无阶之望，施不费之惠，振将坠之魂。子不滥吹，我无苟进，此种德也，夫何拒焉？"灵风子曰："请受教。"遂相与翻飞而行，抟扶而上，经乎绮阁，集乎瑶台，簸芳万里，腾景千仞。既而灵风子卒无德色，飞英子亦无私心。今明公据清风之资，令贤者获飞英之托，此至公也，得无嫌扬袂之谒，怀怒气之疑乎？且夫论美声者，不于清湃之室；议绝足者，不于王良之门。今束蕴知归，弹冠且众，若公固让而不然之，彼亦将倚輈于远方（阙）于天下矣。轻重十倍，去留一言，唯君处之。张说再拜。①

在此书中，张说以"飞英子"自比，将对方比作"出于大块，将猎云霄"的灵风子，希望在自己"处于深林，俘转沟壑"的人生低谷之时，灵风子可以助自己一臂之力，从而可以"相与翻飞而行，抟扶而上，经乎绮阁，集乎瑶台，簸芳万里，腾景千仞"，以期借助对方之力，共同振翅高飞，成就功名。陈冠明《李峤年谱》认为此"凤阁舍人"当为李峤无疑。"此书篇目'凤阁舍人'下应有李峤之名，首句'公'前当有'李'字。盖在李峤贬逐后删削，遂致后世无人知此'凤阁舍人'为谁何。"② 并推断之后张说预修《三教珠英》，迁右补阙，有李峤之力，此说甚为可信。

武则天大足元年、长安元年（701），李峤与张昌宗等修撰大型类书《三教珠英》，有关此类书预修人数、谁为总领其事者等，因史籍所载多有纷纭，有二十七人、四十六人等不同说法，然有一点是可以肯定的，李峤与张说皆位列其中。不仅如此，诚如《玉海》卷五十四在著录《三教珠英》后所云：

---

① 《全唐文》，第 999 页。

② 《苏味道　李峤年谱》，第 111 页。

> 有《珠英学士集》五卷，崔融集学士李峤、张说等四十六人诗总二百七十六首。①

可见，李峤、张说此时已有诗文唱和的机会，有交往是自然而然的。另据《旧唐书》卷一百八十三《列传》第一百三十三《外戚》中有武三思次子武崇训尚中宗女安乐公主事，有：

> 崇训，三思第二子也。则天时，封为高阳郡王。长安中，尚安乐郡主。……三思又令宰臣李峤、苏味道，词人沈佺期、宋之问、徐彦伯、张说、阎朝隐、崔融、崔湜、郑愔等赋《花烛行》以美之。②

李峤诗已佚，张说之诗见《全唐诗》卷八十六③，自然是满篇阿谀赞美之词。

李峤晚年屡遭贬黜，玄宗嗣位后又因曾密表韦氏“请处置相王诸子，勿令在京”而几被杀戮，《旧传》云：

> 初，中宗崩，峤密表请处置相王诸子，勿令在京。及玄宗践祚，宫内获其表，以示侍臣。或请诛之，中书令张说曰：“峤虽不辩逆顺，然亦为当时之谋，吠非其主，不可追讨其罪。”上从其言，乃下制曰：“……虽经赦令，犹宜放斥，矜其老疾，俾遂余生，宜听随子虔州刺史畅赴任。”④

李峤生死攸关的时候，张说不顾自己安危出言相救，借此，李峤才幸免于遭杀戮。“不辩逆顺”“吠非其主”之类，话说得虽然很难听，恐怕也是为了迎合玄宗以保住李峤性命，患难之中，可见真情。

李峤去世之后，张说有诗怀念，对其为人为文为官都不吝言辞，给予全面

---

① 《玉海》，第452页。

② 《旧唐书》，第4736页。

③ 参见《全唐诗》，第935—936页。

④ 《旧唐书》，第2995页。

赞扬。张说《五君咏·李赵公峤》诗曰：

> 李公实神敏，才华乃天授。睦亲何用心，处贵不忘旧。故事遵台阁，新诗冠宇宙。在人忠所奉，恶我诚将宥。南浦去莫归，嗟嗟蔑孙秀。①

诗还借孙秀之典暗指李峤遭人谗言陷害。是真情的流露，同时不惧小人，可见张说之真诚。

张说与李峤应该是倾心相交的好友，因而才敢在危难之时出手相救，才会在李峤死后写下饱含赞誉的诗篇。

五、与骆宾王交往，有诗酬赠

在“初唐四杰”中，李峤唯与骆宾王有过诗文唱和酬赠的交往记载，《新唐书·李峤传》云“时畿尉名文章者，骆宾王、刘光业，峤最少，与等夷”②。早在青年时期，李峤曾与骆宾王同为畿尉，且都有文名，骆宾王年长于李峤，二人当于彼时就相结识，惜无诗文传世。

高宗咸亨元年（670）四月，骆宾王从阿史那忠军远征西域，骆时任奉礼郎。③ 李峤任职安定尉，赠诗勉励友人，望其能够建功立业：

> 玉塞边烽举，金坛庙略申。羽书资锐笔，戎幕引英宾。
> 剑动三军气，衣飘万里尘。琴尊留别赏，风景惜离晨。
> 笛梅含晚吹，营柳带余春。希君勒石返，歌舞入城闉。④
>
> ——《送骆奉礼从军》

时值春末，正是“笛梅含晚吹，营柳带余春”的时节，送友人从军出征，诗人自然对友人寄予厚望——“希君勒石返，歌舞入城闉”，希望其能像汉代的窦宪那样，击败敌人，于燕然山勒石纪功，彪炳史册。此外，李峤还有两首为骆宾

① 《全唐诗》，第 930 页。

② 《新唐书》，第 4367 页。

③ 参见陈瑜、杜晓勤：《从阿史那忠墓志考骆宾王从军西域史实》，《文献》2008 年第 3 期。

④ 《李峤诗注　苏味道诗注》，第 7 页。

王饯行的诗《饯骆四二首》，诗云：

平生何以乐，斗酒夜相逢。曲中惊别绪，醉里失愁容。
星月悬秋汉，风霜入曙钟。明日临沟水，青山几万重。

甲第驱车入，良宵秉烛游。人追竹林会，酒献菊花秋。
霜吹飘无已，星河漫不流。重嗟欢赏地，翻召别离忧。①

二人平时或有共同饮酒的愉快经历，如今要分手，诗人自然而然想象别后借酒浇愁，借以寄托思念之情。整首诗境界开阔，不流于单纯的伤感，表现诗人与骆四深沉的友情。骆宾王亦有诗相赠：

芳尊徒自满，别恨转难胜。客似游江岸，人疑上灞陵。
寒更承夜永，凉景向秋澄。离心何以赠，自有玉壶冰。②

——《别李峤得胜字》

当时送骆宾王的友人选择了分韵作诗以寄离别之情的方式，骆宾王“得胜字”，诗中所抒发的情感热情真挚，当为二人情谊深厚之明证。

六、崔泰之有挽诗哭之

黄门侍郎崔泰之在李峤离世之后作《哭李峤诗》表达哀思，写得悲凉伤感，语言质朴，其诗曰：

台阁神仙地，衣冠君子乡。昨朝犹对坐，今日忽云亡。
魂随司命鬼，魄逐见阎王。此时罢欢笑，无复向朝堂。③

---

① 《李峤诗注　苏味道诗注》，第 99 页。

② ［唐］骆宾王著，［明］王衡注释，任文京、赵东岚整理：《唐骆先生集》，河北教育出版社 2011 年版，第 21 页。

③ 《全唐诗》，第 9915 页。

检视《全唐诗》，这是极少数悼念李峤的诗之一。诗写得情真意切，为诗人真情流露。

此事亦见录于《朝野佥载》。[①] 崔泰之，许州鄢陵人，十二岁即游昭文馆，对策高第，补雅州参军。武周末，累迁职方郎中。预平二张，拥立中宗复位，拜太仆少卿。中宗神龙中，武三思弄权，出为洺、德、梓、开四州刺史，复贬资州司马。玄宗初，起为济州刺史，旋入朝，累历户部侍郎、尚书左丞、黄门侍郎、户部尚书，官至工部尚书，封清河郡公。其事迹见《大唐故银青光禄大夫守工部尚书赠荆州大都督清河郡开国公上柱国崔公（泰之）墓志铭（并序）》李峤因获罪于玄宗而遭贬，其去世之后，能够写诗悼念，可以看出崔泰之与李峤曾经有过很深的交往。[②]《全唐诗》存诗 4 首。[③]

李峤被贬，是因为获罪于玄宗，当其离世之时，正是玄宗君临天下之初，能够为之作诗表哀悼，应当说是需要一些勇气与胆识的，由此亦可见二人曾经有深厚情谊。

第二节　李峤思想述论

纵观李峤的一生，我们可以发现，其思想性格更多的是深受儒家思想的濡染熏陶，如新旧《唐书》本传皆言其对待母亲十分孝顺，“事母以孝闻”，这一方面缘于其自幼饱读儒家经典，另一方面，与其所生长的家庭环境密切相关，毕竟，赵郡李氏家族自南北朝到唐代，已然逐渐形成了“代传儒学”的良好家风，积淀了厚重的家学渊源，同时，李峤思想性格中也有着较为明显的燕赵地域文化精神特质，这在其青年时期尤为明显。

一、李峤思想特征及其成因

（一）《自叙表》——个人思想的表述及自我评价

有关李峤的思想，能够体现在其诗文作品中的实在是很少，毕竟，那些咏物应制篇什基本上是没有个人性情流露的，唯其《自叙表》对其思想略有所表

---

① 参见《隋唐嘉话　朝野佥载》，第 46 页。

② 参见周绍良主编：《唐代墓志汇编》，上海古籍出版社 1992 年版，第 1276—1278 页。

③ 参见《全唐诗》，第 886—887 页、第 9912 页。

现。在《自叙表》中，李峤曾经给予了自己谦卑而又得体的评价，充分显示其思想中儒学思想的主导地位：

> 从仕代饥寒之役，徇禄无显达之心，修身惧于辱先，履道期于远害。见强御之为患也，故处之以谦卑；知刻薄之为尤也，故行之以仁恕。慕退让不敢从驰竞之流，戒贪残不敢为丝发之犯。若乃温良诚信之道，忠孝友悌之规，莫不仰承圣风，俯蹈家训，束太平之名教，移中人之志业。及其屏私昵，忘比周，内无术数之机，外绝朋附之党，一心奉主，介然孤立。此臣之所以登朝廷而事明圣，全直道而勖身名者也。①

写得相当真诚，竟是如此谦卑！一位儒者形象跃然于纸上。全文反复申述自己奉行“温良诚信”“忠孝友悌”“承圣风”“蹈家训”，行仁恕，完全是儒者风范。在这篇《自叙表》中，李峤开篇即说自己“以蒙鄙，遭逢休历”，其实也就是在说自己无才无德而受重用，之所以会有“擢处崇班，超登近侍”即位极人臣的宠眷，完全是因为“陛下降非常之遇，垂不次之思届”，所以自己“上感皇明识遇之厚，下忧忝冒负乘之责，常愿肝脑涂地，以报所天，魂魄归泉，不忘结草。至于欲披诚款，曲尽智能，竭心本朝，输力明主，此臣日夜之所思念，胸襟之所蓄积，岂敢更为进退，苟事廉隅，固守㧑谦，坐饰边幅”②，极力强调自己会心甘情愿报答圣主知遇之恩，耿耿忠心被表现得淋漓尽致。

关于自己的人生理想，他是这样说的：

> 倘得参名芸阁，假迹蓬山，探石室之秘文，览金版之遗籍。听歌探颂，以观四方之风；讲艺论诗，以崇三代之式。第其科目，载之简编，大以荐陈郊庙，报享成功；小以敷布乐章，润色鸿业。使宏勋播于金石，盛德流乎舞咏，光济于当日，洋被于来叶，然后退没草泽，下入幽泉，犹生之年也。③

---

① 《全唐文》，第1101页。

② 《全唐文》，第1102页。

③ 《全唐文》，第1103页。

"假迹蓬山，探石室之秘文，览金版之遗籍。听歌探颂，以观四方之风"。名山大川，探幽寻古，借助诗文以观风俗知得失，流露出几分书生式率真，也正是儒家思想的体现。不禁让我们想起《论语》中曾皙"冠者五六人，童子六七人，浴乎沂，风乎舞雩，咏而归"，那段曾经使夫子"喟然叹曰：'吾与点也！'"的美好理想。李峤的梦想，既有兼济天下的远大志向，又有独善其身的知识分子代代相因的理念，体现其深厚儒家思想特征。

不可否认，《自叙表》为以自荐为主要内容的上君主之表，本身即已决定其写作目的为自举，当然要表达其对主上的耿耿忠心，因而所表现的思想观念也仅是其全部思想的一个侧面，但李峤儒家思想的主导地位也可以由此窥见一斑。

(二)"十五通《五经》"——思想的养成

李峤"十五通《五经》"，而所谓的"五经"，就是儒家经典《诗经》《尚书》《周易》《礼记》和《春秋》。通习"五经"，既是深受良好家学家风之影响，又为其今后进士及第以及载誉文坛奠定了坚实的思想基础。同时，早年对儒家经典的研习，对于李峤一生的思想会产生根深蒂固的影响。关于"五经"等儒家经典之于人的教化作用，诚如前人所言：

> 《诗》以道志，《书》以道事，《礼》以道行，《易》以道阴阳，《春秋》以道名分。①
>
> ——《庄子·天下篇》
>
> 温柔、敦厚，《诗》教也。疏通、知远，《书》教也。广博、易良，《乐》教也。洁静、精微，《易》教也。恭俭、庄敬，《礼》教也。属辞、比事，《春秋》教也。②
>
> ——《礼记·经解》

儒家经典教导读书人要"温柔敦厚""疏通知远"，要努力塑造自己"广博易良""洁静精微""恭俭庄敬"的个人修养，于文史方面培养"属辞比事"的能力，而这些对李峤思想人格的形成显然至关重要，毕竟，千百年来，儒家思想之于

---

① 《庄子集释》，第1067页。

② 《礼记集解》，第1254页。

读书人的影响是与这些经典潜移默化的教化作用密切相关的，而李峤年纪轻轻早已能通习于此了。

（三）“代传儒学”——家学渊源的濡染熏陶

陈寅恪先生认为，“所谓士族者，其初并不专用其先代之高官厚禄为其唯一之表徵，而实以家学及礼法等标异于其他诸姓”①。李峤生长于赵郡李氏家族，这是一个世代奉儒守礼的名门世族，这一点我们可以从其先祖见诸正史本传之中的一些记载中寻到依据。如：李峤七世祖李顺为北魏重臣，《北史》本传有“李顺……博涉经史，有计策”，据传可知，李顺因有功，帝尝赐其珍宝，他坚辞不取，仅收典籍数千卷藏之②；峤之六世祖李式“学业知名”③；其五世祖李宪“清粹善风仪，好学有器度”④；高祖李希礼“性敦厚，容止枢机，动遵礼度。起家著作佐郎，修起居注”⑤；李峤从曾祖父李孝贞“好学善属文……简静，不妄通接宾客”；而其曾祖父孝基则“亦有才学，风词甚美”；峤之祖父李野王“学通典训，词高风雅”⑥；父亲李镇恶“本于孝悌，率礼有加，饰以文章，象贤增美”。母亲张氏亦出自仕宦名门，其伯父张文瓘、父亲张文琮以及弟弟张锡等，都曾在朝为官。峤之外祖父张文琮、舅舅张锡，新旧《唐书》均有传。《旧唐书》卷八五《列传》第三十五说张文瓘“幼孤，事母兄以孝友闻”，其兄文琮“为政清简，百姓安之”⑦。

李峤的先祖、祖父、父亲甚至外祖父、舅舅等诸位长辈，多做过官，有的还身居高位，名重一时。我们在其本传有关其性格特征、生平仕历的记载中往往会见到诸如“好经史”“以孝闻”等描述，可见，其家族本就有深厚的家学渊源，加之良好的家风代代传承，“代传儒学”⑧是也。家族中的长辈们往往博通文史，事遵礼度，彰显着名门士族独特的风范，这些都会对李峤的思想性格产

---

① 陈寅恪：《唐代政治史述论稿》，上海古籍出版社1997年版，第69页。

② 参见《北史》，第1212—1215页。

③ 《北史》，第1215页。

④ 《北史》，第1216页。

⑤ 《北史》，第1217页。

⑥ 《唐代墓志汇编续集》，第519页。

⑦ 《旧唐书》，第2814—2817页。

⑧ 《大唐新语》，第126页。

生潜移默化的影响。

（四）政治环境——源于外界的影响

早在唐王朝建立之初，统治集团就已经意识到前朝灭亡的深刻教训，于意识形态领域尤其重视对传统儒学思想的尊崇，这一点我们在唐高祖李渊及太宗李世民的言论及一系列措施中并不难发现，例如李渊曰："隋季以来，丧乱滋甚。眷言篇籍，皆为煨烬；周孔之教，阙而不修；庠塾之仪，泯焉将堕。非所以阐扬徽烈，敦尚风轨，训民调俗，垂裕后昆……"，"朕今欲敦本息末，崇尚儒宗；开后生之耳目，行先王之典谟。"① 太宗亦曰："朕所好者，唯尧、舜、周、孔之道，以为如鸟有翼，如鱼有水，失之则死，不可暂无也。"② 贞观君臣明确以"尧舜周孔之道"作为他们的施政指导思想。吴兢《贞观政要》曰："太宗初践阼，即于正殿之左置弘文馆，精选天下文儒，令以本官兼署学士，给以五品珍膳，更日宿直，以听朝之隙引入内殿，讨论坟典，商略政事，或至夜分乃罢。又诏勋贤三品以上子孙为弘文学生。"又在"贞观二年，诏停周公为先圣，始立孔子庙堂于国学，稽式旧典，以仲尼为先圣，颜子为先师，……"③ 他们继承的是北方儒学以经世致用、恢复王道为特征，并且强调"王道政治"的理论。④ 无疑，这正为李峤思想形成提供了极其重要的背景。

当然，这种状况至李峤入仕前后的高宗、武后、中宗时期有了很大改变，尤其武后以周代唐以及稍后这个阶段，武后、中宗更热衷于对佛教思想的传播，李峤思想或有一些变化，只是笔者没能从其传世诗文中寻到更多的信息。

（五）"赵国李峤"——燕赵地域精神的浸润

李峤生长于赵郡，其尝自称"赵国李峤"，如"八月十五日三原县尉赵国李峤谨再拜"（《上雍州高长史书》），"月日三原县尉赵国李峤谨再拜致书崔录事司马录事"（《与雍州崔录事司马录事书》）。⑤ 燕赵自古物华天宝，人杰地灵，又常说"燕赵自古多慷慨悲歌之士"，李峤思想性格确实也受到故乡一方水土的

---

① 《全唐文》，卷三《令诸州举送明经诏》《赐学官胄子诏》，第 9 页。

② 《资治通鉴》，第 6054 页。

③ ［唐］吴兢撰，［元］戈直集论：《贞观政要》，文渊阁四库全书本，台湾商务印书馆 1986 年版，第 407 册，第 493 页。

④ 参见杜晓勤：《初盛唐诗歌的文化阐释》，东方出版社 1997 年版，第 213—214 页。

⑤ 《全唐文》，第 1103 页。

浸润。有关燕赵地域文化特征，韩成武先生曾给予准确的定位：

> 燕赵文化主要由侠文化与儒文化构成。从先秦到唐代，燕赵文化精神的内涵，是在不断扩大着的，在继承传统的同时纳进了新的东西。它应该包括以下四点：任侠使气，慷慨悲歌，崇儒尚雅，敦厚务实。①

我们可以从青年时期的李峤身上寻到这些精神特质的影子，即“任侠使气，慷慨悲歌，崇儒尚雅，敦厚务实”。比如新旧《唐书》本传都曾经提到的高宗朝平定邕、严二州叛乱之事：

> 时岭南邕、严二州首领反叛，发兵讨击，高宗令峤往监军事。峤乃宣朝旨，特赦其罪，亲入獠洞以招谕之。叛者尽降，因罢兵而还，高宗甚嘉之。②

深入虎穴，独自面对叛军，这显然需要足够的勇气与胆识，仅以一介文弱书生，有此作为，实在难能可贵，堪称有胆有识。

再如通过其所作之歌行体咏物诗《宝剑篇》，我们也能够深切感受到其豪爽任侠之气，显示出不同于其他诗作的壮健气势，诗云：

> 吴山开，越溪涸，三金合冶成宝锷。淬绿水，鉴红云，五采焰起光氛氲。背上铭为万年字，胸前点作七星文。龟甲参差白虹色，辘轳宛转黄金饰。文犀中断宁方利，骏马群骓未拟直。风霜凛凛匣上清，精气遥遥斗间明。避灾朝穿晋帝屋，逃乱夜入楚王城。一朝运偶逢大仙，虎吼龙鸣腾上天。东皇提升紫微座，西皇佩下赤城田。承平久息干戈事，侥幸得充文武备。除灾避患宜君王，益寿延龄后天地。③

---

① 韩成武、赵林涛、韩梦泽：《燕赵文化精神与唐代燕赵诗人、唐诗风骨》，《河北师范大学学报（哲学社会科学版）》2006 年第 6 期。

② 《旧唐书》，第 2993 页。

③ 《李峤诗注　苏味道诗注》，第 27 页。

这首诗为其读郭震诗有所感而作。《全唐诗》卷六六录郭震《古剑篇》（一作《宝剑篇》），诗前有郭震小传云："郭震，字元振。……武后诏欲诘，既与语，奇之。索所为文章，上《宝剑篇》。后览嘉叹……"① 李诗先写铸剑的不同寻常，再对宝剑做精细生动的描绘，显示其不凡，"一朝运偶逢大仙，虎吼龙鸣腾上天"将诗推向高潮，豪情满怀，有着对建功立业的渴望与热情。整首诗气韵流畅，其中流露出的不仅有对功成名就的渴望，豪侠之气更是突出，颇有燕南赵北任侠使气、慷慨悲歌之风。

总之，以上这些因素，对李峤思想性格都或多或少有所影响，使得其思想呈现出以传统的儒家思想为主导，兼有燕赵地域精神的特征。

二、李峤思想人格仕宦心态的再认识

史家历来对武后、中宗时期许多宫廷文臣持贬抑态度，这其中自然也包括李峤，有的甚至会怀疑史籍之中那些有关其维护正义、敢于担当的记载的真实性，从而在对其的评价中存在偏失之处，如《朝野佥载》中"李公有三戾"之说广为流传；如怀疑李峤敢于为狄仁杰案仗义执言，《资治通鉴》胡三省注认为"峤平生行事，恐不能如是，今不取"②。之所以会有这种偏失存在，究其原因，一方面是其媚事权贵，缺少骨气，诚有被人诟病之事；另一方面，对其评价也确实存在一定误区。其实，如果我们能够将他们置于当时动荡的政治背景之下，结合特定的政治环境去品评，知人论世，或许会多一些宽容。

笔者认为，李峤一生仕宦经历，大致可以以武后以周代唐为界，分前后两个时期。当然，尽管这个界线不是很分明，而且带有很强的主观性，然而纵观其一生，大致上这两个阶段还是有一些不同的。前期，同当时很多读书人一样，李峤曾经投书干谒，热衷功名仕进，不仅有着安邦济世的理想，更有政治、军事上的才能表现；后期，虽然也有建树，却为求明哲保身，寻求全身之道，甚至媚事权贵，成为典型的御用文人。

李峤少负才名，弱冠即进士及第，解褐泾州安定尉，初入仕途。此时，大唐王朝国力蒸蒸日上，渴望建功立业、热心功名仕途成为很多读书人孜孜以求的梦想。李峤曾经上书尊长高长史、历城张明府等以求得举荐，或为见用，或

① 《全唐诗》，第 753 页。

② 《资治通鉴》，第 6483 页。

为改变长期沉于下僚的现状，曾经赴岭南监军，“亲入獠洞以招谕邕、严二州叛乱之徒”，曾经奉旨筑朔方六城，曾经写下满怀豪情的诗篇，曾为狄仁杰冤案不惧酷吏来俊臣，最终忤旨，“出为润州司马”……这种积极进取的精神，同样可以在其诗文作品之中寻到佐证，如《奉使筑朔方六州城率尔而作》：

奉诏受边服，总徒筑朔方。驱彼犬羊族，正此戎夏疆。
子来多悦豫，王事宁怠遑。三旬无愆期，百雉郁相望。
雄视沙漠垂，有截北海阳。二庭已顿颡，五岭尽来王。……①

充溢于字里行间的是泱泱大国臣子的自信与豪迈。再如作于高宗咸亨元年(670)的《晚秋喜雨》，有着忧国忧民的士大夫情怀，有着对朝廷、对皇帝的感恩戴德，其序曰：“天子虑深求瘼，念在责躬。避寝损膳，录冤弛役。牲币之礼，遍于神抵。钟庆之贷，周于穷乏。”② 为能降甘霖，君王会去从自身做起，减少花费用度，甚至重新审视冤狱，显然，作者认为这样的君主是值得称颂的。这一时期的李峤，有着对皇帝的由衷敬意，甘愿以身报国的士子情怀，正如《自叙表》所云：“上感皇明识遇之厚，下忧忝冒负乘之责，常愿肝脑涂地，以报所天，魂魄归泉，不忘结草。至于欲披诚款，曲尽智能，竭心本朝，输力明主：此臣日夜之所思念，胸襟之所蓄积，岂敢更为进退。”③ 我们没有理由怀疑李峤的真诚，因为这些是他这一时期真实的思想表露。

时酷吏来俊臣构陷狄仁杰、李嗣真、裴宣礼等三家，奏请诛之，则天使峤与大理少卿张德裕、侍御史刘宪覆其狱。德裕等虽知其枉，惧罪，并从俊臣所奏，峤曰：“岂有知其枉滥而不为申明哉！孔子曰：‘见义不为，无勇也。’”乃与德裕等列其枉状，由是忤旨，出为润州司马。④

① 《李峤诗注 苏味道诗注》，第 8—9 页。

② 《李峤诗注 苏味道诗注》，第 1 页。

③ 《全唐文》，第 1102 页。

④ 《旧唐书》，第 2992 页。

《旧传》这段记载，历来被认为是李峤敢于伸张正义、主持公道之佐证。前文已经提及，胡氏借《资治通鉴》对此表达其怀疑态度。其实，李峤当时任职给事中，此乃其对职责的履行，也是早期的李峤思想心态之使然，不能因其后来的一些言行而一概予以怀疑或否认，毕竟，以当时的情况，敢于面对酷吏来俊臣，实在是需要一定的勇气与胆识的。然而，这件事的结果却是“由是忤旨，出为润州司马”。尽管无论于武后朝还是整个封建时代，这都再正常不过，然而笔者认为，随着宦海沉浮，或因这一事件而遭贬黜，更多的可能是武则天以周代唐这一特殊事件以及后来中宗朝频繁动荡的政局，李峤的思想心态悄然发生了变化，更多表现为明哲保身甚至漠视丑恶的存在，那些遭人诟病的事件恰恰多发生在这一阶段。

这固然与其自身于宦海沉浮多年，更谙熟为官之道有关，还有一点便是与当时大环境不无关系。为巩固自己的政权，武则天一方面通过科举将大批中下层寒士纳入其集团核心，滥施封赏；另一方面，性本多疑的武氏又任用酷吏，捏造罪名大肆诛杀异己，甚至自己的长孙皇子李重润等诸多皇室宗亲也难逃厄运。在此背景下，大臣人人自危，力求自保，例如前文已述，刘知幾作《思慎赋》，李峤与苏味道赞其“陆机《豪士》之流乎，周身之道尽矣”，而这恰恰是以“时吏横酷，淫及善人，公卿被诛死者踵相及。子玄悼士无良而甘于祸”① 作为背景的。

顺之者昌，逆之者亡，依违新朝、媚事权贵的，在当时特定的时代背景和政治环境之下绝非李峤一人。其依附武氏、二张、武三思、韦氏等行为，固然缺少读书人应有的气节，为正直之士所不齿，却也应当将其置于特定历史环境中去加以认识，一味苛责实在有失公允。

还有一点，李峤以文章入仕，以文学见知于武后，“朝廷每有大手笔，皆特命峤为之”，天枢成，献诗“冠绝当时”；唐同泰献瑞石，其未必会信以为真，却“上《皇符》一篇，为世讥薄”；武则天以周代唐，其又作《皇帝上礼抚事有怀》极力逢迎；武氏封禅嵩山，其为司牧，作《大周降禅碑》；武氏甚至将其父武士彟的碑文也交由李峤完成，因而有《攀龙台碑》……这一切使我们有理由相信，其对武后是有着回报知遇之恩的耿耿忠心的。

---

① 《新唐书》，第4520页。

武后后期及中宗朝，尽管诛杀异己的行为较之前明显减少，君臣游幸宴饮，一派祥和景象，然而此时的李峤，已然习惯于官场周旋，谙熟与君主相处之道，仕途上也比较平顺，明显带有后世所说的官僚气质，不思进取，安于现状，尤为不可取的，便是对某些恶行的漠视与容忍。这也就是后世对其诟病最多的。但是，应该看到，即使这个时期，李峤依然还是有所谓的“置员外官”事件中知错能改、勇于担当的表现，关于此，下文会详细论及。尽管史家对此颇多微词，我们不能否认的却是，从李峤留下的围绕这件事的几篇表章奏疏中，我们看到的是一个敢于承认错误却不失圆滑老练的李峤，并非《新传》所谓“欲盖向非”。在政治上，此时期的李峤也绝非一无是处，亦是有所建树的，比如上疏提出“辍近侍典大州”“谏白司马坂大像”等。于诗文创作方面，其大量应制诗作和表、制、奏、疏类案牍公文以及歌功颂德的墓志碑文多产生于这一时期。

此处对李峤思想轨迹略做分析，只是希望，尽量还原历史真相，将历史人物置于其所处特定环境，本着知人论世的原则，给予李峤这位饱受争议的人物一个公允的评价。

第三节　“李公有三戾”考

李峤的人品一直饱受诟病，而其中一个经常被引用的依据就是张鷟《朝野佥载》卷四一段品评当朝人物的文字，即所谓“李公有三戾”之说，其文曰：

> 客问浮休子曰……又问中书令李峤何如。答曰：“李公有三戾：性好荣迁，憎人升进；性好文章，憎人才笔；性好贪浊，憎人受赂。亦如古者有女君，性嗜肥鲜，禁人食肉；性爱绮罗，断人衣锦；性好淫纵，憎人畜声色。此亦李公之徒也。”①

文中“浮休子”即张鷟，其是在借用主客问答的形式对当朝人物进行品评，有关李峤有“三戾”之说仅仅为原文一大段对话之中的一部分，同时被品评的还有娄师德、狄仁杰、李昭德、魏元忠、来俊臣、武三思、徐有功、赵吕温、郑

① 《隋唐嘉话　朝野佥载》，第98页。

愔等，皆为武后、中宗朝位高权重之人。

经检索，以上所载为“李公有三戾”之说的最初版本，其后，此说便常常见于各种类书以及诗文总集、不同版本李峤诗集前的作者小传。具体情况是，其一，注明援引自《朝野佥载》，这其中又有两种情况，一是全文照录《朝野佥载》之所品评全文，如《太平广记》卷一百六十九《知人》①；二是只录与李峤相关的内容，如《类说》卷四十②、《天中记》卷二十七《品藻》③、《南部新书》卷四④、计有功《唐诗纪事》卷十“李峤”条⑤等。其二，以《唐诗纪事》为出处，注明为“《纪事》云”，如《唐音统签·乙签六十八》卷四十六作者小传后附注⑥，《御定全唐诗录》卷三引此段话之后又云“在则天时赋金枢贬唐之功颂周之德，人皆薄之”⑦。其三，明代“十家唐诗本”《李峤诗集》（一卷本）卷前小传⑧、《全唐诗季振宜写本》李峤小传⑨等多有引述。而南宋刘克庄《后村诗话》对此内容的引述，则已然将李峤人品描述得十分不堪了，该书卷七云：“李峤有三戾：性好荣迁，憎人升进；性好肥鲜绮罗，断人食肉衣锦；性好行房，憎人畜声色。”⑩

以上所列对此说的转引，于文字上略有些出入，自《朝野佥载》之后一直到清代，甚至现代有些学者，还以此作为评判甚至全面否定李峤人品的依据，事实果真是这样的么？本节试图以新旧《唐书》等相关史籍资料为依据，立足史实，对此略作考证，尽量还原历史人物的本来面目。

---

① 参见《太平广记》，第1236页。

② 参见《类说》，第873册，第695页。

③ 参见《天中记》，第966册，第254页。

④ 参见［宋］钱易：《南部新书》，文渊阁四库全书本，台湾商务印书馆1986年版，第1036册，第200页。

⑤ 参见《唐诗纪事》，第146页。

⑥ 参见《唐音统签》，第186页。

⑦ ［清］徐倬编：《御定全唐诗录》，文渊阁四库全书本，台湾商务印书馆1986年版，第1472册，第61—62页。

⑧ 参见“十家唐诗本《李峤诗集》一卷本”，藏于南京图书馆。

⑨ 参见《全唐诗季振宜写本》，第338—357页。

⑩ ［宋］刘克庄：《后村诗话》，文渊阁四库全书本，台湾商务印书馆1986年版，第1481册，第379页。

一、张鷟与《朝野佥载》

（一）张鷟其人

张鷟，字文成，又号浮休子，深州陆泽（治所在今河北深州一带）人。《新唐书》卷一百六十一《列传》第六十六①、《旧唐书》卷一百四十九《列传》第九十九②有传附于其孙张荐之传。所记内容大致相同，唯细节略有差异，均过于简略，致其家世、生平仕历等情况历来多存纷纭。

无论是《新唐书》本传还是《旧唐书》本传，都言其聪慧绝伦，都有其为儿童时梦到紫色大鸟的说法："为儿童时，梦紫色大鸟，五彩成文，降于家庭。其祖谓之曰，'五色赤文，凤也；紫文，鸑鷟也，为凤之佐，吾儿当以文章瑞于明廷'，因以为名字。"③（《旧唐书》本传）云云。也都提及张鷟进士及第后，考功员外郎骞味道对他才能的称赏，都有他曾经应八举，皆登甲科，员外郎员半千所谓"鷟文辞犹青铜钱"④（《新唐书》本传）的评价和"青钱学士"雅称的记载，可知其于科场得意且受长者赏识。两《唐书》都有其才能为突厥默啜称道关注以及"新罗、日本使至，必出金宝购其文"⑤（《新唐书》本传）的记载，从而证明其文名远播于域内海外。

同时笔者注意到，两唐书本传也都同样对其性格有相似评论，《旧唐书》本传说他"然性褊躁，不持士行，尤为端士所恶，姚崇甚薄之"⑥，《新唐书》本传亦言其"性躁卞，傥荡无检，罕为正人所遇，姚崇尤恶之"⑦。并且均有其因言获罪遭流贬岭南的记载。无从知晓其因什么样的言论终至流放，我们检视《朝野佥载》，即可以明显感觉到，在品评当朝人物及事件时，张鷟于戏谑嘲讽之中表明自己的态度，的确显示出语言犀利的风格特点，甚至，有些言辞失于刻薄。

除《朝野佥载》外，张鷟尚有《龙筋凤髓判》及骈体传奇《游仙窟》传世。

---

① 参见《新唐书》，第4979—4980页。

② 参见《旧唐书》，第4023—4024页。

③ 《旧唐书》，第4023页。

④ 《新唐书》，第4980页。

⑤ 《新唐书》，第4979页。

⑥ 《旧唐书》，第4023页。

⑦ 《新唐书》，第4979页。

另，《全唐诗》存诗一首《咏燕》①，《全唐文》卷一百七十二录其《陈情表》等文 29 篇②。

（二）《朝野佥载》其书

《朝野佥载》属于现存唐代早期的史料笔记之一种，该书所载之唐代前期朝野遗事逸闻，尤以武后朝事迹较为详尽。其所记述涉及官场黑暗、朝政腐败，酷吏横虐、百姓疾苦等诸多方面，另外还对星象占卜、文坛掌故、灵异现象等亦有载录。因张鷟本就生活于唐高宗、武后、中宗、睿宗、玄宗时期，其所载内容多较为可信，不少资料为《资治通鉴》《太平广记》等征引。《四库全书总目》卷一百四十有《朝野佥载》提要云：

> 旧本题唐张鷟撰。鷟有《龙筋凤髓判》，已著录。此书《新唐书·艺文志》作三十卷。《宋史·艺文志》作《佥载》二十卷，又《佥载补遗》三卷。《文献通考》则但有《佥载补遗》三卷。……其书皆纪唐代故事，而于谐噱荒怪，纤悉胪载，未免失于纤碎，故洪迈《容斋随笔》讥其记事琐屑擿裂，且多媟语。然耳目所接，可据者多，故司马光作《通鉴》亦引用之。兼收博采，固未尝无裨于见闻也。③

提要于叙述其版本、评述其得失可谓精当。由此可知，张鷟《朝野佥载》当具有一定的史料价值，所载内容多为后世学者所关注。

二、“李公有三戾”之考证

关于“戾”，《汉语大字典》解释为：“《说文》：‘戾，曲也。从犬出户下，戾者，身曲戾也’”，“乖张；乖戾”。④ 也就是说，李峤之“三戾”几近于病态。

在对张鷟其人、《朝野佥载》其书有了大致的了解之后，我们也就能够明了其所载“李公有三戾”之说多为后人所征引用以评价李峤其人其品之依据的一个原因，毕竟，张鷟所生活的时代与李峤相去不远，其所言之事应有更高的可

① 参见《全唐诗》，第 556 页。

② 参见《全唐文》，第 771—773 页。

③ 《四库全书总目》，第 1183 页。

④ 《汉语大字典》（缩印本），湖北辞书出版社、四川辞书出版社 1992 年版，第 945 页。

信度。然而笔者在对李峤生平、仕历、交游以及其诗文作品详细加以研究的过程中，明显感觉到，事实并不如张鷟所言，在此仅略举几例，绝非偏私，只希望尽量还原其本来面目。

（一）“三戾”之一：“性好荣迁，憎人升进”

所谓“性好荣迁”窃以为本无可厚非，毕竟，封建时代的士子于官场宦海沉浮，都希望自己能够建功立业，位极人臣，以期光耀门楣，又能有多少人甘愿蹭蹬下僚？纵观李峤仕宦历程，我们可以找出不少其为人为官受人诟病之事例，然并未见其“憎人升进”的劣迹。为求个人升迁遭人非议之事，人们首先便会论及“奏置员外官”事件，《旧唐书》李峤本传载：

> 初，峤在吏部时，志欲曲行私惠，冀得复居相位，奏置员外官数千人。至是官僚倍多，府库减耗，乃抗表引咎辞职，并陈利害十余事。中宗以峤昌言时政之失，辄请罢免，手制慰谕而不允，寻令复居旧职。①

《资治通鉴》卷二百八《唐纪》二十四及《新唐书》《唐会要》《册府元龟》等正史、政书对此均有记载，所记内容略有出入，如《新传》稍略：“阴欲藉时望复宰相，乃奏置员外官数千。既吏众猥，府库虚耗，乃上书归咎于时，因盖向非。”②《资治通鉴》则说：“欲树私恩，再求入相，奏大置员外官，广引贵势亲识。既而为相，铨衡失序，府库减耗，乃更表言滥官之弊，且请逊位，上慰谕不许。”③ 而《册府元龟》卷六百二十九《铨选部》对此记述尤为详尽：

> 中宗神龙元年，李峤、韦嗣立同居选部，多引用权势，求取声望，因请置员外官一千余员，繇是侥倖者趋进，其员外官悉恃形势与正官争事，百司纷竞，至有相殴击者。及峤复入相，乃深悟其失。又见朝野喧议，乃上疏曰：“自宝命中兴，鸿恩溥及，唯以爵赏为惠，不择才能任官授级加阶，朝廷多改，正阙不足。加以员外非复求贤，助理多是为人择官，接武

① 《旧唐书》，第 2995 页。

② 《新唐书》，第 4370 页。

③ 《资治通鉴》，第 6606 页。

随肩，填曹溢府，无益政化虚请。俸禄在京则府库之殚竭；在外则黎庶被其侵渔。伏愿徽惜班荣，稍减除授，使匪服之议不兴于圣朝，能官之谣复光于曩载。”疏奏上，乃诏减员外官，不令釐务也。①

史书在叙述此事时已借“志欲曲行私惠”（《旧传》）、“欲树私恩”（《资治通鉴》）等明确表达了否定态度。在此，笔者只想强调两点：首先，奏置员外官以致铨衡失序，府库减耗，其始作俑者并非仅仅李峤一人，武后、中宗朝这种现象蔚然成风，其渊源及来龙去脉等细节，陈冠明《李峤年谱》有较为详尽的考证②，可资参考；其次，李峤已然“深悟其失”，“抗表引咎辞职”，与之相关的几篇表疏，即《请减员外官疏》《上中宗书》《为水潦灾异陈情表》《谢赐优诏矜全表》《谢谴让状》皆言辞恳切，甚至表现出非常强烈的自责之意，并针对其流弊提出具体建议。《新传》所谓的“欲盖向非”很显然没有足够的依据。

（二）“三戾”之二：“性好文章，憎人才笔”

李峤“十五通《五经》，薛元超称之。二十擢进士第”③，在《自叙表》中自诩“臣曾涉经典，笃好文史，渐六艺之腴润，驰百家之阃阈。至若操觚秉牍，纪事属辞，虽窃比老、彭，诚未拟于先哲；而上追班、马，敢自强于后进”，且将自己的人生目标描述为：

倘得参名芸阁，假迹蓬山，探石室之秘文，览金版之遗籍。听歌探颂，以观四方之风；讲艺论诗，以崇三代之式。第其科目，载之简编，大以荐陈郊庙，报享成功；小以敷布乐章，润色鸿业。④

充分表明其“性好文章”，将其作为自己经世治国之理想。窃以为，“性好文章”亦无可非议，关键是其是否有“憎人才笔”之所作所为。

检视相关史籍文献，笔者尚未发现其有什么嫉恨别人才能的事情记载，反

① 《册府元龟》，第7548—7549页。

② 参见《苏味道　李峤年谱》，第142—144页。

③ 《新唐书》，第4367页。

④ 《全唐文》，第1102页，下引本文同。

而看到了李峤对后学、对同僚常常是不吝言辞予以赞美，试举几例：

邕少知名，长安初，内史李峤及监察御史张廷珪并荐邕词高行直，堪为谏诤之官，由是召拜左拾遗。①

——《旧唐书》卷一百九十《列传》第一百四十《李邕传》

苏颋少聪俊，一览千言。景龙二年六月二日，初定内难，准颋为中书舍人，在太极后阁，颋尚年少，初当剧任，文诏填委动以万计，时或忧其不济，而颋手操口对无毫厘差失，主书韩礼、谭子阳转书诏草，屡请曰："乞公稍迟，礼等书不及，恐手腕将废。"中书令李峤见之，叹曰："舍人思若泉涌，峤等所不及也！"②

——《太平广记》卷二百一《才名》

齐澣，字洗心，定州义丰人，少开敏，年十四，见特进李峤，峤称有王佐才。③

——《新唐书》卷一百二十八《列传》第五十三《齐澣传》

武后证圣初……时吏横酷，淫及善人，公卿被诛死者踵相及。子玄悼士无良而甘于祸，作《思慎赋》以刺时。苏味道、李峤见而叹曰："陆机《豪士》之流乎，周身之道尽矣！"④

——《新唐书》卷一百三十二《列传》第五十七《刘子玄传》

对李邕，不仅赞其"词高行直，堪为谏诤之官"，且与张廷珪一起举荐；对苏颋能够由衷赞其才华，丝毫未见妒意；对少年齐澣，则直接夸奖其"有王佐之才"；将刘知幾与陆机相提并论，认为其才陆机不及。

（三）"三戾"之三："性好贪浊，憎人受赂"

所谓"贪浊"，犹贪污之意。仅就目前所见之史料，笔者未能检索到有关李峤贪污受贿或者因贪财而获罪的记载，而《太平广记》卷二百二十一有一段资

① 《旧唐书》，第5039页。

② 《太平广记》，第1510页。

③ 《新唐书》，第4468页。

④ 《新唐书》，第4520页。

料倒颇耐人寻味，其云：

> 赞皇公李峤幼有清才，……（袁天纲曰）“郎君必大贵寿。是龟息也，贵寿而不富耳。”后果如其言。则天朝拜相，而家常贫。是时帝数幸宰相宅，见峤卧青绝帐。帝叹曰：“国相如是，乖大国之体。”赐御用绣罗帐焉。峤寝其中，达晓不安，觉体生疾。遂自奏曰：“臣少被相人云，不当华，故寝不安焉。”帝叹息久之，任意用旧者。①

此事《蜀中广记》卷七十八②、《古今说海》卷五十七③等均转引。这段资料原本为证明袁天纲相术高明。李峤“则天朝拜相，而家常贫”，竟然习惯于睡旧帐，当然，仅凭这一点就断定李峤清正廉洁，显然过于草率，然而在无其他材料的前提下，这则文献资料可以从侧面反映李峤本不喜奢华的生活状况。

就算是“性好荣迁”，为达到“志欲曲行私惠”“欲树私恩”之目的而奏置员外官，以致朝纲混乱，然李峤接连上表，引咎辞职，不是“欲盖向非”，而是“深悟其失”；对青年才俊，他不仅由衷赞赏，还会极力举荐，不应算是“憎人升进”“憎人才笔”；身为宰相却能够安于家常贫，“性好贪浊”之说没有依据。

通过以上考证，笔者有理由对张氏“李公有三戾”之说持怀疑态度。然而笔者更希望揭示事情的真相，只是囿于史料的缺失，没能再找到更多线索。

如前所述，《朝野佥载》于朝野遗事、朝中人物多有记录和品评，往往嘲讽戏谑，多有犀利之言，张鷟也曾有因言获罪而致放逐的经历，其对于李峤评价如此之尖刻，究竟是事出有据，还是事出有因？不得而知。

《朝野佥载》成书于玄宗开元年间，而李峤恰恰是获罪于玄宗而致其晚年遭贬，难怪陈冠明《李峤年谱》在对此略作考证之后有语曰：“……‘三戾’之说，乃李峤贬逐而死之后加诬之词，此所谓失势之人，史家众恶归焉。”④ 颇令人唏嘘。

---

① 《太平广记》，第 1696 页。

② 参见《蜀中广记》，第 592 册，第 280 页。

③ 参见《古今说海》，第 885 册，第 483 页。

④ 《苏味道　李峤年谱》，第 228 页。

李峤一生为人诚有被人诟病之处，其先是谄媚武后，继而依附二张、武三思，中宗复位，其又效力于韦氏一党，终至获罪于玄宗。然而我们也应看到，身处各种政治势力明争暗斗、宫廷政变频繁的特殊时期，为求全身罔顾名节虽不可取，却也是身为手无缚鸡之力的文人无奈而又无助的选择。为此，李峤晚年已然付出代价——不仅屡遭贬黜，生前身后亦多受非议。"李公有三戾"之说千百年来广为流传，甚至成为其劣迹的标签，实在是有失公允。

小 结

李峤交游情况，因为史料极其有限，故笔者了解的不是很多，其曾受到薛元超的称赞，而与高长史的交往属于以干谒为目的，希望对方能够在宦海沉浮中助自己一臂之力，对高长史的诗，李峤以书信表达赞美之情，尽管这种赞美明显流于泛泛，缺乏具有实质意义的品评。

李峤与其所属的"文章四友"中的其余三位均有交往记载，或有诗文酬赠，或共同扈从应制，或相互倾慕，结下深厚友情，而与稍早的"初唐四杰"，只和骆宾王诗文唱和，友情深厚。

对后学如李邕、齐澣、苏颋等，李峤不遗余力称赏举荐，而张说则在其危难之时伸手相救，崔泰之在李峤去世后写诗悼念，由此可知，李峤与他们之间可谓情深义厚。

李峤的思想当属于典型的儒家思想，这主要是受到其家庭及其所在的社会生活环境影响。赵郡李氏家族在漫长的历史进程中已然逐渐形成遵守礼法、代传儒学的家风，这会对李峤思想有深刻影响；李峤自幼饱读诗书，十五即通《五经》，二十擢进士，深受儒学经典浸润；当然，这还与当时的政治风尚密切相关。李峤性格中还有燕赵地域文化精神的影子。而其思想性格以及心态，则体现出特定政治环境中知识分子诸多无奈的选择。

张鷟《朝野佥载》中有"李公有三戾"之说，检视史料，未找到足够证据，有些当属子虚乌有，究其根源，或与晚年获罪被贬黜不无关系。

第四章　李峤诗研究

《全唐诗》卷五七—卷六一收录李峤诗五卷计209首，加上陈尚君《全唐诗补编》所辑录的一首《钱》，共计210首。如前文所述，《全唐诗》中有11首与宋之问、韦应物、徐彦伯、李乂、张乔相重，经王启兴先生考证，基本上可以确定《鹧鸪》《奉和春日游苑喜雨应制》2首非李峤作品①，因而可以认定其所作的诗作共计208首。

很显然，仅就数量而言，李峤传世诗作在初唐众多诗人中已可谓首屈一指，且“其仕前与王勃、杨盈川接，中与崔融、苏味道齐名，晚诸人没，而为文章宿老，一时学者取法焉”②。此处“文章”当涵盖其诗与文的全部内容。李峤在文学史上的地位亦不可小觑。然与其为人多遭人诟病一样，其诗歌作品尤其应制、咏物诸篇什，可谓毁誉参半。张说“李公实神敏，才华乃天授。睦亲何用心，处贵不忘旧。故事遵台阁，新诗冠宇宙。在人忠所奉，恶我诚将宥。南浦去无归，嗟嗟蔑孙秀”（《五君咏·李赵公峤》）③是对其为人为诗的全面赞誉。“李峤称‘大手笔’，咏物尤其属意之作，裁剪整齐而生意索然，亦匠笔耳”④，“乍看题目，令人眼花缭乱，实际却充满陈腐的堆砌和连篇累牍的隶事用典，毫无生气，使人腻而生厌，这些‘一字题’的逞才之作，连同他的十余首按照节令月份排列的《×月奉教作》等，都是应制诗的不同表现形式，不过小弄巧笔，无大意义”⑤，则将批评矛头指向其120首杂咏诗及一些应制诗篇。赞颂者有过誉之处，贬抑者亦难免苛责。毕竟，我们评价一位诗人，不应脱离其所身处的

---

① 参见《初唐三诗人重出诗篇考辨》，第73页。

② 《新唐书》，第4371页。

③ 《全唐诗》，第930页。

④ ［清］王夫之著，戴鸿森笺注：《姜斋诗话笺注》，人民文学出版社1981年版，第152页。

⑤ 乔象钟、陈铁民主编：《唐代文学史》，人民文学出版社1995年版，第147页。

特定时代，诚如高棅《唐诗品汇·总叙》所谓："神龙以还，洎开元初，陈子昂古风雅正，李巨山文章宿老，沈宋之新声，苏、张大手笔，此初唐之渐盛也。"① 于文学由初唐走向盛唐之嬗变中肯定了李峤等人的贡献，诚然如此。

检视李峤存世诗作，我们不难发现，尽管其中大半为咏物诗，余下的又有近半数为应制之作，然而在初唐诗人，尤其在与之同时代的宫廷诗人中，其思想内容堪称丰富多彩，其艺术手法更有独到之处。近年来已有几篇硕士学位论文从不同角度对李峤诗歌进行专门研究，充分肯定其于思想、艺术诸方面的成就以及于声律方面的贡献。② 笔者将立足于学界所取得的成果，对其诗作进行全方位分析，力图给予其客观、公允、全面的评价。

第一节　李峤之咏物诗研究

一、咏物诗概述

（一）咏物诗的起源及概念界定

咏物诗究竟肇始于何时，古今学者多有不同看法。如明代胡应麟《诗薮》："咏物起自六朝，唐人沿袭，虽风华竞爽，而独造未闻。"③《四库全书总目》在元人谢宗可《咏物诗》之提要中有："昔屈原颂橘，荀况赋蚕，咏物之作萌芽于是。"④ 有学者甚至将咏物诗之源上溯到禹舜时代的《卿云歌》和《南风歌》。清人乔亿则认为，相传为周初的一些器物铭文应被看作是咏物诗的雏形："咏物诗原于盘、盂、户、席诸古铭辞，而渐失其旨，由过于黏着也。"⑤ 云云。

姑且不论《卿云歌》之类是否属于后人依托之作，铭文是否属于真正意义的文学创作，单纯就以上分歧所产生的原因来看，其实与对咏物诗概念界定之

---

① ［明］高棅：《唐诗品汇》，上海古籍出版社1988年版，总序。

② 几篇硕士学位论文主要有河北大学苗富强《李峤诗歌研究》（2006年）、山东师范大学王芹《李峤及其诗歌初探》（2009年）、山东师范大学张玉翠《论李峤诗声律研究》（2011年）、陕西师范大学张琦《李峤杂咏诗的文体学研究》（2012年）等。

③ ［明］胡应麟：《诗薮》，上海古籍出版社1979年版，内编卷四，第72页。

④ 《四库全书总目》，第1453页。

⑤ ［清］乔亿：《剑溪说诗》，《续修四库全书》编纂委员会编《续修四库全书》，上海古籍出版社1996年版，第1701册，第229页。

不同不无关系。准确把握咏物诗之概念，其关键在于对“物”的界定。范仲淹在《赋林衡鉴序》中认为：“指其物而咏者，谓之咏物。”① 显然，这里“物”的范围并未明确，于是这个对咏物诗最早的界定就显得过于宽泛。有关咏物诗，古今学者多未给出明确定义，而其主张则往往具体体现在相关诗歌选本中。

《汉语大词典》是这样解释“咏”“物”以及“咏物”三个词意义的：“用歌诗的文学样式写景抒情”；“泛指万物”，或“指具体的个别的物品”；“以诗歌描写事物”。② 以此为依据，并结合前人及当今学者研究成果，笔者认为，所谓咏物诗，应当是以物作为吟咏歌颂对象，以单纯状物、借物抒怀、寓意或托物言志为目的的诗歌作品。③

在对咏物诗的概念做了界定之后，我们就可以大致明了，《诗经》的一些篇什之中，已然有了咏物的诗句，是为咏物诗的萌芽，而屈原《橘颂》可称之为文学史上第一篇真正意义上的咏物诗。

（二）李峤之前的咏物诗发展概述

检索古代典籍，“咏物”一词最早见于《国语·楚语上》：“若是而不从，动而不悛，则文咏物以行之，求贤良以翼之。”④ 此处“咏物”还仅仅是写作手法，不是对体裁的界定，而将“咏物”这一概念最早与诗歌相联系的，当属钟嵘《诗品》。《诗品·卷下》“齐朝请许瑶之”条有“许长于短句咏物”⑤。这里是在肯定许瑶之于短诗咏物之所长，亦是将“咏物”这一范畴与诗歌相结合之开端。

如前所述，咏物诗滥觞于先秦，《诗经》为其萌芽阶段，清代俞琰《咏物诗

---

① ［宋］范仲淹著，李勇先、王蓉贵校点：《范仲淹全集》，四川大学出版社 2002 年版，第 508—509 页。

② 《汉语大词典》（缩印本），第 6555、3487、6556 页。

③ 参见于志鹏《宋前咏物诗发展史》（山东大学 2005 年）、高淑平《中古咏物诗研究》（东北师范大学 2011 年）两篇博士学位论文；申东城《齐梁初唐咏物诗比较论》（安徽大学 2005 年）、魏勇军《唐代咏物诗与唐诗意境之构成》（西北师范大学 2012 年）等硕士学位论文；胡大浚、兰甲云《唐代咏物诗发展之轮廓与轨迹》（载《烟台大学学报（哲学社会科学版）》1995 年第 2 期）、兰翠《论唐代咏物诗与士人生活风尚》（载《齐鲁学刊》2003 年第 1 期）、赵红菊《论南朝咏物诗对唐代咏物诗的影响》（载《内蒙古大学学报（哲学社会科学版）》2008 年第 2 期）等专文。

④ 上海师范大学古籍整理组校点：《国语》，上海古籍出版社 1978 年版，第 529 页。

⑤ 吕德申：《钟嵘〈诗品〉校释》，北京大学出版社 1986 年版，第 201 页。另许瑶之有《咏柟榴枕》诗，见逯钦立辑校《先秦汉魏晋南北朝诗》，中华书局 1983 年版，第 1474 页。

选》认为："古之咏物，其见于《经》，则灼灼写桃花之鲜，依依极杨柳之貌，果果为出日之容，凄凄拟雨雪之状，此咏物之祖也，而其体犹未全。"①《诗经》中虽无纯粹的咏物诗作，却已然出现了大量咏物的诗句，可以算作咏物诗的萌芽。比较著名的如《诗经·豳风》中的《鸱枭》有"予羽谯谯，予尾修修，予室翘翘，风雨所漂摇，予维音哓哓"② 这样的诗句，已然可见咏物之雏形。而屈原的《橘颂》一般被认为是成熟的咏物诗作，不仅对橘有"绿叶素荣"之类的生动吟咏，其借助咏橘所宣示的"苏世独立""横而不流"等思想品格，更成为千百年来知识分子的精神追求。

汉魏时期，咏物诗在相当漫长的历史进程中不断发展，正如《四库全书总目》所云：

> 昔屈原颂橘、荀况赋蚕，咏物之作，萌芽于是，然特赋家流耳。汉武之《天马》、班固之《白雉》《宝鼎》，亦皆因事抒文，非主于刻画一物。其托物寄怀，见于诗篇者，蔡邕《咏庭前石榴》，其始见也。③

大致勾勒出了这一时期咏物诗流变之脉络。众所周知，汉代，尤其西汉，赋占据着文坛的中心地位，诗歌创作并不是十分发达。即使有咏物之作也非专于咏物，往往借物托物以寄怀。然而，赋特别是咏物赋极尽铺陈、取譬设喻等艺术手法，对后世咏物诗的写作却产生了深远影响，这一点在东汉时期尤为突出，一般认为蔡邕《咏庭前石榴》（即《翠鸟诗》"庭陬有若榴，绿叶含丹荣"④ ）为第一首五言咏物诗。

> 咏物诗在东汉大量产生后，在继之而起的魏晋时期，走上了发展阶段。在魏代咏物诗发展的两个时期——建安时期与正始时期，咏物诗主要以托物咏怀为主。前者以曹植为代表。他通过歌咏具有极强比兴意味的物象，

① ［清］俞琰：《咏物诗选》，成都古籍书店1984年版，第2页。

② 周振甫译注：《诗经译注》，中华书局2002年版，第218—219页。

③ 《四库全书总目》，第1453页。

④ 《先秦汉魏晋南北朝诗》，第193页。

> 在诗中体现出一种慷慨悲凉之美；后者以阮籍为代表，在诗中多采用一些玄学意象，表现诗人的一种老庄的人生境界，从而也反映出诗人的人生态度。咏物诗在晋代数量不多。可以说，咏物诗在这个阶段处于较为平缓的发展态势。①

上面这段话概述了咏物诗自东汉到魏晋逐渐演进的过程。显然，这一时期咏物诗以托物言志或借物抒怀之作为多，尽管其规模远不及后世，却客观上为咏物诗走向繁荣打下了基础。

进入南北朝，特别是南齐与萧梁时期，咏物诗不仅数量大增，所吟咏之“物”的范围较前代明显扩大，写作手法亦日趋圆熟，对物象的描摹可谓细腻工巧。只是在齐梁文人生活范围狭窄、文风整体呈现绮靡缛艳特点的大背景之下，咏物诗同样成为文人消遣娱乐的方式，于是“江左齐、梁，其弊弥甚，贵贱贤愚，唯务吟咏。遂复遗理存异，寻虚逐微，竞一韵之奇，争一字之巧。连篇累牍，不出月露之形，积案盈箱，唯是风云之状”②，“深心主卉木，远致极风云，其兴浮，其志弱，巧而不要，隐而不深”③。一方面是数量众多，“连篇累牍”“积案盈箱”；一方面是所吟咏的对象涵盖“月露”“风云”“卉木”，所咏之“物”呈多样化趋势，但却往往片面追求“竞一韵之奇，争一字之巧”。而其内容多涉女性生活甚至女性本身都会成为吟咏对象。艺术成就难免“其兴浮，其志弱，巧而不要，隐而不深”。单纯状物，强调形似，追求精致工巧。恰如王夫之《姜斋诗话》所云：

> 咏物诗，齐梁始多有之。其标格高下，犹画之有匠作，有士气。征故实，写色泽，广比譬，虽极镂绘之工，皆匠气也。又其卑昔，饾凑成篇，谜也。④

---

① 于志鹏：《宋前咏物诗发展史》，山东大学 2005 年博士学位论文，第 39—40 页。

② 《隋书》，第 1544 页。

③ ［明］梅鼎祚编：《梁文纪》，文渊阁四库全书本，台湾商务印书馆 1986 年版，第 1399 册，卷九，第 442 页。

④ 《姜斋诗话笺注》，第 152 页。

齐梁文人笔下那些充满匠气的咏物诗作，极力状物，善用色彩缛丽的词语，甚至常有香艳之气，却如诗谜一样，成为文人消遣的方式，毫无灵动之感，空洞而无甚价值，但却是咏物诗发展这一链条之上不可或缺的环节。

唐初太宗君臣在反思前朝亡国的教训，励精图治力求不再重蹈其覆辙的同时，于文风亦有所关注，然而其诗歌创作仍有六朝遗韵，即使如李世民这样堪称有宏图大志之君主，似乎一时也难以完全摆脱前朝影响，所谓“唐太宗功业雄卓，然所为文章，纤靡浮艳，嫣然妇人小儿嬉笑之声，不与其功业称，甚矣淫辞之溺人也”①。这样的评价，实则有些苛刻。细读其传世的二十几首咏物诗作，我们会发现诸如《咏雪》《赋得樱桃》《赋得李》② 这样语言华美、字里行间充满纤柔妩媚之气的咏物诗，但我们可以感觉到的是，太宗其实是在努力将他的诗与建功立业相联系，于是，他的诗中便有了作为一代帝王的鲜明个性、恢宏气象，只是总会有些南朝绮靡诗风的影子。不妨看一下李世民的一首《咏风》：

萧条起关塞，摇飏下蓬瀛。拂林花乱彩，响谷鸟分声。
披云罗影散，泛水织文生。劳歌大风曲，威加四海清。③

起笔不凡，颇有气势，结尾言及汉高祖《大风歌》，渴望功业的激情溢于言表。但与起笔的大气刚健、不同凡响以及结尾的踌躇满志、慷慨激昂极不协调的，则是中间四句的纤弱细腻、精巧工致。可见，南朝宫廷诗风尚对其有较深影响，恐一时尚难彻底改观，如王世贞所言：“唐文皇手定中原，笼盖一世，而诗语殊无丈夫气，习使之也。”④ 由此可见一斑。贞观诗坛的诗人们由于视野的不断开阔，对功名的追逐与渴望，其所作咏物诗很多已不再表现闲情逸趣，出现了如虞世南《蝉》那样的名篇。“居高声自远，非是藉秋风”，是对人的品格的肯定，借咏物以寄托情感。探究这种诗风转变的原因，罗宗强则将南朝与初唐宫廷文

① ［清］陈鸿墀：《全唐文纪事》，中华书局 1959 年版，第 54 页。

② 参见《全唐诗》，第 11、12 页。

③ 《全唐诗》，第 11 页。

④ 《艺苑卮言校注》，第 157 页。

人进行了对比，说得较为形象有趣："同是宫廷诗人，前者和妇人生活在一起，后者和功业生活在一起。和妇人生活在一起，诗中自然带着脂粉气，和功业生活在一起，诗中自然就更多丈夫气。"①

高宗、武后时期，伴随着社会日趋稳定，国力逐渐强盛，文人心态悄然发生变化。此时注重隶事用典，追求音韵和谐，风格"绮错婉媚"的上官体大行其道，尽管咏物诗数量较前明显增长，但却少了贞观时期的朝气，上官仪等宫廷文人的包括咏物诗在内的诗歌作品喜好歌功颂德、粉饰太平，缺乏真挚情感，然其工于对仗、用典恰切、讲究声律，为五律成熟定型做出了贡献。与此同时，"四杰"与陈子昂将诗歌创作的触角从宫廷移至更加广阔的江山塞漠，或体物以传神，或咏物以抒情，或借物以感时，或托物以言志，于是有了骆宾王《在狱咏蝉》、卢照邻《紫骝马》、陈子昂《修竹篇》等有所寄托的咏物诗的优秀篇目。

> 初唐咏物诗经四杰子昂之手，已逐步找到了唐代咏物诗的发展道路。即重视兴寄，重视以形传神，重视咏物诗的艺术个性。②

咏物诗从萌芽阶段逐渐发展到武后、中宗朝的李峤等人手中，经历了相当漫长的过程，而作为创作咏物诗最多的初唐诗人，李峤上承齐梁余绪，下启盛唐之音，尽管历代论者有毁有誉，然作为诗歌走向盛唐一个不可或缺的环节，其价值与意义应当予以充分肯定。

在今存于李峤名下的诗作中，咏物诗有 128 首，占其诗歌总数的 60%以上，除 120 首单题咏物诗外，尚有《云》《宝剑篇》《中秋月二首》《风》《侍宴桃花园咏桃花应制》《钱》《鹧鸪》(实为韦应物诗，说见前文)。

李峤在咏物诗方面取得的成就与所做的贡献主要有以下几点：首先，其 120 首单题咏物诗所吟咏之对象非常广泛，结构程式化，隶事用典，具有启蒙的范式意义，其专以咏物为旨归，诗人自己往往置身于物外，更像一部小型类书；其次，其除《杂咏诗》以外之咏物诗作，尽管数量不多，风格却或清新自然，或气势健举，有些寄托了诗人的情感，可见其功力。

① 《隋唐五代文学史》，第 44 页。

② 《唐代咏物诗发展之轮廓与轨迹》，第 22 页。

二、李峤杂咏诗

(一) 李峤单题咏物诗

在李峤传世的诗作之中，其 120 首单题杂咏诗颇有些特别之处，学界普遍认为其当为李峤有计划有目的之所作。因其以单字即所咏之物为题（唯一首《琵琶》为二字），故又称“单题咏物诗”。这些诗全部为五言律诗，注重词语运用，讲究对仗。每首专咏一物，基本上为状物加用典，诗中并不明确所咏之物，只将与之相关的典故嵌入几个，如同诗谜一样，又颇具类书特点。

这一组诗至迟在唐玄宗天宝年间就已经单独结集并由署名“登仕郎守信安郡博士”的张庭芳为之作注，即传世之《李峤杂咏诗注》。此版本分上下卷，上卷：乾象、坤仪、芳草、嘉树、灵含、祥兽；下卷：居处、服玩、文物、武器、音乐、玉帛。每部 10 首，共 120 首。这个注本盛唐时即已流传海外，在日本影响深远，嵯峨天皇（809—823 年在位）就曾手抄其中 21 首，至平安时代与白居易的《白氏新乐府》和李翰的《蒙求》一并成为当时以及后来重要的蒙学读物。正如天瀑《佚存丛书》跋语云：“皇朝中叶甚喜此诗，家传户诵，至使童蒙受句读者亦必熟背焉。以故诸家传本不一而足。”① 而在国内，《李峤杂咏》又称《杂咏诗》《百二十咏》《百廿咏》等。至宋代李峤文集多散佚，其于史志书目之中多有著录；明代铜活字本著录但未分部；至清代又有《佚存丛书》本等不同版本行于世。

其中，《雪》有“大周天阙路，今日海神朝”② 句，可据此知其当作于武周时期，葛晓音先生推测其当与李峤彼时曾预修大型类书《三教珠英》密切相关，那么，这些诗就极有可能创作于武则天大足元年（701）或稍后。葛晓音先生推断：“其诗题类似类书的编排，……应与唐初以来大修类书的风气有关。……张易之兄弟召李峤等二十六人编集《三教珠英》一千三百卷，使李峤掌握了大量典故，因而有可能按这些类书的分类方法，将有关物象的常见典故组织成诗。诗中所用大多是熟典和常见语，似更适宜于初入门的学诗者。”并进一步认为：

> 《李峤百咏》是唐初以来探究对偶声律之风的产物，是一部以诗体撰

---

① 《佚存丛书》本《李峤杂咏注》，天瀑跋。

② 《李峤诗注　苏味道诗注》，第 133 页。

写的“作诗入门”的类书。它采用大型组诗的形式，将唐初以来人们最关心的咏物、用典、词汇、对偶等常用技巧融为一体，以基本定型的五律表现出来，给初学者提供了便于效仿的创作范式。这一诗体咏物类书的出现，标志着初唐律诗至此已成熟到了可以广为普及的程度。①

一直以来，《李峤杂咏》在李峤诸多诗作之中最为学界所关注，涌现了不少研究专文，对其从产生到艺术手法、价值意义、成就和对后世影响诸多方面加以探讨。②

（二）李峤杂咏具有诗学启蒙、创作范式的意义

概括起来，李峤杂咏诗所具特征以及所拥有的成就主要有以下几方面：

其一，乃是有计划有组织有目的之创作，吟咏对象广泛而琐细。

这一点单从编排体例与诗的整体特点来看，就不难发现作者之用心良苦。《李峤杂咏》更像是一部小型类书，其所咏对象广泛，涵盖自然、人事诸多方面。这一点堪称史无前例。

如前所述，张庭芳注本为目前所知最早的注本，基本上保留了《李峤杂咏》的原貌，即分上下两卷，12 部，每部 10 首，具体情况是：

乾象：日、月、星、风、云、烟、露、雾、雨、雪；
坤仪：山、石、原、野、田、道、海、江、河、洛；
芳草：兰、菊、竹、藤、萱、萍、菱、瓜、茅、荷；
嘉树：松、桂、槐、柳、桐、桃、李、梨、梅、橘；
灵含③：凤、鹤、乌、鹊、雁、凫、莺、雀、雉、燕；
祥兽：龙、麟、象、马、牛、豹、熊、鹿、羊、兔；

① 葛晓音：《创作范式的提倡和初盛唐诗的普及——从〈李峤百咏〉谈起》，《文学遗产》1995 年第 6 期，第 30—41 页。

② 较有代表性的论文除上边提及的葛晓音专文以外，还有段莉萍《从敦煌残本考李峤〈杂咏诗〉的版本源流》，《敦煌研究》2004 年第 5 期，第 74 页；刘艺《蒙学视野中的李峤〈杂咏诗〉》，《四川师范大学学报（社会科学版）》2002 年第 2 期，第 80 页；刘艺《李峤〈杂咏诗〉：普及五律的启蒙教材》，《四川大学学报（哲学社会科学版）》2002 年第 1 期，第 135 页。

③ 后世诸本作“灵禽”。

居处：城、门、市、井、宅、池、楼、桥、舟、车；
服玩：床、席、帷、帘、屏、被、鉴、扇、烛、酒；
文物：经、史、诗、赋、书、纸、檄、笔、砚、墨；
武器：剑、刀、箭、弓、弩、旌、旗、戈、鼓、弹；
音乐：琴、瑟、筝、钟、箫、笛、笙、歌、舞、琵琶；
玉帛：珠、玉、金、银、钱、锦、罗、绫、素、布。[①]

很明显，从整个诗集的最初设计来看，即体现出其为有计划有组织有目的之创作。

其二，程式化特征明显。

首先是相当一部分诗作句式呈现出明显的程式化特点。有研究者做过较为详尽的统计："若（如、倘、非）……"，假设句式，皆出现在尾联出句，凡十九见；"谁……"，疑问或反诘或感叹，出现在尾联，凡十五见；"……隈"，凡九见；"……日……年（时、辰）"句式，凡九见；"愿……"句式，凡八见；等等。[②] 这种程式化诗句，因为雷同而往往使读者望而生厌，有枯燥乏味之感，但如将其作为写诗的启蒙教材，提供写诗的技巧，就会使学习者更容易掌握。

其次是内容的程式化倾向。这些诗多是将与所咏之物相关的典故嵌入几个，而结尾多借典事或颂美德，或抒不遇，或冀所用，或表愿望，内容总体上显得空洞乏味。如《萱》：

屣步寻芳草，忘忧自结丛。黄英开养性，绿叶正依笼。
色湛仙人露，香传少女风。还依北堂下，曹植动文雄。[③]

诗中引用了与萱草有关的《诗经·卫风·伯兮》"焉得萱草，言树之背"、《博物志》"养性"、隋魏明深《咏阶前萱草》以及"少女风""北堂"等典，尾联用文

① 据《日藏古抄李峤咏物诗注》。

② 参见苗富强硕士学位论文《李峤诗歌研究》，第26—29页。

③ 《李峤诗注　苏味道诗注》，第218页。

雄曹植有诗文抒爱亲之情的事收束全诗。[①] 诗中除了有对萱草的描写“黄英开养性，绿叶正依笼。色湛仙人露，香传少女风”略给人以清新之感之外，总体上显得平淡无趣。

其三，很少或基本没有诗人自己的感情流露。

《李峤杂咏》为单纯咏物之作，有别于我国古代很多咏物诗或托物以言志，或借物以抒情的写法，诗人自己往往置身于物外，如《歌》：

> 汉帝临汾水，周仙去洛滨。郢中吟白雪，梁上绕飞尘。
> 响发行云驻，声随子夜新。愿君听扣角，当自识贤臣。[②]

只是堆垛了汉帝、周仙等几个与“歌”相关的典故，颈联用对偶句做一般性描写，最后以希冀被赏识作结，我们根本感受不到诗人自己的真情实感，仅仅是一首规范标准的五言律诗。

其四，为标准的五言律诗。

李峤 120 首咏物诗，声律、韵律、对仗皆无误，为标准规范的五言律诗，这也足可说明其当为启蒙学诗者的五律创作范本。

没有震撼读者心灵的情感色彩，缺少意境的架构，只是用典加刻意的全无真情的描绘，难怪后世学者批评其为“逞才之作”。也正是由于其以上诸多特征，在中国古代争妍斗艳的诗国花园中，《李峤杂咏诗》更像一朵奇葩，体现出与咏史诗、边塞诗甚至大多数咏物诗完全不同的意义与价值，主要体现在以下几个方面：

首先，它是一部标准的学习五言律诗的范本。唐初至武后朝，科举制度日趋完善，尤其对以诗文取士十分重视，加上彼时干谒之风正炽，诗歌创作成为文人晋身仕宦的重要工具，李峤这部《杂咏诗》无疑为学诗者提供了学习的范本，诚如后世之教科书一样。

其次，可以“多识草木鸟兽之名”。所谓“自圣门学诗，大者兴观群怨，次

---

① 所引典故转引自《李峤诗注　苏味道诗注》，第 218—219 页。

② 《李峤诗注　苏味道诗注》，第 189 页。

则多识草木鸟兽之名”①，此正与张庭芳所谓“欲启诸童稚”之目的相契合。其中多有灵禽祥兽佳木，大量使用古书中常用之典故，这些似乎使其作用更近于类书。

最后，尽管缺少性情流露，然其风格典雅，音韵和谐流畅，具有一定的审美价值，很多诗句用比喻、拟人，还有八处使用了在与之同时代的诗作中不很多见的流水对，可见其具有较高的艺术价值。

当然，李峤杂咏也有诸多不足之处。首先，形式的过于程式化势必令人感到枯燥乏味，例如前文所说的句式，以及“有些意象的出现频率也很高。如‘花’字在《莺》、《桃》、《李》、《柳》、《槐》等诗中出现了三十四处。‘影’意象在《雁》、《鸟》、《松》、《弓》、《旌》等二十三首诗中不断出现，甚至在一首诗中出现两次”②。其次，大量典故的使用，往往会削弱诗的艺术表现力。这也就是李峤杂咏诗一直饱受后人诟病的原因之一。

三、杂咏以外的咏物诗

清代李重华认为：“咏物诗有两法，一是将自身放顿在里面，一是将自身站立在旁边。”③ 除上面所说的那些“将自身站立在旁边”的不流露真情实感的120首单题咏物诗外，李峤还有《云》《宝剑篇》《中秋月二首》《风》《侍宴桃花园咏桃花应制》《钱》等7首咏物诗。相对而言，这些诗更能够显示李峤作为一位诗人的文学才华，如其最有名的那首《风》：

解落三秋叶，能开二月花。过江千尺浪，入竹万竿斜。④

语言竟是如此晓畅明白生动，和那些嵌入典故的杂咏诗相比，读者自然会眼前一亮，难怪千百年来这首诗成为李峤所有诗作之中流传最为广泛的，甚至经常用来作为“风”的诗迷。李峤另有一首《风》见于杂咏诗中，其风格与此诗完全不同。

---

① 《诗薮》，第4页。

② 《蒙学视野中的李峤〈杂咏诗〉》。

③ ［清］李重华：《贞一斋诗说》，见王夫之等撰《清诗话》，上海古籍出版社1999版，第930页。

④ 《李峤诗注　苏味道诗注》，第123页。

落日生蘋末，摇扬遍远林。带花疑凤舞，向竹似龙吟。

月动临秋扇，松清入夜琴。若至兰台下，还拂楚王襟。①

很明显，后者自是典雅华丽，但在性情上却稍微逊色。

李峤还有一首《宝剑篇》，为歌行体。

吴山开，越溪涸，三金合冶成宝锷。淬绿水，鉴红云，五采焰起光氛氲。背上铭为万年字，胸前点作七星文。龟甲参差白虹色，辘轳宛转黄金饰。文犀中断宁方利，骏马群騑未拟直。风霜凛凛匣上清，精气遥遥斗间明。避灾朝穿晋帝屋，逃乱夜入楚王城。一朝运偶逢大仙，虎吼龙鸣腾上天。东皇提升紫微座，西皇佩下赤城田。承平久息干戈事，侥幸得充文武备。除灾避患宜君王，益寿延龄后天地。②

《全唐诗》卷六六录郭震《古剑篇》（一作《宝剑篇》）。郭震小传云："郭震，字元振。……武后诏欲诘，既与语，奇之。索所为文章，上《宝剑篇》。后览嘉叹……"李峤当是见到郭元振之诗后有感而作。

君不见昆吾铁冶飞炎烟，红光紫气俱赫然。良工锻炼凡几年，铸得宝剑名龙泉。龙泉颜色如霜雪，良工咨嗟叹奇绝。琉璃玉匣吐莲花，错镂金环映明月。正逢天下无风尘，幸得周防君子身。精光黯黯青蛇色，文章片片绿龟鳞。非直结交游侠子，亦曾亲近英雄人。何言中路遭弃捐，零落漂沦古狱边。虽复尘埋无所用，犹能夜夜气冲天。③

对比两者不难发现，郭诗形式上除首句外为七言，三次换韵，语言很通俗，很少对仗，内容上重在强调宝剑遇英雄，可以建功立业，即使不见用，绝不会被埋没，亦可气势冲天；李诗不仅句式参差，也多次换韵，诗中多用典故，对仗

① 《李峤诗注　苏味道诗注》，第127页。

② 《李峤诗注　苏味道诗注》，第27页。

③ 《全唐诗》，第753页。

工整，先写铸剑的不同寻常，再对宝剑做精细生动的描绘，显示其不凡，“一朝运偶逢大仙，虎吼龙鸣腾上天”将诗推向高潮，豪情满怀，有着对建功立业的渴望与热情，整首诗气韵流畅，唯结尾四句流于颂德，使其思想内涵大打折扣。

李峤《中秋月二首》，为五绝，小巧而精致：

盈缺青冥外，东风万古吹。何人种丹桂，不长出轮枝。

圆魄上寒空，皆言四海同。安知千里外，不有雨兼风。①

中秋之月一向容易引人遐想，寄托无尽情感。李峤两首诗其一见月遥想，既有空间上的广阔境界，又有时间上的亘古之思，想象奇特——不知何人月中种桂，竟未长出月轮？其二则隐含牵挂——千里之外，是否晴朗依然？这里既是对自然的思考，又有人事的感慨，20字的绝句，却有着极为丰富的内涵。与杂咏诗中《月》的典丽庄重风格迥异。

四、李峤咏物诗的继承与影响

清代俞琰《咏物诗选·自序》中说：“诗也者，发于志而实感于物者也。诗感于物而其体物者，不可以不工；状物者，不可以不切，于是，有咏物一体，以穷物之情，尽物之态，而诗学之要，莫先于咏物矣。”② 李峤的大多数咏物诗尤其杂咏并不精于状物、工于体悟，其侧重点在于形式的程式化和典故的运用，其目的在于为学诗者提供可以借鉴学习的五律创作范式。盖因“诗学之要，莫先于咏物矣”，因而其在文学史上的地位价值应当予以肯定。

（一）对前人之继承与发展

通过以上对李峤咏物诗，尤其杂咏的研究分析，笔者可以有如下结论：

首先，李峤拓宽了咏物诗吟咏对象的范围，所咏之物涉及天象、建筑、动物、植物、人事生活诸多方面，已经远远超越了南北朝与初唐前期，客观上在努力摆脱宫廷诗以器物甚至女性为吟咏对象的无聊状态。这一点堪称进步。

其次，艺术手法上既未完全摆脱南朝遗风，又可寻到盛唐气息。杂咏诗堆垛典故，务求精丽；杂咏之外，语言凝练，诗境开阔，想象奇特丰富，尽管数

① 《李峤诗注　苏味道诗注》，第122页。

② 《咏物诗选》，第2页。

量不多，却颇有气势，亦显性情。

（二）李峤咏物诗对后世的影响

李峤咏物诗尤其杂咏诗，在李峤诗作当中影响最为深远。

前文已述，最晚在天宝年间，李峤杂咏就有了张庭芳注本流传于世，并且很快漂洋过海，成为日本平安时代重要的蒙学读本，以致“皇朝中叶甚喜此诗，家传户诵，至使童蒙受句读者亦必熟背焉”①。至清代更是由天瀑山人整理成为《佚存丛书》本传世，弥补国内文献散失之缺憾。

《后村诗话》曰：“鹤相在海外，效唐李峤为单题诗，一句一诗，凡一百二十篇，寄洛中子孙，名《青矜集》……且篇篇用李韵。”可知，后世仿李峤杂咏之作亦有教育启蒙作用，也据此可知李峤咏物诗对后世影响。

李峤杂咏于后世的影响还表现在选家的重视方面。如清代俞琰《咏物诗选》为重要的咏物诗选本，“爰取名家诸集及选本，而手录之，断自六朝，至于明季，集分八卷，诗逾千篇”（《咏物诗选·自序》）。其中，共选入李峤咏物诗58首，且该书具体分为天部、地部等，亦直接受李峤《杂咏诗》体例启发。其选李峤诗情况见下表②：

表4-1 俞琰《咏物诗选》选李峤诗情况

卷	部	入选篇目
卷一	天部	《日》《风》《雨》《露》
卷二	地部	《城》《市》《道》
	山部	《山》
卷三	居处部	《门》《楼》《宅》《奉和幸韦嗣立山庄应制》
卷四	文部	《经》《纸》
	武部	《弓》《箭》《弩》《弹》《刀》《剑》《戈》《旌》《旗》
卷五	乐部	《歌》《舞》《钟》《鼓》《筝》
	器用部	《车》《舟》《帷》《帘》《扇》《床》《席》

① 《佚存丛书》本《李峤杂咏》，国家图书馆藏。

② 引文及选诗情况见《咏物诗选》。

续表

卷	部	入选篇目
卷六	玉帛部	《玉》《珠》《金》《银》《绫》《罗》《被》
	饮食部	《侍宴甘泉殿》
	果部	《李》《桃》《菱》
卷七	花部	《桂》
	木部	《桐》
卷八	禽部	《凤》《鹤》《雉》《乌》《雀》
	兽部	《麟》《豹》《熊》《牛》《羊》

李峤咏物诗，上承齐梁咏物之传统，下启盛唐恢宏之气势，为李峤确立了其在初唐文坛重要的地位。

第二节 "满身是富贵气色"之应制诗研究

除了咏物诗，李峤还有40余首应制诗，约占其诗作的20%。这一部分诗歌作品既为李峤于武后、中宗朝赢得声誉及地位，同时也为其招致后世诸多非议。这一方面固然或多或少与中国古代知识分子历来崇尚"不为五斗米折腰"之遗世独立的精神有关，毕竟，应制诗的内容似乎总离不开歌功颂德，难免对帝王极尽阿谀之能事，所谓"近世应制，争献谀词，褒日月而誉天地，唯恐不至。古者赓载相戒之风，于是扫地矣"①；另一方面，当与应制诗程式化的体制结构不无关系，所谓"命题即同，体制复一，其绮绘有余，而微乏韵度"②。

一、应制诗概述

最初，制与诏均指帝王之命令，《礼记・曲礼下》有"国君死社稷，大夫死众，士死制"之说，郑玄注曰"制，谓君教令，所使为之"③。《史记・秦始皇本

① [宋] 吴聿：《观林诗话》，文渊阁四库全书本，台湾商务印书馆1986年版，第1480册，第3页。

② [明] 杨慎著，王仲镛笺证：《升庵诗话笺证》，上海古籍出版社1987年版，第307页。

③ [汉] 郑玄注，[唐] 孔颖达疏：《礼记正义》，北京大学出版社2000年版，第142页。

纪》则有“臣等昧死上尊号，王为‘泰皇’。命为‘制’，令为‘诏’，天子自称曰‘朕’”① 之记载，可见秦代已称天子之命令为诏制。武则天主政时期，为避讳，改“诏”为“制”，据《资治通鉴》载“太后自名曌，改诏曰制”②，《唐会要》亦称“旧制，册书诏敕总名曰诏，天授元年避讳，改诏曰制”③。自此，“应制”一词便常见于这一类诗歌题目之中，一直沿用至后世。

所谓应制诗，就是应帝王之命令而作的诗，一般于诗的题目中就已注明“应制”之类。具体说虽然统称为应制诗，又有“应制”“应教”“应令”之别：“魏晋以来，人臣于文字间有属和，于天子曰应诏，于太子曰应令，于王曰应教。”④

> 应制诗虽盛于唐实起于汉魏，武帝《柏梁台》肇开君臣唱和之端，曹植《应诏诗》始备阙庭进献之体，……应制诗唯唐为盛。⑤

一般将汉武帝“柏梁台”联句视为“君臣唱和”之开端，然而其仅为君臣联句，而非真正意义上的应制诗。曹植《应诏诗》也仅为有“应诏”之名的献诗。真正的应制诗则肇始于东汉建安末年曹丕邺下文人雅集时创作的一组公宴诗。⑥

迨至初唐，应制诗早已发展成熟且极为繁盛。据学者统计，自东汉建安末年应制诗产生到隋代，共有应制诗作 481 首，而仅有唐一代就有 750 首之多。⑦确实“唯唐为盛”。

在唐初应制诗极为发达的大背景之下，作为武后、中宗朝台阁重臣，加上其文馆学士的身份，李峤自然会有许多扈从的机会，于是，留下了 40 余首应制之作，其中，标明“奉教”之诗 11 首。

---

① ［汉］司马迁：《史记》，中华书局 1959 年版，第 236 页。

② 《资治通鉴》，卷二百四，第 6463 页。

③ 《唐会要》，第 932 页。

④ ［清］吴景旭：《历代诗话》，中华书局 1958 年版，第 532 页。

⑤ ［明］吴汶、吴英辑：《历朝应制诗选》，故宫博物院编“故宫珍本丛刊”第 609 册，海南出版社 2000 年版，第 127 页。

⑥ 参见程建虎：《中古应制诗的双重观照》，人民出版社 2010 年版，第 165—173 页。

⑦ 参见《中古应制诗的双重观照》，第 3 页。

二、李峤应制诗的思想内容

应制诗多为朝廷有重要活动之时君臣的即兴创作，因而往往与节日庆典、皇室婚姻、君主临幸游赏、宴饮等事相关。大唐王朝发展至李峤活跃于文坛的武后、中宗时代，域内海外相对安定，国力逐渐强盛，女主武则天为巩固自己的地位，有意削弱关陇集团势力，于诛杀异己之外，又很注重网罗人才，在其主政期间，以文章擢拔寒士和山东士族中的佼佼者，并且，武后自己也“颇涉文史，好雕虫之艺”①，加之她喜欢夸饰其“革命”之功，因而形成了以歌功颂德为主流的宫廷创作之风。而武后后期以及进入中宗朝，君臣出游、宴饮娱乐蔚然成风，“在这样的文艺空气中产生出来的应制诗，也因为‘忘君臣礼法’而省去了许多呆板凝重的颂圣之词，风格普遍转为轻松”②。李峤流传于后世的应制诗，有 4 首作于武后朝，有 20 多首作于中宗时期，另有 10 首题为《×月奉教作》。其诗多以歌功颂德为主要内容，往往脱离现实生活，很少为历代学者所关注，然而毕竟从某些侧面或多或少对那个时期的历史事件、宫廷生活有所反应，并非一味颂德而再无是处。李峤应制诗的内容主要有以下几个方面：

（一）10 首题为《×月奉教作》的应制诗

《全唐诗》卷五八录有李峤 10 首题为《×月奉教作》的应制诗作，除一月、七月之外于每一月均有所歌咏。因应制诗“于王曰应教”，故其当为应某位亲王之命所作。其创作时间无确切史料可考，陈冠明先生在其《苏味道　李峤年谱》中，将这些诗系于高宗仪凤三年（678），并认为李峤彼时当在英王府任僚属职务，“时诸王好诗者，当数英王哲（即中宗）”③。李峤是否曾于英王府任职，史籍无载，此说尚有待于进一步考证。

李峤这 10 首应制之作皆为五言八句体，有 5 首合于粘式律，另有 5 首失粘或失对。其内容则以描绘不同时节景物为主，体物写景讲究技巧，语言藻丽，属意于对仗，但格调不是很高，思想上无太多可取之处，历来少有学者关注，评价不高。“他的十余首按照节令月份排列的《×月奉教作》等，都是应制诗的

---

① ［唐］沈既济：《词科论》，见李昉等编《文苑英华》卷七百五十九，第 3974 页。

② 葛晓音：《诗国高潮与盛唐文化》，北京大学出版社 1998 年版，第 35 页。

③ 《苏味道　李峤年谱》，第 99 页。

不同表现形式，不过小弄巧笔，无大意义。”① 然纵观其中，亦不乏精致之句，如“叶暗庭帏满，花残院锦疏”（《四月奉教作》），“柳陌莺初啭，梅梁燕始归”（《二月奉教作》）云云。这一组诗实际上是属于“奉教”对某月的景色特点进行描绘的应制之作，或产生于某种特定场合，或缘于某种特定写作目的，并且，如若将其置于初唐齐梁遗风尚未彻底改观的大背景之下，我们也就不必对其过于苛责了。

（二）特定事件中为君主颂德之诗作

《旧唐书·则天皇后本纪》载：“载初元年……九月九日壬午，革唐命，改国号为周。”② 尽管早在高宗时期，政权已实际掌握在武氏手中，而自此才真正进入武氏直接执掌政权时期。李峤共有 5 首应制诗创作于这一阶段，为某些特定历史事件中替君主歌功颂德之作，即《皇帝上礼抚事述怀》《奉和拜洛应制》《奉和天枢成宴夷夏群僚应制》《扈从还洛呈侍从群官》《石淙》。

这其中，武后朝著名的“天枢”事件，为李峤彰显自己诗文才华提供了一次极佳的机会，《全唐诗》卷六一《奉和天枢成宴夷夏群僚应制》诗题之下有云：

> 《唐新语》云：“长寿中，则天征天下铜铁，于定鼎门内铸八棱铜柱，高九十尺，径一丈二尺。题曰大周万国述德天枢，纪革命之功，贬唐家之德。天枢下置铁山，铁龙负载，狮子麒麟围绕，上有云盖，盖上施盘龙以托火珠，高一丈，围三尺，金彩荧煌，光侔日月。武三思为其文，朝士献诗者不可胜纪。唯峤诗冠绝当时。”③

《全唐诗》所引注明出自《唐新语》，也即《大唐新语》。《大唐新语》卷八《文章》十八有更为详尽记载，包括“天枢”之铸成、李峤的献诗与“天枢”被毁、洛阳尉李休烈的《咏毁天枢》（又作《咏铜柱》）诗。

---

① 《唐代文学史》，第 147 页。

② 《旧唐书》，第 121 页。

③ 《全唐诗》，第 723 页。

李峤少负才华，代传儒学，累官成均祭酒、吏部尚书，三知政事，封郑国公。长寿三年，则天征天下铜五十万余斤，铁三百三十余万，钱两万七千贯，于定鼎门内铸八棱铜柱，……开元初，诏毁天枢，发卒销烁，弥月不尽。洛阳尉李休烈赋诗以咏之曰："天门街里倒天枢，火急先须御火珠。计合一条丝线挽，何劳两县索人夫。"先有讹言云："一条线挽天枢。"言其不经久也。故休烈之诗及之。士庶莫不讽咏。天枢之地，韦庶人继造一台，先此毁折。①

《资治通鉴》卷二〇五"唐纪二十一·天册万岁元年"对此亦有记载。②

检索《全唐诗》，再没有其他诗人同题诗作留存，也就无从知道当时献诗的情况以及为什么"朝士献诗者不可胜纪"而唯独李峤诗"冠绝当时"，我们来看看李峤这首《奉和天枢成宴夷夏群僚应制》诗：

辙迹光西崦，勋庸纪北燕。何如万方会，颂德九门前。
灼灼临黄道，迢迢入紫烟。仙盘正下露，高柱欲承天。
山类丛云起，珠疑大火悬。声流尘作劫，业固海成田。
帝泽倾尧酒，宸歌掩舜弦。欣逢下生日，还睹上皇年。③

全诗先用对比，意在说明往昔周穆王周游、窦宪勒石纪功都无法与而今"天枢"之盛况相比，继而状写天枢的高大宏伟，更是借助仙人及古代圣君尧舜，对武后极尽赞美。武后一向喜欢铺张，好以宏大壮阔之场景夸饰其功德，执政期间屡屡大兴土木，铸九鼎、建天枢、造大像、修明堂……李峤这首诗无疑正投其所好。由以上史料记载以及李峤之诗作，我们能够感受到"天枢"铸成之日的空前盛况。

彼时李峤刚因狄仁杰案之风波出为润州司马被召回不久，任职凤阁舍人，其为武氏歌功颂德，或因颇受重用而感其知遇之恩，或因宦海沉浮而力求自保，

① 《大唐新语》，第 126 页。

② 参见《资治通鉴》，第 6502—6503 页。

③ 《李峤诗注　苏味道诗注》，第 23 页。

或因大环境使然，总之，诗写得大气而有文采，较同时代很多只顾堆砌辞藻而忽略艺术手法的颂美之作稍显出色，故能得到武后赏识，“冠绝当时”。现在看来，仅依史料所载，这个颂德的“天枢”就足够宏伟壮观。只是因为其为武三思所为且有黜唐颂周之目的，又劳民伤财，至开元之初即被“诏毁”，当时喧闹一时，似乎不同凡响，群臣纷纷献诗助兴表忠心，今天看来，却更像是一出闹剧了。

《奉和拜洛应制》作于垂拱四年（688）武则天拜洛水受所谓“宝图”之时。是年四月，雍州永安人唐同泰献“瑞石”，谎称获之于洛水，十二月，武后拜洛受图。《新传》曰：“武后时，汜水获瑞石，峤为御史，上《皇符》一篇，为世讥薄。”① 盖即指此。“汜水”当为“洛水”之误。《全唐文》卷二百四十三有李峤《为百僚贺瑞石表》，其中有：

> 伏见雍州永安县人唐同泰，于洛水中得瑞石一枚，上有紫脉成文，曰“圣母临人 永昌帝业”八字。臣等抃窥灵迹，骇瞩珍图，俯仰殊观，相趋动色。窃唯圣德奉天，递为先后，神道助教，相因发明。陛下对越昭外，钦若扶揖，允塞人祇之望，实当天地之心，所以幽赞嘉兆，傍通景贶。且人称同泰，县实永安，姓氏将国号元符，土地与石文明应，表里潜会，枢机冥发，明宴坐之逾昌，验皇基之永泰，则自然之无联，不测之谓神。②

《旧唐书》卷六《本纪》第六《则天皇后》③、《资治通鉴》卷二百四《唐纪》二十④、《朝野佥载》卷三⑤等均对唐同泰献瑞石及武后拜洛之事有载，而尤以《资治通鉴》最详。《全唐诗》卷六五录有苏味道、卷九九录有牛凤及《奉和受图温洛应制》各一首⑥，当为同时应制之作，可互相比照。李峤《奉和拜洛应制》（《全唐诗》题下注“一作受图温洛”），诗云：

---

① 《新唐书》，第 4371 页。

② 《全唐文》，第 1035 页。

③ 参见《旧唐书》，第 119 页。

④ 参见《资治通鉴》，第 6448、6554 页。

⑤ 参见《隋唐嘉话 朝野佥载》，第 248 页。

⑥ 参见《全唐诗》，第 751、1068 页。

> 七萃銮舆动，千年瑞检开。文如龟负出，图似凤衔来。殷荐三神享，明禋万国陪。周旗黄鸟集，汉幄紫云回。日暮钩陈转，清歌上帝台。①

诗先写武氏出行禁军精锐，继而渲染所谓宝图的神奇与祥瑞，祭祀仪式的虔诚与庄重，最后以时间推移结束。诗中用武王伐纣时天赐黄鸟之旗、汉高祖隐于芒砀时上有紫气萦回等典故迎合武则天拜洛事，有明显的阿谀之意。全诗境界开阔，落笔颇有气势，能契合武后好大喜功、喜夸饰铺张的心理，于思想内容上实在无太多可取之处，然可窥见当时的气派与奢华，可以帮助我们从另外角度去认识那个特定时代。

《皇帝上（一作丘）礼抚事述怀》一诗，徐定祥先生系其诗于天授二年（691）②，《文苑英华》于卷一六七《帝德》收录此诗，同时录陈子昂《奉和皇帝上礼抚事述怀》③。陈子昂诗亦见录于《全唐诗》卷八四，作《奉和皇帝上（一作丘）礼抚事述怀应制》④。李峤此诗属于典型的为皇帝（这里当指武则天）唱赞歌的述德之作。应创作于同一时间的陈子昂诗，则曰："承平信娱乐，土业本艰辛。愿罢瑶池宴，来观农扈春。卑宫昭夏德，尊老睦尧亲。"⑤ 于歌颂同时予以温柔敦厚的劝谏。

《扈从还洛呈侍从群官》（《英华》作《扈从还洛呈侍从群臣》）作于长安三年（703）十月武则天自长安回洛阳李峤随侍之时，为五言二十五韵长诗。全诗层次分明，脉络清晰，首两句点明"还洛"主题，"四海帝王家，两都周汉室"；接着极力铺写武后出行仪仗之威武，赞颂武后之英明、扈从之不凡；最后以自谦之词收束全篇，"叨承廊庙选，谬齿夔龙弼。喜构大厦成，惭非栋隆吉"⑥。诗写得气势壮阔，雍容大气。

---

① 《李峤诗注　苏味道诗注》，第 18 页。

② 参见《李峤诗注　苏味道诗注》，第 20—21 页。

③ 参见《文苑英华》，第 801 页。

④ 《全唐诗》，第 908 页。

⑤ 《全唐诗》，第 908 页。

⑥ 《全唐诗》，第 688 页。

（三）扈从游幸寺院、宫苑、公主大臣山庄别业，侍宴或赏景应制的诗作

此类诗数量最多，除作于武后朝后期的《石淙》外，绝大多数为中宗时所作。前文已论及，此阶段宫廷诗创作之风气逐渐由颂德转为娱乐。主要原因是中宗李显不仅喜欢流连于宫苑楼台，还热衷于临幸公主大臣们的宅邸，甚至频繁游幸寺院、道观。《唐诗纪事》于卷九“李适”条下有这样的记载，可窥见当时情况：

> 初，中宗景龙二年，始于修文馆置大学士四员，学士八员，直学士十二员，象四时、八节、十二月。于是李峤、宗楚客、赵彦昭、韦嗣立为大学士，适、刘宪、崔湜、郑愔、卢藏用、李乂、岑羲、刘子玄为学士，薛稷、马怀素、宋之问、武平一、杜审言、沈佺期、阎朝隐、韦安石为直学士，又召徐坚、韦元旦、徐彦伯、刘允济等满员，其后被选者不一。凡天子飨会游豫，唯宰相、直学士得从，春幸梨园并渭水祓除，则赐柳圈辟疠；夏宴蒲萄园，赐朱樱；秋登慈恩浮图，献菊花酒称寿；冬幸新丰，历白鹿观，上骊山，赐浴汤池，给香粉兰泽。从行给翔麟马、品官黄衣各一。帝有所感，即赋诗，学士皆属和，当时人所钦慕。然皆狎猥佻佞，忘君臣礼法，唯以文华取幸。若韦元旦、刘允济、沈佺期、宋之问、阎朝隐等，无它称。①

这些所谓的“学士”，便是典型的御用文臣，他们与中宗李显、昭容上官氏等君臣宴饮游乐，唱和应制，非常活跃。这其中，李峤为“修文馆大学士四员”之一，当然多有扈从巡幸游乐机会，创作了许多应制诗。由于是以君臣娱乐消遣为目的，其与当时“狎猥佻佞，忘君臣礼法”的风气相一致，诗风普遍较为轻松。这类应制诗大致有以下三方面内容：

1. 扈从游幸佛寺、道观之应制诗

中宗复位之后，不仅如其前几代君主那样好兴佛建寺，而且常常热衷于游幸佛寺道观，仅仅《唐诗纪事》卷九“李适”条所载景龙二年（708）九月至十二月间，就先后四次游历了慈恩寺塔、总持寺、三会寺以及荐福寺：

---

① 《唐诗纪事》，第113—114页。

(景龙)二年……九月，幸慈恩寺塔，上官氏献诗，群臣并赋。闰九月，幸总持寺，登浮图，李峤等献诗。十月三日，幸三会寺。……十二月六日，上幸荐福寺，……①

据学者统计，仅上述这段时间就先后有28人参与，共有唱和应制游佛寺诗达45首②，其规模与数量堪称史无前例。李峤皆扈从并留下了应制诗作，加上景龙三年(709)十二月十二日游白鹿观，李峤此类诗共计5首，即《和九月九日登慈恩寺浮图应制》《闰九月九日幸总持寺登浮图应制》《奉和幸三会寺应制》《奉和幸大荐福寺应制》《幸白鹿观应制》。

李峤这5首扈从游佛寺、道观的诗，普遍采用较为程式化的结构模式，正如宇文所安《初唐诗》所概括的："首先是开头部分，通常用两句诗介绍事件。接着是可延伸的中间部分，由描写对偶句组成。最后部分是诗篇的'旨意'，或是个人愿望、感情的插入，或是巧妙的主意，或是某种使前面的描写顿生光彩的结论。有时结尾两句仅描写事件的结束。"③ 我们选择其中两首细细品味，就不难发现这个特点：

瑞塔千寻起，仙舆九日来。萸房陈宝席，菊蕊散花台。
御气鹏霄近，升高凤野开。天歌将梵乐，空里共裴回。④
——《奉和九月九日登慈恩寺浮图应制》

雁沼开香域，鹦林降彩旃。还窥图凤宇，更坐跃龙川。
桂舆朝群辟，兰宫列四禅。半空银阁断，分砌宝绳连。
甘雨苏燋泽，慈云动沛篇。独惭贤作砺，空喜福成田。⑤
——《奉和幸大荐福寺应制》(寺即中宗旧宅)

① 《唐诗纪事》，第114—115页。

② 参见罗宁：《唐代景龙二年游幸佛寺应制诗考论》，《首届长安佛教国际学术研讨会论文集》，陕西师范大学出版社2010年版。

③ [美]宇文所安著，贾晋华译：《初唐诗》，生活·读书·新知三联书店2004年版，第184页。

④ 《李峤诗注 苏味道诗注》，第47页。

⑤ 《李峤诗注 苏味道诗注》，第51页。

两首诗开篇即点明是陪同皇帝游寺院，所谓“瑞塔千寻起，仙舆九日来”“雁沼开香域，鹦林降彩斿”；中间几句写游历所见，既选择与当时节令相关的意象，又不忘记特定的寺院景物描写；《奉和九月九日登慈恩寺浮图应制》最后两句，是对前面描写的升华，寄托诗人美好愿望，天歌梵乐回荡美好与和谐，而《奉和幸大荐福寺应制》结尾则曲折表达自己既荣幸又诚惶诚恐于受到如此福报的心境。

因为是游寺院或道观，诗中便很应景地嵌入了佛道思想或者与佛道有关的语汇，诸如“瑞塔”“梵乐”“香域”“鹦林”“宝绳”“福田”“大千”“幡虹”“十地”等。正如胡震亨所说：“诗家拈教乘中题，当即用教乘中语义，旁撷外典补凑，便非当行。”① 这既是深受当时大环境的影响，又体现了作者一定的佛学造诣。

2. 侍宴应制诗

上文所引《唐诗纪事》卷九“李适”条中那段曾被广为引用的有关中宗君臣游乐情况的记载，列出了中宗景龙二年到景龙四年间君臣 40 余次游乐活动，其中即有各种名目的宴饮活动。作为近臣，又是所谓大学士，李峤侍宴的机会自然很多，其应制诗中有很多侍宴之作，如《春日侍宴幸芙蓉园应制》《中宗降诞日长宁公主满月侍宴应制》《人日重宴大明宫恩赐彩楼人应制》《七言侍宴桃花园咏桃花应制》《侍宴安乐公主庄应制》《侍宴长宁公主东庄应制》《奉和七夕两仪殿会宴应制》《甘露殿侍宴应制》等。这些诗虽为“侍宴应制”，却多与宴会并不相关，其侧重点在与此次宴饮有关的事情上，例如节庆活动、游赏等，如《中宗降诞日长宁公主满月侍宴应制》重点在中宗“降诞日”与长宁公主生子满月“仙凤养雏年”；而《七言侍宴桃花园咏桃花应制》则主要在咏桃花。即使写宴会，至多极力描写出宴会环境的与众不同，最后不过“承恩咸已醉”罢了，诗仍以颂圣为要旨，满篇皇家气派，金玉祥瑞，最后谦恭却欣然地表达着自己逢盛世明主无比荣幸或者极其惶恐的情感。

3. 扈从巡游宫苑亭阁、大臣公主山庄别业之应制诗

武后后期至中宗朝，君臣游乐，或游宫苑亭阁，或幸公主大臣山庄别业，

---

① ［明］胡震亨：《唐音癸签》，上海古籍出版社 1981 年版，第 35 页。

李峤扈从游幸，亦留下不少应制诗作，此类诗如作于武后时期的《石淙》及中宗时期的《奉和登骊山高顶寓目应制》《奉和春日游苑喜雨应诏》《奉和人日清晖阁宴群臣遇雪应制》《游禁苑幸临渭亭遇雪应制》《奉和游苑遇雪应制》《奉和幸长安故城未央宫应制》《奉和幸韦嗣立山庄侍宴应制》《上又制七言绝句侍臣皆和》《奉和初春幸太平公主南庄应制》等。因为是游山玩水，风格普遍轻松活泼许多，注重写景，少了很多凝重与富丽之气。

这其中唯《石淙》作于武后时期。《全唐诗》卷四六狄仁杰《奉和圣制夏日游石淙山》于题下有云：

> 石淙山，在今河南登封县东南三十里，有天后及群臣侍宴诗并序刻北崖上。其序云："石淙者，即平乐涧。其诗天后自制七言一首，侍游应制皇太子显、右奉裕率兼检校安北大都护相王旦、太子宾客上柱国梁王三思、内史狄仁杰、奉宸令张易之、麟台监中山县开国男张昌宗、鸾台侍郎李峤、凤阁侍郎苏味道、夏官侍郎姚元崇、给事中阎朝隐、凤阁舍人崔融、奉宸大夫汾阴县开国男薛耀、守给事中徐彦伯、右玉钤卫郎将左奉宸内供奉杨敬述、司封员外于季子、通事舍人沈佺期各七言一首，薛耀奉敕正书刻石，时久视元年五月十九日也。"按此事新旧《唐书》俱未之载，世所传诗，亦缺而不全，今从碑刻补入各集中。①

童养年《全唐诗续补遗》卷一收录武曌《则天皇后诗序》云："……当使人题彩翰，各写琼篇，庶无滞于幽栖，冀不孤于泉石。各题四韵，咸赋七言。"② 可见所有应制者均作七言四韵。武则天诗见《全唐诗》卷五③，余者散见于各卷中。李峤这首诗音韵和谐，对仗工整，写出了石淙一带的景色，却也忘不了加入一些切合场景的"羽盖龙旗"之类意象，使我们寻到些应制诗的影子。

李峤这一类应制诗，首先于内容上多有强调所游之地因君王临幸而颇与众不同，在词语意象的选择上及意境的营造上都很用心。例如说韦嗣立的山庄是

---

① 《全唐诗》，第 558 页。

② 《全唐诗》，第 10595 页。

③ 参见《全唐诗》，第 68 页。

“南洛师臣契，东岩王佐居”，正所谓“见庄非常境，幸非常事也”[1]。同时，由于优美的自然景物的感召，或是山水之美与诗人情怀产生共鸣，李峤的这些诗虽为应制，却褪去了以往过于典重富丽的色彩，显得清新优美了许多，甚至有的诗句多了些许灵动之气，如“鸟和百籁疑调管，花发千岩似画屏”（《石淙》）[2] 及“不能落后争飞絮，故欲迎前赛早梅”[3]（《游苑遇雪应制》），这一点深受南朝山水诗的影响，且与当时“忘君臣礼法”的整体风气有关。

（四）奉旨送别饯行之诗

在李峤应制诗中，有 3 首为奉旨送行之作，即《奉和送金城公主适西蕃应制》《送沙门弘景道俊玄奘还荆州应制》《奉和幸望春宫送朔方总管张仁亶》。其中，《奉和送金城公主适西蕃应制》，沈德潜评曰：“公主和蕃，极辱国事。虽奉诏作，亦带讽谏，此立言之体也。”[4] 诗云：

> 汉帝抚戎臣，丝言命锦轮。还将弄机女，远嫁织皮人。
> 曲怨关山月，妆消道路尘。所嗟秾李树，空对小榆春。[5]

《唐诗纪事》卷九“李适”条下载：“（景龙）四年……二月一日，送金城公主。”[6] 金城公主与吐蕃和亲《旧唐书・中宗纪》[7]、《资治通鉴》卷二百九[8]等史籍均有记载。检视《全唐诗》，同时应制者尚有刘宪、崔湜、张说、马怀素、苏颋等 18 人 17 首诗（崔日用与赵彦昭之诗重出），这些诗或赞君主多么英明，或写圣上眷念公主更体恤黎庶，或书公主远嫁后思念故园亲人之情，唯独峤诗，显然表达了自己并不赞成和亲的想法。长期受儒家正统思想影响，李峤固守着

---

① 吴郡王尧衢笺注：《唐诗合解》，光绪壬辰江西两仪堂刊，雍正壬子自序。

② 《李峤诗注　苏味道诗注》，第 30 页。

③ 《李峤诗注　苏味道诗注》，第 123 页。

④ ［清］沈德潜选注：《唐诗别裁集》，上海古籍出版社 1979 年版，第 300 页。

⑤ 《李峤诗注　苏味道诗注》，第 75 页。

⑥ 《唐诗纪事》，第 115 页。据陈冠明《年谱》考证，送公主之日当在是年正月二十九，见《苏味道　李峤年谱》第 199 页。甚为合理，今从之说。

⑦ 《旧唐书》，第 149 页。

⑧ 《资治通鉴》，第 6639 页。

汉家大国的观念和对蛮夷的轻视，“还将弄机女，远嫁织皮人”，于是，“曲怨关山月，妆消道路尘”，流露出明显的不满。这种情况在李峤的应制诗中实在是绝无仅有的。

另外两首一为送三位僧徒，一为送将要戍边的将军：“（景龙）二月八日，送沙门玄奘等归荆州，李峤等赋诗……七月，幸望春宫，送朔方节度使张仁亶赴军。”① 其诗见下：

三乘归净域，万骑饯通庄。就日离亭近，弥天别路长。
荆南旋杖钵，渭北限津梁。何日纡真果，还来入帝乡。②

——《送沙门弘景道俊玄奘还荆州应制》

玉塞征骄子，金符命老臣。三军张武旆，万乘饯行轮。
猛气凌玄朔，崇恩降紫宸。投醪还结士，辞第本忘身。
露下鹰初击，风高雁欲宾。方销塞北祲，还靖漠南尘。③

——《奉和幸望春宫送朔方总管张仁亶》

虽为送行之作，却写得落落大方，只是些激励的话或者寄予美好愿望，愿三位沙门“何日纡真果，还来入帝乡”，愿张仁亶（即史载之张仁愿——笔者注）“方销塞北祲，还靖漠南尘”。或因为应制，这两首送别诗没有太多个人情感，更没有伤别离的黯然流露于字里行间，读来却颇有气势。

以上笔者对李峤应制诗的主要内容进行了大致的分析，武后、中宗一朝，李峤作为重要的文学侍从之臣，其应制诗当具代表性，其诗风格变化折射了这一时期大环境的悄然改变，也从某一侧面反映了当时的宫廷生活，或多或少可以帮助我们认识那段特定历史。

三、李峤应制诗的艺术成就

“（中宗景龙二年）夏，四月，癸未，置修文馆大学士四员，直学士八员，学士十二员，选公卿以下善为文者李峤等为之。每游幸禁苑，或宗戚宴集，学

① 《唐诗纪事》，第 114 页。

② 《全唐诗》，第 57 页。

③ 《李峤诗注　苏味道诗注》，第 60—61 页。

士无不毕从，赋诗属和，使上官昭容第其甲乙，优者赐金帛……"①（《资治通鉴》卷二百九《唐纪二十五》）这段记载与前文所引《唐诗纪事》"李适"条下内容互为补充，可以对当时君臣之间属和的情况有进一步了解。应制诗创作的主动权掌握在帝王方面，对于诗人而言，则属于即兴创作，往往在特定的场景之中限定了主题，甚至规定了韵脚并且带有竞赛性质，作诗既要迅速又要能获得君王赏识，且不能输给同僚贻人笑柄，这些无疑对写作者是一种考量。身为四大学士之一的李峤，与沈佺期、宋之问、崔融等皆名重于当时，属于较为年长者，其之于应制诗，既谙熟技法，又可于程式中有所发挥，在艺术上亦有其独特之处：

第一，在词语的选择运用上，李峤是非常用心的。比如，前文已论及的大量使用切合应制场景的特定语汇：扈从游幸佛寺，会有与佛教相关的诸如"福田""大千""梵乐"等语汇频繁出现；节日侍宴，会使用与节令有关的典故；游历宫苑山庄，又会使用一些专属于帝王的诸如"仙跸""仙舆""金凤"之类具有借代性质的词语，于是，这些所在因皇帝的驾临而与众不同；选择色彩，多见"金""紫"，营造环境，多用"紫烟""御气"；使用数量词，多用"千寻""百籁""九门"之类……这些词语的选择与运用，一方面给读者带来全新的审美感受，增强其形式美；另一方面，在其很多诗中这些词语被诗人信手拈来，并无过于堆砌之感。

第二，李峤的应制诗也很注重环境的渲染，也即有学者所谓"舞台美术效果和现场表演感"②。在诗人笔下，整个场景是开阔的，气势是不同凡俗的；色彩是斑斓的，"碧树青岑""朱楼画阁"；皇家仪仗威严气派，皇家园林犹如仙境，还有"玉弦""箫声"的声音描绘。这些诗基本都会在其中间部分极力渲染，把环境写得流光溢彩。应制诗固然属贵族文学范畴，往往满足了统治者好大喜功、追求奢华夸饰的心理，但也充分体现了作者的风格，陆时雍所言"李峤诗如富家子，金装玉相，满身是富贵气色"③，极是。

诚如韩愈所言："夫和平之音淡薄，而愁思之声要妙；欢愉之辞难工，而穷

---

① 《资治通鉴》，第 6622 页。

② 关于这一点，参见《中古应制诗的双重观照》，第 223—227 页。

③ ［明］陆时雍选评，任文京、赵东岚点校：《诗镜》，河北大学出版社 2010 年版，第 446 页。

苦之言易好也。”① 无论是“不平则鸣”还是“穷而后工”，身处于忧患之中的文人往往更能创作出震撼读者心灵的名篇佳句，而作为宫廷文臣的李峤，尽管其一生宦海沉浮，然其大多数时候还是生活于宫苑亭台之间，其应制诗是在扈从巡幸的过程中，在君臣一派和谐的氛围中创作的。因为是应制，要尽力去迎合主上心意，还必须开口祥瑞，闭口金玉，又要即兴创作，在内容和体制上都受到限制而无法尽情发挥，也谈不上或者说不可能有诗人个人情感的尽情流露。于是我们不得不承认，李峤的这些诗较之他那些非应制之作于思想艺术上都逊色了许多。然而作为一代“文章宿老”，李峤的应制诗还是有一定可取之处的，一方面如同风向标，折射了那个时代的宫廷政治社会生活；另一方面，其于应制之诗写作手法圆熟，诗歌意境壮阔，在初盛唐之际诗风嬗变的环节中具有不容忽视的意义。

第三节　李峤的边塞诗与送别诗

咏物及应制诗之外，李峤尚有 30 几首其他内容的诗作。离开宫廷应制这一藩篱的束缚，没有《杂咏诗》创作的目的与计划，李峤这些诗呈现出多姿多彩的风格，彰显了其才子本色，表现出其诗人性情。

一、内蕴丰富的边塞诗

任文京先生在其《中国古代边塞诗史（先秦—唐）》中对边塞诗是这样界定的：“一般来说，凡是反映和描写边地战争、边地风光、民族风情、诗人游边、送人出塞以及由边塞问题引发的社会问题等内容的诗歌，都可以视为边塞诗。”② 据此，笔者检视李峤现存诗作，其计有 8 首边塞诗传世，即作于其监军岭南，平邕、严二州之乱时的《早发苦竹馆》《安辑岭表事平罢归》《军师凯旋自邕州顺流舟中》，涉及西北战事的《奉使筑朔方六州城率尔而作》，送人出塞征戍的《奉和幸望春宫送朔方总管张仁亶》《送骆奉礼从军》《饯薛大夫护边》以及反映由边塞问题引发社会问题的《倡妇行》。算得上内蕴丰富，思想深刻。

---

① ［唐］韩愈撰，马其昶校注，马茂元整理：《韩昌黎文集校注》，上海古籍出版社 1986 年版，第 262 页。

② 任文京：《中国古代边塞诗史（先秦—唐）》，人民出版社 2010 年版，第 1 页。

（一）奉旨监军岭南

青年时代的李峤曾经有过军旅生活经历，这是他能创作出内蕴较为丰富的边塞诗的基础。《旧传》云："时岭南邕、严二州首领反叛，发兵讨击，高宗令峤往监军事。峤乃宣朝旨，特赦其罪，亲入獠洞以招谕之。叛者尽降，因罢兵而还，高宗甚嘉之。"①《新传》则稍简略："高宗击邕、严二州叛獠，诏监其军，峤入洞喻降之，由是罢兵。"② 《册府元龟》卷六五六《奉使部·招抚》所载略同。③

监军岭南，平邕、严二州之乱，亲入獠洞宣旨招降，这对于一个"弱冠擢进士第""举制策甲科"的文弱书生，无疑具有传奇色彩。然而如果将其置于初盛唐之际，国力强盛，士子自信心空前高涨，渴望建功立业，"宁为百夫长，胜作一书生"④（杨炯《从军行》）的大背景之下，结合诗人生长于赵郡，深受燕赵文化精神濡染浸润这一史实，李峤为何能有如此胆识，也就不难理解了。

检视唐代边塞诗，我们会发现，诗人笔下多为西北或北方边地风光以及塞北军戍生活，诸如"青海长云暗雪山，孤城遥望玉门关"⑤ （王昌龄《从军行》）；"大漠孤烟直，长河落日圆"⑥（王维《使至塞上》）；"轮台九月风夜吼，一川碎石大如斗，随风满地石乱走"⑦ （岑参《走马川行奉送出师西征》）；等等。这是因为唐代外患多来自西北突厥等部族，而李峤《早发苦竹馆》《安辑岭表事平罢归》《军师凯旋自邕州顺流舟中》三首诗，却是完全不同的边地景色。

邕州，据《元和郡县图志》卷第三十八《岭南道五》有："邕州，……古越地也，……贞观六年改为邕州，因州西南邕溪水为名。"⑧ 其大致在今天的广西南宁一带。⑨ 严州，《元和郡县图志》卷第三十七《岭南道四》："严州，……乾

---

① 《旧唐书》，第2993页。

② 《新唐书》，第4568页。

③ 参见《册府元龟》，第7863页。

④ 《全唐诗》，第615页。

⑤ 《全唐诗》，第1444页。

⑥ 《全唐诗》，第1279页。

⑦ 《全唐诗》，第2059页。

⑧ 《元和郡县图志》，第945页。

⑨ 参见史为乐主编：《中国历史地名大辞典》，中国社会科学出版社2005年版，第2263页。

封二年，于废昆州乐沙县置严州，……当桂州往邕州之路。在严冈之上，因为名。”① 大致在今广西来宾一带。② 大约在高宗仪凤四年、调露元年（679）或稍后，李峤奉旨前往邕州、严州一带监军平叛。于是，在其笔下，我们感受到了迥异于塞北的边地风光：

合沓岩嶂深，朦胧烟雾晓。荒阡下樵客，野猿惊山鸟。开门听潺湲，入径寻窈窕。栖鼯抱寒木，流萤飞暗筱。早霞稍霏霏，残月犹皎皎。行看远星稀，渐觉游氛少。我行抚轺传，兼得傍林沼。贪玩水石奇，不知川路渺。徒怜野心旷，讵恻浮年小。方解宠辱情，永托累尘表。③

——《早发苦竹馆》

陆时雍评此诗曰：“照出景色，大有作意。”④ 诗中南国清晨景色荒凉而清新，晨雾朦胧中，举目可见残月皎皎、远星稀疏，猿啼惊动了山鸟，林间栖鼯与流萤则以动衬静，更显出四周的静谧。这一切与大西北苦寒荒凉截然不同，但同样辛劳艰苦，“朝朝寒露多，夜夜征衣薄”，中原地区的人或更难适应，而且，这次监军的差事，李峤应是去了三年，所谓“六月飞鹏去，三年瑞雉来”⑤（《安辑岭表事平罢归》）。这其中，“乃宣朝旨，特赦其罪，亲入獠洞以招谕之”（《旧传》），只不过是李峤这段南方边塞生活的一个片断而已，但其恐绝非史籍中寥寥几笔那么简单。“叛者尽降”也只是在荒蛮之地辗转三年之后的最终结果，个中艰辛，诗人再无其他诗文传世，我们也只能从另外两首写在凯旋而归途中的诗作中略略体会一下罢了。

云端想京县，帝乡如可见。天涯望越台，海路几悠哉。六月飞鹏去，三年瑞雉来。境遥铜柱出，山险石门开。自我违瀍洛，瞻途屡挥霍。朝朝

① 《元和郡县图志》，第 927 页。

② 参见《中国历史地名大辞典》，第 1218 页。

③ 《李峤诗注　苏味道诗注》，第 17 页。

④ 《诗镜》，第 445 页。

⑤ 《李峤诗注　苏味道诗注》，第 11 页。

寒露多，夜夜征衣薄。白简承朝宪，朱方抚夷落。既弘天覆广，且谕皇恩博。皇恩溢外区，憬俗咏来苏。声朔臣天子，坛场拜老夫。绛宫韬将略，黄石寝兵符。返旆收龙虎，空营集鸟乌。日落澄氛霭，凭高视襟带。东瓯抗于越，南斗临吴会。春色绕边陲，飞花出荒外。卉服纷如积，长川思游客。风生丹桂晚，云起苍梧夕。去舳舣清江，归轩趋紫陌。衣裳会百蛮，琛赆委重关。不学金刀使，空持宝剑还。①

——《安辑岭表事平罢归》

鸣鞭入嶂口，泛舸历川湄。尚想江陵阵，犹疑下濑师。岸回帆影疾，风逆鼓声迟。萍叶沾兰桨，林花拂桂旗。弓鸣苍隼落，剑动白猿悲。芳树吟羌管，幽篁入楚词。全军多胜策，无战在明时。寄谢山东妙，长缨徒自期。②

——《军师凯旋自邕州顺流舟中》

"春色绕边陲，飞花出荒外"（《安辑岭表事平罢归》），"鸣鞭入嶂口，泛舸历川湄"（《军师凯旋自邕州顺流舟中》），军队凯旋显然是在初春，所见皆为南国特有水光山色，我们可以感受到诗人洋溢在字里行间的愉悦的情怀。两首诗写得典雅华丽，属意对仗用典，李峤诗风此时已初见端倪。

（二）送友人或同僚戍边

送人出塞戍边，既是边塞诗又具送别诗特色，多于依依惜别之外鼓励友人建功立业，频传捷报。李峤这一类诗亦是如此，《奉和幸望春宫送朔方总管张仁亶》为应制送别张仁愿（为避睿宗之讳，张仁亶改名仁愿）之作，已见于前论，另两首为《送骆奉礼从军》和《饯薛大夫护边》：

玉塞边烽举，金坛庙略申。羽书资锐笔，戎幕引英宾。
剑动三军气，衣飘万里尘。琴尊留别赏，风景惜离晨。
笛梅含晚吹，营柳带余春。希君勒石返，歌舞入城闉。

——《送骆奉礼从军》

① 《李峤诗注　苏味道诗注》，第 11 页。

② 《李峤诗注　苏味道诗注》，第 15 页。

荒隅时未通，副相下临戎。授律星芒动，分兵月晕空。
犀皮拥青橐，象齿饰雕弓。决胜三河勇，长驱六郡雄。
登山窥代北，屈指计辽东。伫见燕然上，抽毫颂武功。

——《饯薛大夫护边》

据学者考证，高宗咸亨元年（670）四月，骆宾王从阿史那忠军远征西域，时任奉礼郎。① 彼时，李峤任职安定尉。时值春末，正是“笛梅含晚吹，营柳带余春”的时节，诗人对友人寄予厚望——“希君勒石返，歌舞入城闉”，希望其能像汉代的窦宪那样，击败敌人，于燕然山勒石纪功。无独有偶，作于长安二年（702）的《饯薛大夫护边》，亦引用了这个在唐代边塞诗中被多次提及的著名典故，折射了士子渴望建功立业、彪炳史册的人生追求。

（三）视角独特的《倡妇行》

李峤作为宫廷文人的典型代表，又生长于山东豪门士族之家，其生活范围的狭窄，决定了他众多诗歌作品中少有能够反映民生疾苦之篇。《倡妇行》不仅为李峤边塞诗中佳作，也是其所有诗作中最接近百姓生活的作品。诗借闺怨题材表现了连年战争给人民带来的痛苦。

十年倡家妇，三秋边地人。红妆楼上歇，白发陇头新。夜夜风霜苦，年年征戍频。山西长落日，塞北久无春。团扇辞恩宠，回文赠苦辛。胡兵屡攻战，汉使绝和亲。消息如瓶井，沉浮似路尘。空余千里月，照妾两眉嚬。

“十年倡家妇，三秋边地人”，诗的开头即将思妇与征夫对举，楼上“红妆”与陇头“白发”形成巨大反差。长期征戍，消息断绝，战争使百姓蒙受的灾难在“山西长落日，塞北久无春”的艰辛和“空余千里月，照妾两眉嚬”的寂寞中表现得真切感人。一方面，连年征战，边地生活艰苦，士卒生命轻如鸿毛，弃之如尘土；另一方面，征人生死未卜，杳无音讯，家中妻子生活无着，不得不沦为娼妓。诗的结尾，千里明月映照出思妇空寂无助的内心，由此，我们会联想

① 参见《从阿史那忠墓志考骆宾王从军西域史实》。

到盛唐高适那首反映了边塞战争诸多问题、融入自身复杂的亲身感受的边塞诗名篇《燕歌行》，其中有“铁衣远戍辛勤久，玉箸应啼别离后。少妇城南欲断肠，征人蓟北空回首”，二者异曲同工。身处初唐国力蒸蒸日上，士子满怀建功立业雄心壮志的大背景之下，李峤即已敏锐地意识到连年征战给百姓生活上造成的痛苦，此诗于思想上具有一定的高度与深度，确实难能可贵。

此外，李峤还有一首被陆时雍评为“真宏钜手，隐有古意”① 的即兴之作《奉使筑朔方六州城率尔而作》。关于此诗的写作时间及写作背景，陈冠明《苏味道　李峤年谱》将其系于永淳二年、弘道元年（683）②；徐定祥认为其可能在咸亨年间（670—674）曾奉旨于朔方筑城安置降卒时作③；任文京《中国古代边塞诗史（先秦—唐）》则认为其实因张仁愿于神龙三年（707）筑受降城而写④。盖因史籍失载而多有纷纭，尚有待于进一步考证，然其气势恢宏，风格雄浑，堪称大手笔。

二、真情流露的送别诗

在李峤今之传世诗作中，共有送别诗 12 首（3 首为应制送行，2 首为送友人戍边从军。均已见前论），其余为《送司马先生》《送李邕》《又送别》《饯骆四二首》《送光禄刘主簿之洛》《送崔主簿赴沧州》，全部为五言律诗。

江淹《别赋》首句便是：“黯然销魂者，唯别而已矣！”或因迁谪，或因羁旅，或因征戍，送别挚友亲朋，往往最能牵动诗人情怀。李峤送别友人之诗，情真意切，情景交融，彰显诗人的性情与才思。

落日荒郊外，风景正凄凄。离人席上起，征马路傍嘶。
别酒倾壶赠，行书掩泪题。殷勤御沟水，从此各东西。⑤

——《送李邕》

平生何以乐，斗酒夜相逢。曲中惊别绪，醉里失愁容。

---

① 《诗镜》，第 446 页。

② 参见《苏味道　李峤年谱》，第 100 页。

③ 参见《李峤诗注　苏味道诗注》，第 9 页。

④ 参见《中国古代边塞诗史（先秦—唐）》，第 140 页。

⑤ 《李峤诗注　苏味道诗注》，第 39 页。

星月悬秋汉，风霜入曙钟。明日临沟水，青山几万重。①

——《饯骆四二首·其一》

紫陌追随日，青门相见时。宦游从此去，离别几年期。

芳桂尊中酒，幽兰下调词。他乡有明月，千里照相思。②

——《送崔主簿赴沧州》

今日一别，明日便“从此各东西”或者是“青山几万重”，因为伤于离别，只好借酒化解愁绪，“别酒倾壶赠”，哪知竟是“醉里失愁容”，酒入愁肠，却难以排解离别之情思。诗人极善于营造送别的意境，“落日”“风霜”“青山”“明月”，这些意象信手拈来，而“他乡有明月，千里照相思”，更成为思念友人千年不变的寄托。

较之上面几首情真意切的诗作，李峤有的送别诗则写得典雅得体，这恐怕是由被送者身份地位以及与诗人的关系决定的。

蓬阁桃源两处分，人间海上不相闻。

一朝琴里悲黄鹤，何日山头望白云。③

——《送司马先生》

函谷双崤右，伊川二陕东。仙舟宦将隔，芳罼暂云同。朋席余欢尽，文房旧侣空。他乡千里月，岐路九秋风。背枥嘶班马，分洲叫断鸿。别后青山外，相望白云中。④

——《送光禄刘主簿之洛》

司马先生即司马承祯，两《唐书》有传⑤，为当时遍游名山的得道高士，李峤乃

① 《李峤诗注　苏味道诗注》，第 99 页。

② 《李峤诗注　苏味道诗注》，第 94 页。

③ 《李峤诗注　苏味道诗注》，第 25 页。

④ 《李峤诗注　苏味道诗注》，第 113 页。

⑤ 司马承祯，《旧唐书》卷一百九十二《列传》第一百三十五《隐逸》有传，见《旧唐书》第 5127—5128 页；《新唐书》卷一百九十六《列传》第一百二十一《隐逸》亦有传，见《新唐书》第 5605 页。

奉武后旨意相送，于是，诗中便有应景的“蓬阁”“桃源”“黄鹤”等与之相关的意象出现，最后表达此一别，先生乘黄鹤而去，诗人期待重逢，实现“山头望白云”的心愿。光禄刘主簿未详其何许人氏，或为诗人同僚，或曾有文辞交往，“他乡千里月”“相望白云中”，对友人的思念竟也如此大气，没有歧路一别过多的惆怅与伤感，只有“朋席余欢”和“文房旧侣”的美好回忆。

由于要送的人身份、与作者关系各不相同，也因为送别时心情各异，因而这些送别诗的风格也就不尽相同，呈现出多姿多彩的特点。

第四节　李峤咏史抒怀诗、酬赠诗、挽诗及节令诗

一、歌行体咏史抒怀之《汾阴行》

李峤有 3 首歌行体诗作——《宝剑篇》《拟古东飞百劳西飞燕》《汾阴行》。其中，前两首为咏物之作，已见于前论。

李峤的歌行体咏史抒怀之作《汾阴行》，历来广受评家重视，这固然是因其于今昔对比中有兴亡盛衰之叹，触动了人们的感伤情怀，更为重要的是缘于孟棨《本事诗·事感第二》所载的一段往事：

> 天宝末，玄宗尝乘月登勤政楼，命梨园弟子歌数阕。有唱李峤诗者云：“富贵荣华能几时，山川满目泪沾衣。不见只今汾水上，唯有年年秋雁飞。”时上春秋已高，问是谁诗，或对曰李峤，因凄然泣下，不终曲而起，曰：“李峤真才子也。”又明年，幸蜀，登白卫岭，览眺久之，又歌是词，复言李峤真才子，不胜感叹。时高力士在侧，亦挥涕久之。①

各种文献载此事略有差异，如：《明皇杂录》载录玄宗所登之楼为“花萼楼”，

① ［唐］孟棨等撰，李学颖标点：《本事诗　续本事诗　本事词》，上海古籍出版社 1991 年版，第 14—15 页。

歌者为“善水调者”[①]；《诗镜》卷四[②]、《诗话总龟》卷二十四[③]注明引自《明皇传信录》，所载同；《唐诗纪事》卷十《李峤》[④]、《蜀中广记》卷二十四《名胜记》均略同于《本事诗》，《蜀中广记》卷一百一《诗话记》直接引自《本事诗》[⑤]；等等。各种文献于细节处多有纷纭，然有一点却非常一致，那就是，《汾阴行》的末四句触动了明皇思绪，故有李峤“真才子”之赞语。

玄宗李隆基经历了大唐王朝从开元盛世到突遭安史之乱的整个过程，强烈的盛衰对比或为引发其伤感的原因，以致“凄然泪下”。是否还有当初因密表风波对本已年老致仕的李峤痛加贬黜的愧疚，也仅仅为笔者的推测，但毋庸置疑的是，《汾阴行》确实堪称佳作。诗云：

> 君不见昔日西京全盛时，汾阴后土亲祭祠。斋宫宿寝设储供，撞钟鸣鼓树羽旂。汉家五叶才且雄，宾延万灵朝九戎。柏梁赋诗高宴罢，诏书法驾幸河东。河东太守亲扫除，奉迎至尊导銮舆。五营夹道列容卫，三河纵观空里闾。回旌驻跸降灵场，焚香奠醑邀百祥。金鼎发色正焜煌，灵祇炜烨摅景光。埋玉陈牲礼神毕，举麾上马乘舆出。彼汾之曲嘉可游，木兰为楫桂为舟。棹歌微吟彩鹢浮，箫鼓哀鸣白云秋。欢娱宴洽赐群后，家家复除户牛酒。声明动天乐无有，千秋万岁南山寿。自从天子向秦关，玉辇金车不复还。珠帘羽扇长寂寞，鼎湖龙髯安可攀。千龄人事一朝空，四海为家此路穷。豪雄意气今何在？坛场宫馆尽蒿蓬。路逢故老长叹息，世事回环不可测。昔时青楼对歌舞，今日黄埃聚荆棘。山川满目泪沾衣，富贵荣华能几时。不见只今汾水上，唯有年年秋雁飞。[⑥]

全诗42句，以“君不见”起笔，分为叙述描写与感叹议论两部分。前半部分恰如一场视觉盛宴，极写当年汉武帝时亲祭汾阴后土声势浩大的场景，祭前准备

---

① ［唐］郑处诲撰，田廷柱点校：《明皇杂录》，中华书局1994年版，第56页。

② 参见《诗镜》，第446页。

③ 参见［宋］阮阅编，周本淳校点：《诗话总龟》，人民文学出版社1987年版，第253页。

④ 参见《唐诗纪事》，第145页。

⑤ 参见《蜀中广记》，文渊阁四库全书本，第591册第328—329页，第592册第629页。

⑥ 《李峤诗注　苏味道诗注》，第86—87页。

多么充分，“斋宫宿寝设储供，撞钟鸣鼓树羽旂”。汉家君王既“才且雄”，“柏梁赋诗”之后又将“驾幸河东”，河东太守亲自扫除，官民倾城相迎，万人空巷。祭礼神圣祥瑞，场面宏大壮观，“回旌驻跸降灵场，焚香奠醑邀百祥。金鼎发色正焜煌，灵祇炜烨摅景光”。祭祀后的泛舟汾水、游赏欢宴更是酣畅淋漓，彰显着汉王朝国势的强盛、百姓的欢愉以及对君主的拥戴。整段描写使读者仿佛置身于那“声明动天乐无有”的君臣百姓欢乐无限的场景之中。诗的后半部分于强烈对比之中抒发今夕盛衰之感慨，过去的“坛场宫馆”今日已尽为蒿蓬，曾经是“青楼对歌舞”，现在却“黄埃聚荆棘”。于是感慨世事难测，繁华不再，面对眼前的萧瑟冷落，遥想当年穷奢极欲，如今年年岁岁汾水之上，唯有秋雁飞过，只落得“山川满目”，泪洒衣襟。有“富贵荣华能几时”的深切思考。全诗于兴亡盛衰之轮回中抒发所感，具有一定的现实意义。

李峤的《汾阴行》基本上四句为一个层次，层层铺叙，脉络清晰分明，如行云流水般流畅自如。全诗注重藻饰，文辞高华典雅，除开头及中间转折处外，均使用两两相对之骈偶句式，体现其一贯风格。关于这首诗，后世有很多评论，试举几例：

李峤《汾阴行》步伐整齐，词旨凄恻，为有唐一代七言古正声所起，特以列于卢、骆之前。卢照邻《长安古意》，骆宾王《帝京篇》，刘希夷《代悲白头吟》，张若虚《春江花月夜》，何尝非一时杰作，然奏十篇以上，得不厌而思去乎？非开、宝诸公，岂识七言中有如许境界？①

——《读雪山房唐诗》

（初唐）长篇当以李峤《汾阴行》为第一。②

——《四溟诗话》引孔文谷评语

平平铺叙，气仍健举，此非可以学得。③

——《王闿运手批唐诗选》

唐人歌行烜赫者：郭元振《宝剑篇》，……李峤《汾阴行》，……并惊

---

① ［清］管世铭辑：《读雪山房唐诗》，清光绪十二年湖北官书处刻本，第 1 页。

② ［明］谢榛著，宛平校点：《四溟诗话》，人民文学出版社 1961 年版，第 114 页。

③ 王闿运：《王闿运手批唐诗选》，上海古籍出版社 1989 年版，第 742 页。

绝一时。①

——胡应麟《诗薮》

诗云“昔日青楼对歌舞，今日黄埃聚荆棘。山川满目泪沾衣，富贵荣华能几时。不见而今汾水上，唯有年年秋雁飞”。李峤作也，明皇深赏之，当时未有太白子美，故峤辈得称雄尔，意其遭罹世故，不得不尔。雨中闻铃且犹涕下，峤诗可不如撼铃也？以此论工拙，殆未可也。②

——《诗话总龟》引苏公诗话

尔时风格乍开，故句调未能全合。③

——沈德潜《唐诗别裁集》

管世铭《读雪山房唐诗》、谢榛《四溟诗话》引孔文谷评语、胡应麟、王闿运诸家，对李峤《汾阴行》给予了肯定甚至赞誉。《诗话总龟》所引“苏公诗话”即苏轼《书李峤诗》④，其所云亦不无道理。毕竟，盛唐李杜诗歌艺术成就绝非前人可比，然而盛唐的高度也是在前人有意或无意的探索中逐步积累所致。我们评价李峤之诗，当将其置于所处的特定的历史文化环境中，不可苛责古人。正如胡震亨所云：“唐七言歌行，垂拱四子，词极藻艳，然不脱梁陈也。张、李、沈、宋，稍汰浮华，渐趋平实，唐体肇矣，然而未畅也。”⑤ 胡氏所说的“张、李、沈、宋”应指张若虚、李峤、沈佺期、宋之问，他们在歌行创作上的贡献，成为诗歌从六朝走向盛唐“诗国高潮”过程中极其重要的环节。

综观初唐诗坛，七言古诗的体调变化，大致可分为两个阶段。第一阶段以初唐四杰为主。此阶段“以赋为诗的特征最为明显，体制宏大，尚夸饰，重声情，风格富丽婉畅。第二阶段主要以沈宋、张若虚、李峤、刘希夷、张说诸人为主。他们的七言古诗，稍汰铅华，篇制也有所压缩，声调

① 《诗薮》，第55页。

② 《诗话总龟》，第258页。

③ 《唐诗别裁集》，第300页。

④ 参见孔凡礼点校：《苏轼文集》，中华书局1986年版，第2116—2117页。

⑤ 《唐音癸签》，第74页。

渐响，已开了盛唐七古的先声。[①]

比如卢照邻那首著名的托意汉代实写本朝的68句歌行体诗《长安古意》，在满怀热情极力调动声色描写表现蒸蒸日上的国力所带来的城市的繁华之后，有了理性的思考，这一点与峤诗《汾阴行》后一部分，尤其结尾四句，有极为相似之处。

节物风光不相待，桑田碧海须臾改。昔时金阶白玉堂，即今唯见青松在。寂寂寥寥扬子居，年年岁岁一床书。独有南山桂花发，飞来飞去袭人裾。[②]

只是，《长安古意》是历尽繁华之后自我的回归，有怀才不遇自伤与壮志难酬的寂寞，更有对自我精神家园的守望，而《汾阴行》则多了几分对盛衰无常、人世沧桑的感伤与思考，是智者对人生的透彻感悟。

李峤歌行如《汾阴行》者，与"四杰"相较，即具有"稍汰浮华，渐趋平实"的微妙变化，其于歌行发展，意义不可小觑。

二、酬赠诗

李峤与友人酬赠之诗计有13首，其数量亦相当可观。这其中尤以赠杜审言为最多，有《酬和杜五弟晴朝独坐见赠》《和杜学士江南初霁羁怀》《和杜学士旅次淮口阻风》《奉和杜员外扈从教阅》4首，余者尚有《秋山望月酬李骑曹》《和同府李祭酒休沐田居》《和周记室从驾晓发合璧宫》《晚景怅然简二三子》《田假限疾不获还庄载想田园兼思亲友率成短韵用写长怀赠杜幽素》《刘侍读见和山邸十篇重申此赠》《夏晚九成宫呈同僚》《和麹典设扈从东郊忆弟使往安西冬至日恨不得同申拜庆》《和杜侍御太清台宿直旦有怀》，其酬赠对象多无从考证。

李峤的这一类诗作主要涵盖三方面内容：

第一，这些诗往往因某个特定事件而作或作于某个特定场合之中。如《奉

① 魏祖钦：《论七言古诗在初唐的演变》，《江汉论坛》2007年第2期。

② 《全唐诗》，第522—523页。

和杜员外扈从教阅》是与杜审言一起侍从君主教练检阅军队；《和杜侍御太清台宿直旦有怀》是与杜侍御在太清台一起值夜时所作；《田假限疾不获还庄载想田园兼思亲友率成短韵用写长怀赠杜幽素》则是诗人求学之时五月田假因疾病不能回家写给杜幽素（《文苑英华》作林素）表达自己思念亲友、怀念田园的诗作；等等。这类诗多要关照所面对的特定事件或所处特定场合。例如《奉和杜员外扈从教阅》一诗：

> 杪冬严杀气，穷纪送颓光。薄狩三农隙，大阅五戎场。莱田初起烧，兰野正开防。夹岸虹旗转，分朋兽罟张。燕弧带晓月，吴剑动秋霜。原启前禽路，山萦后骑行。云区坠日羽，星苑毙天狼。礼振军容肃，威宣武节扬。神心体殷祝，灵兆叶姬祥。幸陪仙驾末，欣采翰林芳。①

写了隆冬时节一次扈从检阅军队和狩猎的活动，写出了军队武器的精良、军容的整肃，最后以表达陪驾荣幸收束。全诗写得刀光剑影、杀气腾腾，却又充满昂扬向上的激情。

第二，诗中多有对山水景物的描写，这些描写清新生动，表现了诗人极好的功力。如“岸花明水树，川鸟乱沙洲”②（《和杜学士江南初霁羁怀》），一“明”一“乱”拟人手法，使景物顿时充满生机；又如“水雁衔芦叶，沙鸥隐荻苗”③（《和杜学士旅次淮口阻风》），“水雁”与“沙鸥”也都充满灵动之气；“风烟远近至，鱼鸟去来逢。月涧横千丈，云崖列万重”④（《夏晚九成宫呈同僚》），眼前所见，使人心旷神怡；“庭幽引夕雾，檐迥通晨旭。迎秋谷黍黄，含露园葵绿”⑤（《和同府李祭酒休沐田居》），则是一派充满梦幻色彩的田园风光。而其中，酬赠杜审言的两首诗——《和杜学士旅次淮口阻风》《和杜学士江南初霁羁怀》都是江南景色，一写遇风，一写雨后初霁，一是夜景，一为白日，烟雾蒙蒙，水光山色，虽是江南，却境界开阔，意境唯美。

---

① 《李峤诗注　苏味道诗注》，第 41 页。

② 《李峤诗注　苏味道诗注》，第 43 页。

③ 《李峤诗注　苏味道诗注》，第 44 页。

④ 《李峤诗注　苏味道诗注》，第 115 页。

⑤ 《李峤诗注　苏味道诗注》，第 81 页。

第三，我们真切地感受到诗人对美好的自然景色、田园风光的热爱以及对归隐的渴望。如“伊我怀丘园，愿心从所欲”①（《和同府李祭酒休沐田居》）；“何当携手去，岁暮采芳菲”②（《田假限疾不获还庄载想田园兼思亲友率成短韵用写长怀赠杜幽素》）；“方从仁智所，携手濯清浔”③（《刘侍读见和山邸十篇重申此赠》。这种不经意间流露的思想，恐与其宦海沉浮“久在樊笼里”的长期压抑有关；同时，中国古代知识分子一直视归隐山林、乐享田园为自己的精神憩园，传统的儒家思想耳濡目染，“达则兼济天下，穷则独善其身”成为古代君子的标准，这一点，生长于赵郡李氏家族、深受传统思想浸润的诗人也不例外。

三、挽诗

李峤有 4 首题目为《××挽歌》的挽诗——《马武骑挽歌二首》《武三思挽歌》《天官崔侍郎夫人卢氏挽歌》。所谓“挽歌”，指“挽柩者所唱哀悼死者的歌。后泛指对死者悼念的诗歌或哀叹旧事物灭亡的文辞”（《汉语大词典》），此处意义与“挽诗”同，为哀悼死者的诗歌。这些诗原本算不上优秀的诗篇，为诗人表达对逝者的哀悼之情或为崇尚友情的表现，以抒情与颂美为主。李峤的这几首挽歌，无论思想内容还是艺术价值，都无太多可取之处，基本上也未引起历代评论家的关注。唯《武三思挽歌》，因其所挽为历来饱受诟病的武三思而易致非议。

武三思为武后之侄，《新唐书》卷二百六《外戚》有传，记载了其诸多劣迹，如传云：

> 三思性倾谀，善迎谐主意，钩探隐微，故后颇信任，数幸其第，赏予尤渥。薛、二张方烝蛊，三思痛屈节，为怀义御马，倡言昌宗为王子晋后身，引公卿歌咏淫污，靦然媚人而不耻也。后春秋高，厌居宫中，三思欲因此市权，诱胁群不肖，即建营三阳宫于嵩山、兴泰宫于万寿山，请太后岁临幸，己与二张扈侍驰骋，窃威福自私云。工役钜万万，百姓愁叹。……三思既私韦后，又与上官昭容乱，内忌节愍太子，即与主谋废

① 《李峤诗注　苏味道诗注》，第 81 页。

② 《李峤诗注　苏味道诗注》，第 117 页。

③ 《李峤诗注　苏味道诗注》，第 120 页。

> 之。……时疾三思奸乱窃国，比司马懿。其忌阻正人特甚，尝曰：“我不知何等名善人，唯与我者殆是哉。”①

就是这样一个奸佞之人，李峤却为其写下挽歌，并盛赞其“忠贤良可惜，图画入丹青”②（《武三思挽歌》），受人非议亦在情理之中。然而，《新唐书》武三思本传又载：

> （武三思）既死，帝为举哀，废朝五日，赠太尉，复封梁王，谥曰宣。追封崇训鲁王，谥曰忠。主（即安乐公主——笔者注）以太子首祭三思柩。

李峤这首挽诗当作于神龙三年（707）七月，太子重俊“发羽林兵围三思第，并崇训斩之，杀其党十余人”后，中宗为武三思“举哀，废朝五日，赠太尉，复封梁王，谥曰宣”之时，中宗尚且如此，尽管李峤之诗谀美奸佞，对其无品我们也就不必苛责了。况且，彼时的李峤于官场混迹多年，在频繁的政治争斗甚至宫廷政变之中，早已深谙明哲保身之道，不复当初了。

李峤此 4 首挽诗，其实是很有特点的。首先是其颇具唐代挽诗共性——“这些挽歌具有明显的程式化现象”③。即：其一，“广用典实、故事以谀美”④。如“簟怆孤生竹，琴哀半死桐”⑤（《天官崔侍郎夫人卢氏挽歌》），“琴瑟”喻指夫妇和谐，典出《诗经·周南·关雎》“窈窕淑女，琴瑟友之”；“半死桐”典出枚乘《七发》，其典多用于贵族女性。其二，“借箫、笳、鼓声以寓悲”。如“吹箫弄紫霞”（《马武骑挽歌二首·其二》）。其三，“借松柏以寄不朽以衬悲”。如“长暮泣松扃”（《武三思挽歌》）。同时，李峤挽诗亦有其自己的特色，那就是：或写景，或用典，写出物是人非之感，如“池台金阙是，尊酒玳筵非。巷静游

---

① 《新唐书》，第 5840—5841 页。

② 《李峤诗注　苏味道诗注》，第 40 页。

③ 赵睿才、刘冰莉、王静：《赠献挽诗之程式化——解读唐代挽歌》，《唐代文学研究》第 12 辑，广西师范大学出版社 2008 年版，第 78 页。

④ 《赠献挽诗之程式化——解读唐代挽歌》，第 78 页。

⑤ 《李峤诗注　苏味道诗注》，第 37 页。

禽入，门闲过客稀”“夜倾金屋酒，春舞玉台花。试马依红埒，吹箫弄紫霞”①（《马武骑挽歌二首》），不见“悲”字，悲伤情感却尽在不言中，细读颇令人感怀唏嘘。

四、节令诗

在李峤诗歌作品中，有相当一部分诗与节令岁时有关，其数量为23首，绝大部分见录于蒲积中《古今岁时杂咏》②（见前表1-2），而其中又有大部分为应制之作，这些前文已论，兹不赘述，仅略谈《同赋山居七夕》《寒食清明日早赴王门率成》《清明日龙门游泛》3首。

李峤的节令诗首先体现着他一贯的喜隶事用典的传统，诗中会嵌入两三个与这个节日有关的典故。如《同赋山居七夕》，用了“支机石”“河女鹊”“野人鸥”等与七夕节日有关的典故；《寒食清明日早赴王门率成》引用了“榆火”等典。这些典故多为熟典，往往涉及相关节日，诗人信手拈来，全无雕琢痕迹，能够使我们更全面地把握相关节日的文化内涵。

此外，李峤还有一首写于咸亨元年（670）久旱之后喜雨的诗《晚秋喜雨（并序）》，诗中因天降甘霖而喜悦之情溢于言表。诗极典雅，有较浓重的歌功颂德的气息。但诗及诗前小序中，却流露出作者对民生的关注。

咸亨元年，自四月不雨至于九月。王畿之内，嘉谷不滋。君子小人，惶惶如也。天子虑深求瘼，念在责躬。避寝损膳，录冤弛役。牲币之礼，遍于神祇。钟庾之贷，周于穷乏。至诚斯感，灵眷有融。爰降甘泽，大拯灾亢。朝廷公卿，相趋动色。里闬氓庶，讴吟成响。年和俗阜，于焉可致。抚事形言，孰云能已，乃诗曰：

积阳躔首夏，隆旱届徂秋。炎威振皇服，歊景暴神州。
气涤朝川郎，光澄夕照浮。草木委林甸，禾黍悴原畴。
国惧流金眚，人深悬磬忧。紫宸竞履薄，丹扆念推沟。
望肃坛场祀，冤申囹圄囚。御车迁玉殿，荐菲撤琼羞。
济窘邦储发，蠲穷井赋优。服闲云骥屏，冗术土龙修。

① 《李峤诗注　苏味道诗注》，第109页。

② 未被著录的为《九日应制得欢字》《闰九月九日幸总持寺登浮图应制》。

睿感通三极，天诚贯六幽。夏祈良未拟，商祷讵为俦。
穴蚁祯符应，山蛇毒影收。腾云八际满，飞雨四溟周。
聚霭笼仙阙，连霏绕画楼。旱陂仍积水，涸沼更通流。
晚穗萎还结，寒苗瘁复抽。九农欢岁阜，万宇庆时休。
野洽如坻咏，途喧击壤讴。幸闻东李道，欣奉北场游。①

从咸亨元年（670）四月开始，大唐王朝一些地方出现了旱情，到了八月，关中又遭遇严重的干旱，导致长安以及京畿地区出现饥荒，甚至不得不让百姓前往各州逐食，在这样的大背景之下，九月天降甘霖，诗人欣然喜悦之情溢于言表，且将其归功于“天子虑深求瘼，念在责躬。避寝损膳，录冤弛役”的功德。这首创作于李峤青年时代的诗作，已经有了其后来华丽典雅诗风之端倪，却也流露出久旱逢甘霖的喜悦之情。

总之，李峤诸多非咏物应制之作，尽管在思想性上明显偏于贫弱，但从某些侧面于现实有所反映，有的或可补史之阙如。

第五节　李峤诗歌的艺术风格及成就

一、李峤诗的艺术特色

相对于李峤各种体裁的文章一直以来少有关注的情况，李峤的诗前人还是有一些评论的，试举几例如下：

藻丽词清，调谐律雅，宏溢逾于灵运，密致掩于延年。②

——张庭芳《故中书令郑国公李峤杂咏百二十首序》

巨山五言，概多典丽。③

——胡震亨《唐音癸签》卷五

① 《全唐诗》，第726页。

② 《日藏古抄李峤咏物诗注》及《佚存丛书》第一帙《李峤杂咏》之张庭芳序。

③ 《唐音统签》，第186—209页。

论文到崔苏，指尽流水逝。近伏盈川雄，未甘特进丽。[①]

——杜甫《八哀诗·赠秘书监江夏李公邕》

唐初诸子，词心共艳，律调俱扬，不可尚已，而善古作者，宋、李二君之宗，尤为炳著。……而巨山五言，词华英净，节奏铿谐，置之晋、宋间，则潘岳之流调，惠连之靡富，微波尚传，不当擅美。[②]

——《唐诗品》

李峤诗如富家子，金装玉相，满身是富贵气色。[③]

——陆时雍《诗镜》

要之，前人评价李峤诗之风格，多以“丽”概括之，或曰“藻丽”，或曰“典丽”，不一而足，基本上可以把握李峤诗的总体艺术风格。

（一）词语的选择及运用

李峤诗的典丽，首先体现在词语的选择及运用方面。

纵观其诗，我们会发现，诸如“金”“玉”“紫”这一类色彩明快、充满祥瑞之气的词语，频繁出现在其中，如“金鼎发色正焜煌，灵祇炜烨摅景光”（《汾阴行》）、“作新金篪里，歌奏玉筐前”（《中宗降诞日长宁公主满月侍宴应制》）、“玉酒仙垆酿，金方暗壁题”（《幸白鹿观应制》）、“别业临青甸，鸣銮降紫霄”（《侍宴长宁公主东庄应制》）等。这些色彩明丽的词语，会帮助构成金碧辉煌的意境，使诗更显富丽堂皇，充分体现其“丽”之特色。此外在数量词的选用上，李诗最常用的便是“千”“百”“九”之类，这会使诗句显得大气磅礴，如“谁家窈窕住园楼，五马千金照陌头”（《拟古东飞伯劳西飞燕》）、“瑞塔千寻起，仙舆九日来”（《奉和九月九日登慈恩寺浮图应制》）、“迥浮双阙路，遥拂九仙衣”（《烟》）等。

这些词语的选择运用，构建了华丽典雅的意境，使得整首诗色彩感极强。而数量词的选用，则显示出大唐王朝国力日益强盛，文人士子由衷的昂然向上的情怀，同时也体现着诗人良好的驾驭语言的能力。

---

① 《杜甫诗全译》，第 761 页。

② ［明］徐献忠：《唐诗品》，国家图书馆藏。

③ 《诗镜》，第 446 页。

（二）喜隶事用典

李峤诗喜欢堆砌典故，尤其应制、杂咏之诗。

李峤无论作诗还是作文，尤其喜欢隶事用典，这固然是因为其有自幼饱读诗书，所谓“十五通《五经》”的深厚底蕴，最重要的是深受当时整体风气影响，由宫廷文人生活范围狭窄所决定。但是，典故的运用应当是缘于情感表达的需要，是为抒情服务的，如果仅仅是为了用典而用典，或者勉强堆垛，就失去了意义，甚至使诗淡乎寡味。例如那首“冠绝当时”的《奉和天枢成宴夷夏群僚应制》：

> 辙迹光西崦，勋庸纪北燕。何如万方会，颂德九门前。
> 灼灼临黄道，迢迢入紫烟。仙盘正下露，高柱欲承天。
> 山类丛云起，珠疑大火悬。声流尘作劫，业固海成田。
> 帝泽倾尧酒，宸歌掩舜弦。欣逢下生日，还睹上皇年。①

诗中就引用了周穆王周游、窦宪勒石纪功等典，意在说明这些都无法与而今“天枢”之盛况相比，进而借助仙人及古代圣君尧舜，对武后极尽赞美。尽管为逢迎阿谀之作，但应当承认的是，这些典故的使用还是有增强表达效果之作用的。

抛开120首杂咏诗因为启蒙而有意识用典这个因素，在李峤很多诗中，尤其那些应制诗，因为用典过多，削弱了其艺术价值，甚至枯燥乏味，因此深受后人非议。

二、李峤诗“流水对”的使用艺术

（一）“流水对”概述

对仗是古代诗歌中极为重要的艺术表现手法，它源于古人对和谐、对称之形式美的追求，亘古至今，于有意无意间，文人们往往在其作品之中注重形式上的这种对称和谐之美。“万物赋形，支体必双。神理为用，事不孤立”②（《文心雕龙·丽辞》），体现了刘勰“天人合一”的哲学理念，其是在强调文学中的

---

① 《李峤诗注 苏味道诗注》，第23页。

② 周振甫：《文心雕龙今译》，中华书局1986年版，第317页。

对仗是受了自然现象的启示。

中国古代有关对仗的诗歌理论比较多见，但“流水对”却是很晚才出现的。如上文提到的《文心雕龙·丽辞》列出了四种对仗——正对、反对、言对、事对，上官仪有“六对”“八对”之说，《文镜秘府论》甚至有二十九种对仗之分，均未见“流水对”之说。直到中唐时期王叡《炙毂子诗格》中提出“两句一意体”，并举同时代诗人戴叔伦《别友人》“如何百年内，不见一人闲”一联为例，谓“此二句虽属对，而十字血脉相连”，然而此说并不准确，甚至所引戴叔伦的这句诗都不能算工整的对仗。

实际上，随着初唐律诗在声律、韵律以及对偶规则臻于完善，律诗定型的大背景下，已经有诗人在运用这种对仗形式了，例如王明好在其专著《卢照邻研究》中，就精确统计出卢照邻现存诗中共出现流水对 131 联①，诗圣杜甫已经将流水对运用到出神入化的境界，“少陵妙手，惯用流水对法，侧卸而下，更不板滞”。韩成武先生在其《杜诗艺潭》中专有《杜诗“流水对”艺术探讨》一章，对“流水对”名称的产生过程、杜诗“流水对”的多种类型以及杜甫多用“流水对”之原因进行了详尽的解析。② 关于“流水对”的概念，韩成武先生是这样界定的：

> 一个意思由两个诗句（这里所说的“句”只是形式上的分行，而非语法意义上的）连贯而下地表达出来。从语法意义上说，构成“流水对”的两个形式上的诗句，可以是个单句，也可以是个复句。③

其思路与研究方法成为我们探讨“流水对”这种独特艺术形式的范式，受其启发，试对李峤诗中使用“流水对”的情况略做研究。

（二）李峤诗“流水对”运用

据统计，在李峤传世诗作中，计有 15 联使用了“流水对”，其中，单句形式流水对有 8 联，复句形式流水对有 7 联。

---

① 参见王明好：《卢照邻研究》，人民出版社 2013 年版，第 284 页。

② 参见韩成武：《杜诗艺潭》，河北教育出版社 2002 年版，第 154—173 页。

③ 《杜诗艺潭》，第 156 页。

1. 单句形式“流水对”

即把一个单句拆成两半，让这两半相对应的词词性相同，关键位置的声调则对应相反。具体处理时有三种方法：把宾语拆开，使之分属于出句和对句；把单句从中拆开，把主语部分作为出句，把谓语（或不出现谓语）和谓语后面的成分作为对句；把单句谓语的修饰成分（一般多为时间状语）拆开，让它作为出句，而把单句的主谓宾部分作为对句。李峤诗中这 8 联单句流水对，均属于第一种情况。具体做法是把其中的“主语”部分留给出句，而把剩下的部分作为对句。试看：“还将弄机女，远嫁制皮人。”（《奉和送金城公主适西蕃应制》）这是一个省略了主语（皇上）的单句，谓语是“还将”，“弄机女远嫁制皮人”全是宾语。作者把宾语拆开，把“弄机女”分到出句，而把“远嫁制皮人”作为对句，不但出句与对句词性对应相同，对仗稳妥，且意脉连贯。

“还将西梵曲，注入南薰弦。”（《闰九月九日幸总持寺登浮图应制》）与上例相同，省略了主语，“还将”是谓语，“西梵曲注入南薰弦”是宾语。“还将君子变，来蕴太公筹。”（《豹》）同样是这种情况。

“谁言东郭路，翻枉北门车。”（《马武骑挽歌二首・其二》）“东郭路翻枉北门车”是“谁言”的宾语，结构相同的还有《奉和七夕两仪殿会宴应制》中“谁言七襄咏，重入五弦歌”，即“七襄咏重入五弦歌”是“谁言”的宾语。

此外，“莫言鸿渐力，长牧上林隈”（《羊》）、“莫言舒紫褥，犹异饮清泉”（《熊》）、“愿辞湘水曲，长茂上林园”（《橘》）同样是这种情况。

2. 复句形式“流水对”

即出句和对句合起来表达一个完整的意思，而出句和对句又各是完整的一句话。作为复句的两个分句，出句和对句又呈现出各种各样的语法关系，如顺承关系、因果关系、递进关系、假设关系、转折关系等。李峤诗中有 7 联复句形式流水对，分别有因果关系、假设关系和顺承关系三种情况。

其一为因果关系：“未展山阳会，空留池上杯”（《酬杜五弟晴朝独坐见赠》）。因为“未展山阳会”所以“空留池上杯”。

其二为假设关系：“欲逃三伏暑，还泛十旬觞”（《五月奉教作》）。如果想逃脱三伏暑热，还需要泛舟流觞。“欲效迁乔侣，先飞掷地文”（《和杜侍御太清台宿直旦有怀》）、“欲向桃林下，先过梓树中”（《牛》）结构相同。

其三为顺承关系：“东陆苍龙驾，南郊赤羽驰”（《日》），空间顺承；“桂满三五夕，蓂开二八时”（《月》），时间顺承；“西北云肤起，东南雨足来”（《雨》），空间顺承。

尽管在李峤诗中使用流水对的实例不是很多，但是可以看到，诗人已经在诗歌创作中有意识运用这种形式，而流水对的运用无疑会使诗歌更富于灵动之美，增强其艺术感染力。

三、李峤对律诗定型的推动作用

经历南朝至初唐几代诗人共同的探索与努力，最终完成了五律声律的定型。关于初唐几代诗人在五律声律定型上的探索尝试及贡献，学者已经基本上达成共识，但就何人最终享有五律声律定型之功却历来争论不休。传统观点多推沈、宋，亦有称沈、宋、苏、李者。这其中，李峤究竟有什么贡献呢？有关这一点，不少学者进行了探索，出现了进行专门研究的学位论文及单篇论文。①

韩成武先生认为，律诗定型于初唐诸学士，并且以《全唐诗》录存李峤诗209首为依据，进行了十分精准的统计与研究：

> 其中，五言八行体诗164首，(1)“粘对混合律”20首；(2)“粘式律”144首。“粘式律”占其所作五言八行体诗总数的88%。又有五排体诗20首，(1)“粘对混合律”8首；(2)“粘式律”12首。“粘式律”占其所作五排体诗总数的60%。李峤五排体诗合律状况不如其五言八行体诗，他于长律的“粘对”尚未能娴熟运用。他的五律、五排的合律度是85%。②

另外，近体诗196首，占存诗总数比例为94%；李峤五律120首咏物诗，声律、韵律、对仗皆无误。另有应制、奉教、送别、酬赠、挽歌等44首，其中10首存在声律失误。而这120首咏物诗“除41首诗完全使用五律正格律句外，其余

---

① 韩成武、赵林涛：《坚实的奠基：初唐河北诗人在唐诗发轫期的重要贡献》，《河北大学学报（哲学社会科学版）》2006年第1期。硕士学位论文：苗富强《李峤诗歌研究》（河北大学2006年）、王芹《李峤及其诗歌初探》（山东师范大学2009年）客观肯定了李峤对近体诗发展的贡献；张玉翠《论李峤诗声律研究》（山东师范大学2011年）则在研究李峤诗歌的基础之上，从研究其诗的平仄、声病、对仗、用韵等有关声律的角度，肯定了李峤在近体诗定型方面的重要贡献；张琦《李峤杂咏诗的文体学研究》（陕西师范大学2012年）从对偶、声律两方面研究李峤杂咏诗的成就价值。

② 韩成武：《杜甫新论》，河北大学出版社2006年版，第254页。

79 首 98 处使用了变格。尤其对‘平平仄平仄’和‘平平仄仄仄’两种的变格的使用已经非常普遍和自如”①。

由以上情况可知，李峤五律、五排的创作在声律方面还不是十分令人满意，但是在同时期诗人中属于第一方队，对近体诗五律定型有着不可忽视的作用。

而李峤有 4 首七言律诗传世，其完全和律，这恐并非偶然现象，起码说明，李峤已经能够创作出和律的七言律诗了。

小 结

李峤传世诗作内容十分丰富，有大量咏物诗，其中，其 120 首单题杂咏为作者有计划有目的之创作，成为启蒙五律诗创作的范本，基本上为状物加用典。其杂咏之外咏物篇什，风格清新晓畅，一改典重之风。其 40 几首应制之作多富丽典雅，又为国家重大事件的应制之作，有扈从游幸佛寺道观、大臣公主庄园宅邸的，有宴饮娱乐的，亦能表现一定思想，只是典故过多堆砌，被人诟病。

相对而言，李峤边塞诗内蕴丰富，有豪壮开阔之作；送别诗情景交融，有感人至深之作；酬赠诗流露性情，多有文采；咏史抒怀之《汾阴行》一唱三叹，为古今佳作。这些诗无疑成为李峤富有才华之体现。

李峤诗的艺术风格表现为典雅华丽，诗中还出现了“流水对”的运用，其为律诗定型做出了重要的贡献。

① 《坚实的奠基：初唐河北诗人在唐诗发轫期的重要贡献》，第 22 页。

第五章　李峤文研究

李峤在武后、中宗时期的文坛享有盛誉，《旧唐书》本传就有“朝廷每有大手笔，皆特令峤为之”① 的记载；《新唐书》本传则言其任职长安尉时即已文名远扬，“时畿尉名文章者，骆宾王、刘光业，峤最少，与等夷”，且其后“召为凤阁舍人”，“文册大号令，多主为之”，并在传的最后概括曰“为文章宿老，一时学者取法焉”②。《旧唐书·苏味道传》亦有关于“苏、李”之说——“少与乡人李峤俱以文辞知名，时人谓之苏、李”③；而有关“文章四友”之说，则最早见于《新唐书》卷二百一《杜审言传》“（杜审言）少与李峤、崔融、苏味道为文章四友，世号‘崔、李、苏、杜’”④，计有功《唐诗纪事》卷六“杜审言”条⑤、晁公武《郡斋读书志》卷十七著录“《杜审言集》一卷”后有相同的记载⑥；崔融《报三原李少府书》中称赏李峤之文“文高积玉，升学日以照天光；韵謍锵金，激思风而吹地籁”⑦；韦承庆亦赞扬其“凤阁舍人赵郡李峤，时秀朝英，文宗学府”⑧；张说则盛赞云“李峤、崔融、薛稷、宋之问之文，如良金美玉，无施不可”⑨ ……凡此种种，都可作为其文名卓然之佐证。在此，笔者应当明确的是，诸多对其“文章”之赞誉，绝不仅仅是因为其诗歌方面的成就，其

① 《旧唐书》，第 2993 页。

② 《新唐书》，第 4370—4372 页。

③ 《旧唐书》，第 2991 页。

④ 《新唐书》，第 5735 页。

⑤ 参见《唐诗纪事》，第 79 页。

⑥ 参见《郡斋读书志》，“宛委别藏”本，第二册，第 544 页。

⑦ ［唐］崔融：《报三原李少府书》，见《全唐文》第 979 页。

⑧ ［唐］韦承庆：《大周故纳言博昌县开国男韦府君夫人琅耶郡太君王氏（婉）墓志铭》，见《全唐文补遗》，第二辑，第 8 页。

⑨ 《大唐新语》，第 130 页。

文在当时同样引人瞩目。

纵览《全唐文》等文献，笔者发现，李峤留存至今的文章数量相当可观，《全唐文》卷二四二至卷二四九共著录其文 158 篇，其中，赋 1 篇，制 44 篇，表 94 篇，疏 4 篇，书 6 篇，状 1 篇，序 1 篇，启 1 篇，碑 4 篇，册 2 篇。此外，陈尚君《全唐文补编》又补入文 4 篇，分别为《为诸王男等加封邑制》《封某王男某郡王制》《选贤为州县官奏》《代群官谢恩表》；陆心源《唐文拾遗》补入其表一篇《为王相公请改六书表》①；吴钢主编《全唐文补遗》补入墓志一篇《大周故纳言博昌县开国男韦府君夫人琅耶郡太君王氏（婉）墓志铭》（韦承庆作序，李峤为铭）②。陈冠明先生在其专文《〈全唐文〉李峤卷考辨厘正》中对《全唐文》李峤卷的“重出”“误入”“遗漏”三个问题进行了较为详尽的考辨厘正，认为《为王华畅谢兄授官表》（卷二四六）当为陈子昂所作；《请减员外官疏》与《上中宗书》（卷二四七）多有重复，疑为同一篇；《为王相公请改六书表》当为李峤文；《答李清河书》实为萧颖士文；《让同平章事表》应为《为淮南杜相公让平章事表》，且为刘禹锡所作；据《唐大诏令集》等文献补入《封某王男某郡王制》《请雪免为周兴等所劾破家者疏》以及《请辍近侍典大州疏》。③ 综合统计下来，李峤传世之文共计 12 类 162 篇。

令人遗憾的是，尽管李峤传世之文数量相当可观，且其本人曾在初唐武后、中宗执政时期的文坛享有很高声誉，然而一直以来，学界对其文却很少关注，单篇研究性论文寥寥无几，文学史对其文持肯定态度的亦不多，甚至很少提及，唯钱基博先生在《中国文学史》中对《秋望赋》（即《楚望赋》——笔者注）、《上雍州高长史书》《与夏县崔少府书》《攀龙台碑》等六篇文章做过精当的点评④，却又稍嫌简略；于景祥《唐宋骈文史》引《神龙历序》并简要评价⑤。有人认为李峤之文“都是官样文章，既不足以见性情，也很难表现风采”⑥，或许这就是他的文受到冷遇的主要原因吧。然而笔者认为，无论是将其认定为难见

① 参见《全唐文》，第五册《唐文拾遗》卷十六，第 76 页。

② 参见《全唐文补遗》，第二辑，第 10 页。

③ 参见《〈全唐文〉李峤卷考辨厘正》，第 23—26＋20 页。

④ 参见钱基博：《中国文学史》，第 278 页。

⑤ 参见《唐宋骈文史》，第 31—32 页。

⑥ 姜书阁：《骈文史论》，人民文学出版社 1986 年版，第 455 页。

性情与风采的官样文章，还是赞誉成“如良金美玉，无施不可”的至美之文，都不能全面客观地概括李峤文的特色，其文风格的形成与其性格、其所处的时代、其官职地位以及文体的发展都有着密切联系，这需要我们进一步深入到李峤文的世界中，研章摘句，详尽探究，才能给予他较为客观公允的评价。

第一节 李峤文的分体研究之一——表

在李峤传世的162篇文之中，表的数量是最多的，仅《全唐文》卷二百四十三—卷二百四十六就收录其表文94篇。加上陆心源《唐文拾遗》补入之《为王相公请改六书表》，陈尚君《全唐文补编》辑录的《代群官谢恩表》，共有表96篇，占据其作品总数的将近百分之六十。不仅是数量可观，其内容也是相当丰富的。

一、概述

关于表，《释名·释书契》曰：“下言上曰表，思之于内表施于外也。”① 表是古代奏章的一种，为大臣向皇帝陈情、谢恩、礼贺等之用，其使用极为普遍。古人于此多有论述，以下略举几例：

> 凡群臣上书于天子者，一曰章，二曰奏，三曰表，四曰驳议。……表者不需头，上言“臣某言”，下言“臣某诚惶诚恐，顿首顿首，死罪死罪”，左方下附曰“某官臣甲上”。②
>
> ——蔡邕《独断》卷上
>
> 夫设官分职，高卑联事。天子垂珠以听，诸侯鸣玉以朝。敷奏以言，明试以功。……敷奏以言，则章表之义也；明试以功，即授爵之典也。……
>
> 秦初定制，改书曰奏。汉定礼仪，则有四品：一曰章，二曰奏，三曰表，四曰议。章以谢恩，奏以按劾，表以陈请，议以执异。……表者，标也。《礼》有《表记》，谓德见于仪。其在器式，揆景曰表。章表之目，盖

---

① ［汉］刘熙：《释名》，文渊阁四库全书本，台湾商务印书馆1986年版，第221册，第413页。

② ［汉］蔡邕：《独断》，文渊阁四库全书本，台湾商务印书馆1986年版，第850册，第70页。

取诸此也。……章表奏议，经国之枢机，……

赞曰：敷表绛阙，献替黼扆。言必贞明，义则弘伟。肃恭节文，条理首尾。君子秉文，辞令有斐。①

——刘勰《文心雕龙·章表》

表者，明也，标也。如物之标表，言标著事序，使之明白，以晓主上，得尽其忠曰表。三王已前谓之敷奏，故《尚书》云：敷奏以言，是也。至秦并天下，改为表，总有四品：一曰章，谢恩曰章。二曰表，陈事曰表。三曰奏，劾验政事曰奏。四曰驳，推覆平论有异事进之曰驳。六国及秦汉兼谓之上书，行此五事。至汉魏已来，都曰表，进之天子称表，进诸侯称上疏。魏已前，天子亦得上疏。②

——李善《文选注》卷三十七

按字书："表者，标也，明也。标著事绪使之明白以告乎上也。"古者尤言于君，皆称上书。汉定礼仪，乃有四品，其三曰表。然但用以陈情而已。后世因之，于是寖广，有论谏，有请劝，有陈乞，有进献，有庆贺，有慰安，有辞解，有陈谢，有讼理，有弹劾。所施既殊，故其词亦异。③

——徐师曾《文体明辨·表》

检视现有文献，古人有关表的论述是非常丰富的，可见前人对它相当重视。由上边所列出的文献资料可以看出，自先秦至唐代，作为一种极有价值意义的文体，表的语言、行文方面的要求等逐渐形成定例，前人有多种论述，概括而言有以下几点：首先，表作为一种古代应用文体，用于臣对君言事，属于上行公文，自先秦至唐代，其适用范围、内容等多有变化；第二，追溯其渊源，先秦时就已经有了这种向天子言事的形式，称为"敷奏"，秦并天下，迨至汉朝，遂有所谓"一曰章，二曰奏，三曰表，四曰议。章以谢恩，奏以按劾，表以陈请，议以执异"之说；第三，"表"有自己的特点以及行文、语言上的要求，所谓

---

① 《文心雕龙今译》，第 203—210 页。

② ［梁］萧统编，［唐］李善注：《文选》，中华书局 1977 年版，第 515 页。

③ ［明］吴讷著，于北山校点：《文章辨体序说》；［明］徐师曾著，罗根泽校点：《文体明辨序说》，人民文学出版社 1962 年版，第 122 页。

“言必贞明，义则弘伟。肃恭节文，条理首尾。君子秉文，辞令有斐”（刘勰《文心雕龙·章表》），也就是要正确明白，强调重大意义，态度恭敬，合乎礼节，条理清楚；最后，按照内容，表可以有论谏、请劝、陈乞、进献、庆贺、弹劾等不同类型。表是古代极为有用的文体，“经国之枢机”是也。

尽管用于上书言事，自汉至唐，那些贤相名臣还是用他们的才智，留下了或纵横捭阖或情真意切的诸多优秀的表文，诸如诸葛亮《出师表》、曹植《求自试表》、李密《陈情事表》等，均是千百年来脍炙人口的名篇佳作。而萧统《文选》亦选录表两卷计 19 篇，所选多为陈情言事之类。①

作为一代“文章宿老”的李峤，《全唐文》等文献录其文 160 多篇 7 万多字，而其中仅表就有 96 篇，三万七千多言，不仅数量可观，其内容也十分丰富。

二、李峤表文的思想内容

如前所述，在李峤传世的 162 篇文中，表文的数量是最多的，达到 96 篇，这其中相当一部分为代写。从内容来看，有辞让官爵、谢恩、陈事谏言之类，其中让官表数量最多，共计 31 篇，其余为谢恩表 18 篇，礼贺表 20 篇，陈事表 16 篇，进献表 10 篇，另有《自叙表》1 篇，分类情况如下表所示②：

---

① 参见《文选》，卷三十七、三十八。

② 所列篇目见《全唐文》卷二百四十三—卷二百四十六，并参见陈尚君《全唐文补编》以及吴钢《全唐文补遗》。

表 5-1 李峤表章内容分类情况

种类		篇目
辞让官爵表	代人辞让官爵	《为武承嗣让知政事第二表》《为王及善让内史第二表》《为王方庆让凤阁侍郎表》《第二表》《为杨执柔让同凤阁鸾台平章事表》《为第二舅让江州刺史表》《为武嗣宗让陕州刺史表》《为李景谌让天官尚书表》《为张令让麟台监封国公表》《为窦孝谌让润州刺史表》《为欧阳通让夏官尚书表》《为杨执柔让夏官尚书表》《为欧阳通让司礼卿第二表》《为武重规让司礼卿表》《为崔神基让司宾卿表》《为宗楚客让营缮大监第三表》《为第十舅让殿中监兼仗内闲厩表》《为王遗恕让殿中少监表》《为武攸暨让官封表》《为武攸暨让兼知司礼寺事表》《为武嗣宗让千牛将军表》《为武攸宜让扬州都督府长史表》《为道士冯道力让官表》《为武攸宁辞夺礼表》《为裴驸马让官与父表》
	自让	《让知政事表》、《让鸾台侍郎表》（实为刘禹锡文）、《让地官尚书表》、《让成均祭酒表》、《自内史再让成均祭酒表》、《让麟台少监表》
谢恩表	代人谢恩	《为左丞宗楚客谢知政事表》、《为武承嗣谢男授官表》、《为王华畅谢兄授官表》、《为纳言姚琇等谢敕赐飞白书表》、《为第五舅谢加赐防阁品子课及全禄表》、《为御史大夫娄师德谢赐杂彩表》、《为武攸暨谢赐锦表》、《代群官谢恩表》（为补入）
	自己谢恩	《谢加授通议大夫表》《谢赐优诏矜全表》《谢撰懿德太子哀册文降敕褒扬表》《谢撰攀龙台碑蒙赐物表》《谢加赐防阁品子课及全禄表》《谢端午赐物表》《谢端午赐衣表》《谢腊日赐腊脂口脂表》《谢许致仕表》
礼贺表		《为杭州崔使君贺加尊号表》《为百僚贺雪表》《为纳言姚琇等贺雪表》《为武攸暨贺雪表》《为百僚贺日抱戴庆云见表》《为百僚贺庆云见表》《为纳言姚琇等贺瑞桃表》《为百僚贺瑞笋表》《为纳言姚琇等贺瑞石龟表》《为纳言姚琇等贺瑞石表》《为百僚贺瑞石表》《贺天尊瑞石及雨表》《贺麟迹表》《为纳言姚琇等贺破契丹表》《为雍州父老贺銮驾停幸洛邑表》《为何舍人贺御书杂文表》《为韦右相贺拜洛表》《为秋官员外郎李敬仁贺圣躬新牙更生表》《为武承嗣等贺贼平后新殿成上礼食表》《为百僚贺恩制表》
陈事谏言与陈情表		《代百僚请立周七庙表》《为朝集使等上尊号表》《代公主让起新宅表》《百官请不从灵驾表》《请车驾还洛表》《为王及善请致仕表》《为皇太子请加相王封邑表》《为太平公主请住山陵转一切经表》《为魏国北寺西寺请迎寺额表》《为独孤氏请陪昭陵合葬母表》《为某官等请预陪告庙献捷表》《为汴州司马唐授衣请预斋会表》《为百僚请加王慈徵等罪罚表》《令御史检校户口表》《为水潦灾异陈情表》《为王相公请改六书表》《为公主辞家人畜产官给料表》

续表

种类	篇目
进献表	《为朝集使绛州刺史孔祯等进大酺诗表》《为凤阁侍郎王方庆进书法表》《为凤阁侍郎王方庆进南齐临轩图表》《为杭州刺史崔元将献绿毛龟表》《为司农卿宗晋卿进赤鯺山鹊表》《为凤阁李侍郎进瑞牛蒙赐马表》《为凤阁侍郎李元素进冬椹表》《为绛州刺史孔祯等上献食表》《为纳言姚琦等上礼食表》《为武攸暨上礼食表》
自荐表	《自叙表》

（一）辞让官爵表

这类表为大臣辞让官爵时所使用，用于上表推辞任命。“古人授官，例有让表。刘寔谓本唐、虞、禹让稷、契、皋陶之遗意。《文心雕龙》曰：‘昔晋文受册，三辞从命。是以汉末让表，以三为断。曹操著令，表不必三让，又勿得浮华，所以魏初表章指事造实。’”① 这种推让大致又有两种情况，一是因健康、守制等原因实在是要辞让；一是官员履新之前，往往需上表辞让，遂成惯例。无论哪种情况，其结果却是官照授，让仅仅成为形式。表的内容都是以极其谦卑的态度，诚惶诚恐地表达自己深受隆恩，感激涕零，恐不能担当重任之意。一些人又因为自己拙于文辞，便请文采出众之士捉刀代笔。于是，李峤的这类表便有两种内容——代人让官与自己让官。

1. 代人辞让官爵之表

我们先看一个实例：

臣嗣宗言：臣学艺无称，才德兼阙，幸延慈荫，遂历通班。花萼同荣，依上林而发彩；鹍鸰交贺，仰大厦而相欢。恩比邱山，效微尘露，叨荣席宠，荷愧承羞。臣嗣宗中谢。臣嗣宗夙奉皇明，已忝衔珠之秩；兄懿宗近承天泽，又当执金之位。弟兄齐列，伯仲分曹，咸典禁戎，并参宸卫。匪唯官崇禄厚，思满盈而增忧；固亦秉势操权，顾章程而自惕。竟臣素抱愚拙，更缠疴恙，牵羸引惫，窃位妨贤，内怀尸素之惭，外负朝廷之谤，岂

① ［清］赵翼：《陔余丛考》，卷二十六“授官表让”，商务印书馆 1957 年版，第 544 页。

可以多尘圣化，久累能官？伏乞收迹丹墀，归骸素里，庇尧云之光彩，浴舜海之波澜。柳蔚桃浓，听南邻之钟磬；茅舒桂满，陪北阙之簪缨。餐厚渥而忘饥，乐太平而愈疾，则涵养之德，瞻大造而斯宏；觍冒之讥，在微臣而知免。辄陈固陋，轻默威严，授纸弹毫，惊魂悚魄，臣嗣宗诚惶诚恐，顿首顿首，死罪死罪。谨言。①

——《为武嗣宗让千牛将军表》

这是李峤代武嗣宗而作，是比较典型的辞让官爵之表。乍一看，会以为这位嗣宗大人被圣上任命为“千牛将军”一职给惊吓到了，字里行间那种谦卑与惶恐被作者表现得无以复加，其实，这只不过是此类公文的程式而已。纵观李峤代人让官之表，大抵如是，即首先强调自己才疏学浅，能力有限，有现在的荣宠已经是生逢盛世明主，非常幸运了；接着，再陈述自己不能就职的原因，或因病，或因老，或因其家族已备受礼遇，实不敢当云云，希望主上另择贤能，文中大多都会有臣某“诚惶诚恐，顿首顿首，死罪死罪”这样的套话。李峤此类篇什，多呈现语言华丽、形式程式化的特点。

2. 自让官职之表

相对而言，这种类型的让官爵表因为是为自己所作，有了个人情感、身世等因素而稍有个性流露，有的还能情真意切，如《自内史再让成均祭酒表》：

臣峤言：伏奉今月二十四日制书，除臣成均祭酒同凤阁鸾台三品，余并如故。列星瞰日，曲垂鉴揆，膏雨油云，傍洒渥泽，承命如失，负恩不胜，臣峤中谢。臣本诸生，阶缘常调，幼趋诗礼，才学修身，长习文章，罕能经国。徒以淹年旷日，积勤累劳，无翼而偶摩霄，不材而参构厦。往逢人乏，滥荷天听，预闻政事，莫近主益。寻而犬马私疾，颇至虚羸，蝼蚁残生，俯蒙含育，矜其不逮，备以闲司，臣获从容，稍似强健。复属皇慈不已，圣奖弥勤，始接貂蝉，更追龙凤，机务填委，昏情战兢，风劳雾气，晓迫宵煎，因此疲羸，虑成废旷。所以每求清闲，辄事陈乞，窃望优游散輩，沐浴淳源。岂晤大造弗遗，殊荣累及，玷代天之列，蹑教胄之行。

① 《全唐文》，第1093页。

且祭酒之荣，有道之选，往年已知不可，今者何宜重游？伏乞特寝严汗，改命长才，非敢欲逃身责，深恐有紊国经。由衷精诚，唯圣矜纳，无任恳迫惭荷之至，谨诣朝堂奉表陈让以闻。其所让人，别状封进。[1]

《旧传》云："明年（此指长安四年——笔者注），迁内史。峤后固辞烦剧，复拜成均祭酒，平章事如故。"[2] 这篇表作于武后长安四年（704），是作者在内史任辞让成均祭酒官职。从言辞来看，当不仅仅是虚以客套，此事《新传》亦有稍微简略的记载。[3] 是表即作于此背景下。表的开篇即按惯例先言制书内容："除臣成均祭酒同凤阁鸾台三品，余并如故"，制任命其为成均祭酒同凤阁鸾台三品，而这正是作者想要辞让的官职。接着自然是颂扬皇恩，自己感激不尽，继而便陈述辞让的理由，这里有一段对自己的评价，可谓谦而不卑："臣本诸生，阶缘常调，幼趋诗礼，才学修身，……"至于推让的理由，除了自谦才能不够，"不材而参构厦"外，作者更反复强调健康原因，甚至还说"且祭酒之荣，有道之选，往年已知不可，今者何宜重游"，借以增加其辞让的合理性。最后，连合适的人选都为圣上想到了，"其所让人，别状封进"，诚可谓尽心尽力。

笔者注意到两《唐书》本传中共有的一个细节——"固辞烦剧"，也就是说，李峤辞官是很坚决的，缘何如此？不得而知。通观全文，笔者也实在找不出"烦剧"的影子，有一点倒是可以肯定，文中为自己找到的辞官的理由其实已经很充分了，然而，这最终只是一次失败的让官行为——"复拜成均祭酒，平章事如故"。同以往很多让官表尤其代人让官之表相比，本文既有身为人臣的谦卑，又不乏作为文人的自矜，语言亦较为平实、晓畅。

无论自己辞让还是代人辞让，尽管让官理由也就那几个，不是说自己浅陋无能就是说老迈昏聩，表的形式已然程式化，然而李峤的这些表却每每将雷同的东西表达得各有特色，实在并非易事。

（二）谢恩表

这种表又有两种情况——代人谢恩与自己谢恩。之所以要谢恩，不过是谢

① 《全唐文》，第1092页。

② 《旧唐书》，第2994页。

③ 参见《新唐书》，第4368页。

皇帝的赏赐，所赐者，官爵、财物等，甚至是君主的褒奖或安抚。如前文提及的《谢撰攀龙台碑蒙赐物表》，就曾有“赐物四百段”之事。这类表的内容同样大同小异，其形式同样具有程式化特征：首先是得知自己受到嘉奖，授予某官职，或者蒙恩获得赏赐某物，于是，或“手舞足蹈”（《谢腊日赐腊脂口脂表》），或“心悸汗流”（《谢端午赐衣表》）之类，沉浸于感动与惶恐之中；接着便是自我反省，臣有何德何能，才疏学浅，见识浅陋，“臣植性愚陋，禀质庸疏，过蒙恩私，特垂奖饰”，皇上却如此厚遇，“擢自泥滓之下，升之云霄之上。参豫机密，接奉轩墀，宠光百僚，荣被九族”，是在形象地说自己原本卑微，这已经是十分优渥的待遇了，因此“殒身未能以答施，灰骨不足以明恩”（《谢赐优诏矜全表》）① 云云。

无论是代人上表还是自己谢恩，其内容大致上就是这样，不过为君臣礼节上的往来应对，没有什么思想意义可言，仅具史料价值而已。然而能够将如此程式化的公文写得富于变化，可见作者之功力。

（三）礼贺表

此类表为臣子在皇室或国家遇到喜事时表示祝贺所上之表。大致上先述所贺之事，继而盛赞这一切均源于皇帝英明，国泰民安，作为臣民，逢此盛世，何其荣幸云云。内容、结构上大都已形成程式，不同之处则在于所堆砌的相关典故不尽相同，显示作者饱读诗书，具有深厚的文化底蕴。李峤这种类型的表绝大多数为代人所贺，唯《贺麟迹表》是作者自己上表言贺。《旧唐书·高宗纪》有：

> （龙朔三年）……冬十月丙申，绛州麟见于介山。丙午，含元殿前麟趾见。……十二月庚子，诏改来年正月一日为麟德元年。②

李峤上贺表云：“今月十六日……。臣滥承驱策，亲觌嘉祥，欣庆之情，实倍恒品，无任抃跃之至，谨奉表陈贺以闻，伏请颁示在下，录付史馆。”强调自己欣然喜悦之情。作此表时，青年李峤即将步入仕途，为表达自己听到消息之后的

① 《全唐文》，第1099页。

② 《旧唐书》，第85页。

激动，于是上表祝贺。其对事件的叙述，可与史籍互为引证。这篇表作于李峤十九岁时，为其早期作品。风格不像后来作品那样典重，却已经显示出其于文章方面的才华。

现存李峤的这些贺表，内容有破契丹这种国家大事，更有相当一部分为贺所谓祥瑞之兆而上。这些表基本上为武则天以周代唐“革命”前后所呈，彼时因为武氏极好祥瑞，多有投其所好者，一时间竟蔚然成风。其中天象异兆，甚至天降雨雪，有祥瑞之物进献，均有表上呈，其恭维甚是肉麻，如：

> 臣某等言：伏见内出灵桃，四实共同一蒂。禁园芳果，仙庭奇树，名珍杏柰，族茂樱胡，鲜花发于上春，嘉实成于早夏。四而为一，表四夷之一君；异而为同，明异方之同贯。汉宫留核，曾所未窥，卫国报琼，何能窃似？殊祥灵应，叠贶骈臻，凡在见闻，孰不欢跃？臣等谬当枢近，累觌休符，喜抃之情，实万恒品。无任欣庆之至，谨奉陈贺以闻。①
>
> ——（《为纳言姚璹等贺瑞桃表》）

此表为代纳言姚璹所作。仅仅是四个桃子“共同一蒂”（姑且不论其是否属实），就会联想到“四夷之一君”，还言“孰不欢跃”，岂是没有见过世面，实在是借此上表逢迎，讨得主上欢心。

我们无意苛责古人，然而平心而论，这些充斥在字里行间的对皇帝的阿谀奉承、歌功颂德，不仅大大削弱了李峤文章的思想性，甚至令人生厌，除去为其谋得宫廷侍从文臣、依附献媚权贵之名外，或可使我们对当时政治、文化有所了解。

（四）陈事谏言与陈情表

李峤传世的此类内容的表章，大致有三方面内容：请求立庙、加尊号之类；代人请求一些诸如起新宅、致仕的事情；谏言、陈情之类。其中，《为公主辞家人畜产官给料表》被钱基博先生评价为“顿挫浏亮，不同琭琭”②。《令御史检校户口表》《为水潦灾异陈情表》与朝政大事关系最为密切。

---

① 《全唐文》，第 1085 页。

② 钱基博：《中国文学史》，第 278 页。

《为公主辞家人畜产官给料表》为代作，中心内容为辞谢“家人畜产官给料”。全文仅400多字，却能够旁征博引以强调节俭的必要，反复申明现在所得已经是“云霄之幸”，认为“宠非德进，曾微纤芥之劳。何义而虚受渥恩？何功而谬延赏赐？”① 同样也是在说自己本无德行却蒙宠眷。全文围绕中心观点层层深入论述且论证充分，并无做作之感，无论于思想观点还是表文风格均有可取之处。可称李峤表类中的上品。

《令御史检校户口表》一改其表章惯用的堆垛典故、极尽阿谀颂美的特点，若尽洗铅华，简练流畅，直奔主题：首先指出“天下之人，流散非一”的成因以及祸患，进而有针对性地提出具体实施措施。全文言简意赅，条理清晰，与其其他表章风格完全不同。自是政治家眼光与思路。

另有《为水潦灾异陈情表》，涉及李峤于吏部时置员外官事件，论见下文。

（五）进献表

这里所谓进献表，是臣子为表忠心或其他目的进献某些独特之物给君主时所用的公文表章。即使是进献，也要谦卑得体，不仅要献上所谓珍异之物，还不忘记送上赞美圣德的言辞。李峤这类表均为代他人所作，所献之物涉及自制诗篇、前人书法、礼食甚至冬椹、绿毛龟、赤觜山鹊，不一而足。再用“自非睿感潜通，祯符显应，岂能殊祥毕凑，异物咸臻，旷千古而难逢，超百王而独异”（《为司农卿宗晋卿进赤觜山鹊表》）这种套话表达着所谓的耿耿忠心，歌颂着君主圣德。这类表除略具史料价值之外，往往只顾一味颂圣邀宠，显得有些无聊。

（六）《自叙表》

与上边所列内容有所不同，李峤另有一表曰《自叙表》，为自荐性质。此表当作于武后垂拱元年（685），是年“五月，……诏内外文武九品已上及百姓，咸令自举”②，李峤遂成此篇，不久即由侍御史迁监察御史。

在这篇《自叙表》之中，李峤给予自己谦卑而又得体的评价，开篇即说自己“以蒙鄙，遭逢休历”，其实也就是在说自己无才无德而受重用，之所以会有“擢处崇班，超登近侍”即位极人臣的宠眷，完全是因为“陛下降非常之遇，垂

① 《全唐文》，第1094页。

② 《旧唐书》，第117页。

不次之思届”，所以自己“上感皇明识遇之厚，下忧忝冒负乘之责，常愿肝脑涂地，以报所天，魂魄归泉，不忘结草。至于欲披诚款，曲尽智能，竭心本朝，输力明主，此臣日夜之所思念，胸襟之所蓄积，岂敢更为进退，苟事廉隅，固守㧑谦，坐饰边幅？”① 这里没有过多的典故，只是在反复表达自己心甘情愿报答圣主知遇之恩，耿耿忠心被表现得淋漓尽致。

关于自身经历，作者寥寥几笔带过，“臣早遘凶闵，素甘贱贫，少缠羸疴，不任劳苦”，即幼年失怙，身体不够强健，却能够甘于贫寒，做事不辞辛劳。文章接着自叙个人情况：

> 从仕代饥寒之役，徇禄无显达之心，修身惧于辱先，履道期于远害。见强御之为患也，故处之以谦卑；知刻薄之为尤也，故行之以仁恕。慕退让不敢从驰竞之流，戒贪残不敢为丝发之犯。若乃温良诚信之道，忠孝友悌之规，莫不仰承圣风，俯蹈家训，束太平之名教，移中人之志业。及其屏私昵，忘比周，内无术数之机，外绝朋附之党，一心奉主，介然孤立，此臣之所以登朝廷而事明圣，全直道而勖身名者也。

对于自己的德行，作者却颇自矜，讲到家风，讲到自己立身处世的原则，不求显达，不敢辱没先人，不刻薄，行仁恕、温良诚信、忠孝友悌，云云，不惜笔墨。进而陈述自己的可鉴之忠心，洋洋洒洒。至于自己才能，作者给予了准确的定位：“臣曾涉经典，笃好文史，渐六艺之腴润，驰百家之阃阈。至若操觚秉牍，纪事属辞，虽窃比老、彭，诚未拟于先哲；而上追班、马，敢自强于后进。”最后，作者畅言自己的志向：

> 倘得参名芸阁，假迹蓬山，探石室之秘文，览金版之遗籍。听歌探颂，以观四方之风；讲艺论诗，以崇三代之式。第其科目，载之简编，大以荐陈郊庙，报享成功；小以敷布乐章，润色鸿业。使宏勋播于金石，盛德流乎舞咏，光济于当日，洋被于来叶，然后退没草泽，下入幽泉，犹生之

① 《全唐文》，第 1102 页。下引本文同。

年也。①

名山大川，探幽寻古，借助诗文以观风俗、知得失，流露出几分书生式率真的梦想，又有兼济天下的远大志向。

全文句式骈俪，音韵流畅，充满昂扬向上之激情，为李峤表甚至所有文章之中少有的能够流露性情之作，尽管该文表达得依然含蓄典雅，情感亦不够强烈。

刘勰《文心雕龙》曰：

> 原夫章表之为用也，所以对扬王庭，昭明心曲。……表体多包，情伪屡迁，必雅义以扇其风，清文以驰其丽。然恳恻者辞为心使，浮侈者情为文使。繁约得正，华实相胜，唇吻不滞，则中律矣。②

应该说，李峤传世的九十多篇表，内容丰富，文采出众，尽管有些属于循例或尊礼而为，难免有虚浮夸饰、缺乏真情实感者，但还是有很多“繁约得正，华实相胜，唇吻不滞”的所谓“中律”之作。

前文已述，表这种文体可以说是源远流长的，其对语言的要求则是重点突出、简明清楚。如李密《陈情表》、诸葛孔明《出师表》等名篇佳作，产生于建安时期，彼时之表，文辞简约流畅，很少甚至根本不用典故，却能够晓之以理、动之以情。而李峤所生活的初唐武后、中宗时期，骈文占据绝对主导地位，表文深受六朝繁缛之风的影响，特点即是讲究骈偶，喜好堆垛典故，李峤数量可观的表文中，虽不乏如《自叙表》《令御史检校户口表》这类气韵流畅、内容充实之作，但多数还是未脱积习，因而我们可以从李峤表中感受到南朝文风之影响，同时也能捕捉到文风即将变革的气息。

第二节　李峤文的分体研究之二——奏疏制册

《全唐文》载录李峤之疏 4 篇——《论巡察风俗疏》《请减员外官疏》《请辍

---

① 《全唐文》，第 1103 页。

② 《文心雕龙今译》，第 208 页。

近侍大典疏》《谏建白马坂大像疏》，状 1 篇即《谢谴让状》，以及《上中宗书》，陈尚君辑校《全唐文补编》补录《选贤为州县官奏》，这些疏、状、奏的文体特征相近，均属上表言事之类。此外，《全唐文》收录李峤制 44 篇，如果加上陈尚君辑校《全唐文补编》收录的《为诸王男等加封邑制》《封某王男某郡王制》，李峤计有制 46 篇，尽管数量可观，然其内容、形式都十分单一。李峤还有册 2 篇——《懿德太子哀册文》《上应天皇帝册文》，有《神龙历序》1 篇。上述均属于公文类，因而于此并论之。

一、"疏""状""奏""上书"

（一）概述

所谓"疏""状""奏""上书"，均为大臣上书君主论政言事的文体名称，称谓不同，其特征却大同小异。如上文所引蔡邕之《独断》卷上就有专门论述："凡群臣上书于天子者有四名：一曰章，二曰奏，三曰表，四曰驳议。"① 徐师曾《文体明辨序说》有"奏疏"一类，其论曰：

> 奏疏者，群臣论谏之总名也。奏御之文，其名不一，故以奏疏括之也。……汉定礼仪，总有四品，……至于奏事，亦称上疏，则非专以按劾也。……唐用表状，亦称书疏。……疏者，布也。……
>
> 及论其文，则皆以明允篤诚为本，辨析疏通为要，酌古御今，治繁总要，此其大体也。②

就是说"奏疏"仅仅是一个总称，或因朝代不同，或因内容有别，其称谓略有差异，或视其行文各有具体要求。

"疏"以议论为主，直言其事或借古以谏今，要求"明允篤诚为本，辨析疏通为要"③，最为根本的是清楚流畅。魏徵《谏太宗十思疏》诚乃佳作，传诵千古。《全唐文》录李峤疏 4 篇，篇幅短小，骈散结合，论证精当。

---

① 《独断》，第 78—79 页。

② 《文体明辨序说》，第 123—124 页。

③ 《文体明辨序说》，第 123—124 页。

李峤有《谢遣让状》1篇。“状者，陈也。状有二体，散文、俪语是也。”①即状以陈述为主，可以是散文，也可以是骈文。李峤之状则属骈文。

李峤还有《选贤为州县官奏》。关于“奏”，李善注陆机《文赋》“奏平彻以闲雅”曰：“奏以陈情叙事，故平彻闲雅。”② 认为奏以陈情叙事为要，文风宜“平彻闲雅”。

此外，李峤尚有《上中宗书》见录于《全唐文》卷二百四十八。这种“书”其实也是古人向君主陈事谏言所用的文体之一，因为亲朋故旧往来之文字亦称之曰书，为以示区别，萧统《文选》单列“上书”一类于其卷十九并首选李斯之《上秦始皇书》。③

无论是疏还是状、奏、上书，因其为臣子上书于君王，因而其语言首先要谦卑得体，还要典雅庄重，即曹丕所谓“奏议宜雅”④ 是也。

（二）围绕“减员外官”事件的几篇奏疏、状、上书

李峤有《请减员外官疏》《上中宗书》《为水潦灾异陈情表》《谢赐优诏矜全表》《谢遣让状》几篇上呈中宗之文，均与“减员外官”事件有关。《旧唐书》本传载：

> 初，峤在吏部时，志欲曲行私惠。冀得复居相位，奏置员外官数千人。至是官僚倍多，府库减耗，乃抗表引咎辞职，并陈利害十余事。中宗以峤昌言时政之失，辄请罢免，手制慰谕而不允，寻令复居旧职。⑤

《资治通鉴》卷二百八《唐纪》二十四、《新唐书》本传、《唐会要》、《册府元龟》等对此均有记载，所记内容略有出入，如《新传》稍略，曰“阴欲藉时望复宰相，乃奏置员外官数千。既吏众猥，府库虚耗，乃上书归咎于时，因盖向非”⑥；《资治通鉴》则说“欲树私恩，再求入相，奏大置员外官，广引贵势亲

① 《文体明辨序说》，第124页。

② 《文选》，第241页。

③ 参见《文选》，第554页。

④ 《文选》，第720页。

⑤ 《旧唐书》，第2995页。

⑥ 《新唐书》，第4370页。

识。既而为相，铨衡失序，府库减耗，乃更表言滥官之弊，且请逊位，上慰谕不许”①；而《册府元龟》卷六百二十九《铨选部》对此记述比较详细：

> 中宗神龙元年，李峤、韦嗣立同居选部，多引用权势，求取声望，因请置员外官一千余员，繇是侥倖者趋进，其员外官悉恃形势与正官争事，百司纷竞，至有相殴击者。及峤复入相，乃深悟其失。又见朝野喧议，乃上疏曰：“自宝命中兴，鸿恩溥及，唯以爵赏为惠，不择才能任官授级加阶，朝廷多改，正阙不足。加以员外非复求贤，助理多是为人择官，接武随肩，填曹溢府，无益政化虚请。俸禄在京则府库之殚竭；在外则黎庶被其侵渔。伏愿微惜班荣，稍减除授，使匪服之议不兴于圣朝，能官之谣复光于曩载。”疏奏上，乃诏减员外官，不令釐务也。②

笔者注意到史书关于此事的一些用词遣句——《旧传》“志欲曲行私惠”；《新传》“欲树私恩”“因盖向非”；《资治通鉴》“欲树私恩”；等等，史家之言已有贬义。顾炎武《日知录》引《旧唐书》所载此事时，将有关员外之弊端概括为“员外之官本为冗秩”③，而此事的渊源、来龙去脉等细节，陈冠明《年谱》有较为详尽的考证④，笔者仅就与之相关的几篇奏疏、表、状略做论述。

首先，陈冠明《〈全唐文〉李峤卷考辨厘正》一文，有关于《请减员外官疏》与《上中宗书》内容之比较，认为：

> 按，《请减员外官疏》载《唐会要》卷七四、《册府元龟》卷六二九。……《上中宗书》载《新唐书》本传。其中一节，即《请减员外官疏》文，唯多改窜删略，而前后各有数句为疏所无。故《全唐文》编者遂误视为二文。⑤

---

① 《资治通鉴》，第 6606 页。

② 《册府元龟》，第 7548—7549 页。

③ ［清］顾炎武：《日知录》，文渊阁四库全书本，台湾商务印书馆 1986 年版，第 858 册，第 936 页。

④ 参见《苏味道　李峤年谱》，第 142—144 页。

⑤ 《〈全唐文〉李峤卷考辨厘正》，第 20 页。

考辨精当，此二文或为重出。观其文风格亦较为接近。《请减员外官疏》专论一事，《上中宗书》则针对当时诸多流弊提出具体建议，二者都语言简练，务求论述精当。作为一位具有远见卓识的政治家，李峤确实是“深悟其失”，不仅一针见血地指出其弊端所在，更有具体整改意见。

其次，围绕这一事件，还有几篇表需要提及，《为水潦灾异陈情表》作为陈情之表，其风格与李峤大多数表类明显不同，文章运用排偶句式，气势健举，笔者丝毫没有看到《新传》所谓“归咎于时，因盖向非”的影子，有的是自责与愧疚：“致令衡镜失序，纪纲不张，官僚日增，府库岁减。……推其咎戾，实在微臣。”将天灾人祸全都归咎于自己，而且这种自责被作者表现得优雅庄重，不失大家风范。

最后，《谢赐优诏矜全表》与《谢谴让状》很显然为“中宗以峤昌言时政之失，辄请罢免，手制慰谕而不允，寻令复居旧职”之后所作，《谢谴让状》表现得很含蓄，不再过多提及过往，只将一切归于老迈昏庸，“是用晨宵载惕，启处增惭，素自庸愚，加以疾疹，心绪遗忘，耳目昏沈，实恐虚旷天工，倾败鼎悚”①。而《谢赐优诏矜全表》又略带几分源于内心的感激之情：“察臣诚款之心，知其忧国；览臣狂愚之奏，谓合事宜。谴让之中，恩多而责少；含容之内，善详而过略。”② 陈冠明有一个很有意思的评论：“李峤上谢状，等于是收回辞职报告。”③ 至此，这件事情算是有了圆满的结局——纠偏的措施有了，李峤虽然承担了责任，却也毫发无损。几篇文章使我们对整个事件有了很全面的了解，其史料价值不容忽视，而李峤处理这件事的方式也显示了其作为权臣的心机。

（三）3篇“疏”、1篇“奏”

李峤还有3篇疏——《论巡察风俗疏》《请辍近侍大典疏》《谏建白马坂大像疏》，这三篇文章史书均或多或少有所记载。

《论巡察风俗疏》，《旧传》有“时初置右御史台，巡按天下，峤上疏陈其得失”云云，《新传》所载基本相同。陈冠明系此文于天册万岁二年、万岁登封元

① 《全唐文》，第1103页。

② 《全唐文》，第1099页。

③ 《苏味道　李峤年谱》，第149页。

年、万岁通天元年（696）并有考证。[①] 文章篇幅在这三篇之中是最长的，也不过五六百字，却因为没有那些繁文缛节而简练、有理有据，论证充分合理，其所提出的措施亦具有可行性。然而令人遗憾的是，尽管“则天善之。乃下制分天下为二十道，简择堪为使者”，却最终“会有沮议者，竟不行”。[②]

《请辍近侍大典疏》作于长安四年（704），李峤时知纳言事。两《唐书》李峤本传均失载，《新唐书·韦嗣立传》有：“时州县非其人，后以为忧。李峤、唐休璟曰：‘今朝廷重内官，轻外职，每除牧守，皆诉不行，非过累不得遣。请选台阁贤者分典大州，自近臣始。’”[③]《旧唐书·韦嗣立传》所载稍详。[④]

古代一向重京官、轻外调，很多地方官员会有遭贬谪之人充任，这篇疏即针对此种情况，提出于“台阁侍监”之中“妙简贤良，分典大州”，以期“共康庶绩”，并且还提出以身作则，“臣等请辍近侍，率先具僚”，即选择台阁之臣充任地方官吏并从自己做起。尽管篇幅很短小，或为当时言论的记录，但内容充实，观点明确。另外，陈尚君辑校《全唐文补编》收录李峤《选贤为州县官奏》，题下注为“《册府元龟》卷六七一、《旧唐书》卷八十八”[⑤]，其内容主旨与《请辍近侍大典疏》相类，不复赘言。

《谏建白马坂大像疏》当作于武后长安四年（704）十月，《唐会要》卷九十四曰：“长安四年十月九日，敕大像宜于白司马坂造为定……”[⑥]。此事《旧传》《新传》皆有记载，《新传》有李峤上疏全文。言简意赅，进谏还用了“臣以法王慈敏，菩萨护持，唯拟饶益众生，非要营修土木”这种观照佛教思想的语言，体现作者用心之良苦。遗憾的是，这篇疏奏最终未被采纳。

纵观李峤奏疏类文章诸篇什，皆篇幅短小，疑仅仅为原文的一部分，但内容极为充实，往往以议论为主，主题突出、明确，条理清晰，完全不同于其他辞采华美之作，这一点当然是由奏疏类公文的文体特点决定的。与贞观间魏徵著名的《谏太宗十思疏》如江河一泻千里的气势相比，李峤的这些疏明显稍逊

① 参见《苏味道 李峤年谱》，第110页。

② 《旧唐书》，第2994页。

③ 《新唐书》，第4231页。

④ 参见《旧唐书》，第2869页。

⑤ 《全唐文补编》，第327页。

⑥ 《唐会要》，第858页。

一筹。当然，这些奏疏又具有史料价值，只是历来学者少有关注，甚是遗憾。

二、程式化的制

所谓"制"，古时与"诏"一样，均指君主之命令。《礼记·曲礼下》有"国君死社稷，大夫死众，士死制"之说，郑玄注曰："制，谓君教令，所使为之。"① 《史记·秦始皇本纪》则有"臣等昧死上尊号，王为'泰皇'，命为'制'，令为'诏'"② 之记载，可见秦代已称天子之命令为诏为制。又据《资治通鉴》载"太后自名曌，改诏曰制"③，《唐会要》亦称"旧制，册书诏敕总名曰诏，天授元年避讳，改诏曰制"④。《文心雕龙·诏策》认为：

> 秦并天下，改命曰制。汉初定仪则，则命有四品：一曰策书，二曰制书，三曰诏书，四曰戒敕。敕戒州部，诏诰百官，制施赦命，策封王侯。策者，简也。制者，裁也。诏者，告也。敕者，正也。⑤

强调制的作用是施行命令。徐师曾《文体明辨序说》亦云：

> 颜师古云："天子之言，一曰制书，谓为制度之命也。"蔡邕云："其文曰制，诰三公、赦令、赎令之属是也。……唐世，大赏罚，赦宥、虑囚及大除受，则用制书。其褒奖赞劳，则有慰劳制书。余皆用敕，中书省掌之。⑥

可知，制为皇帝命令，属于下行公文，在汉初规定仪则之时，策书、制书、诏书以及戒敕其用途是有明确之规定的，所谓"诏诰百官，制施赦命"是也。而到了唐代，制则有"大赏罚，赦宥、虑囚及大除受"等用途。

李峤各种文体之中，制的数量亦属可观，如前所述计有 46 篇。然其无论内

---

① 《礼记正义》，第 142 页。

② 《史记》，第 236 页。

③ 《资治通鉴》，第 6463 页。

④ 《唐会要》，第 932 页。

⑤ 《文心雕龙今译》，第 177 页。

⑥ 《文体明辨序说》，第 114 页。

容还是形式都非常单一——其传世之制皆为受官之制且格式固定，检视所有文本，基本上是先对将被授予官职的某人极力赞扬，赞扬的切入点或为品德，或为为人处事能力，或为文学才能，其后说明除受什么官职。我们不妨先看两个实例：

鸾台：新除朝议大夫守随州刺史于复业，志识端雅，艺能详洽，既罢台阁，方驱节传。铜栖依俊，银榜翘贤，汉水观风，且辍彤襜之务；瑶山听乐，宜煦黄离之景。可守太子中允，散官如故，主者施行。①

——《授于复业太子中允制》

鸾台：中散大夫行文昌左司郎中东苑县开国男徐有功，器局宏深，文艺优赡，秉节守义，直道正辞；绳准宪曹，枢机会府，咸归平恕，雅有声绩。狱吏轻重，人咨胥怨，天工推择，朕之所难，选众而居，庶乎不滥。可守司刑少卿，散官勋如故，主者施行。②

——《授徐有功司刑少卿制》

很明显带有程式化的特征。其大量的夸饰之词委实让人生厌。尽管其中对所授官职之人的品质特点的概括各有侧重，作者似乎努力在避免千篇一律，于呆板的程式中努力表现出一定的灵活性。试举几例，可见其文字方面的功力：

执简当朝，秉轺抚俗，效彰伏柱，勤深揽辔。坚贞之操，既申于柏台；利建之荣，宜及于茅社。③

——《封刘瑨彭城县开国男制》

识量淹通，理怀沈正，摄官无怠，历职有声。三辅名畿，五方杂俗，求人之瘼，唯帝所难，宜迁题坐之风，俾试鸣弦之化。④

——《授郑仙客长安县令制》

---

① 《全唐文》，第 1081 页。

② 《全唐文》，第 1080 页。

③ 《全唐文》，第 1082 页。

④ 《全唐文》，第 1082 页。

体素端固，器识通敏，驱策自久，绩效有闻。作贰神州，实资幹用，兼司剧署，载伫公勤。①

——《授杜从则雍州司马制》

李峤这些制诏类公文，以骈体为主，骈散结合，语言比较流畅，然而由于内容枯燥乏味，形式单一，除具史料价值外，别无太多意义，因而后世学者少有关注与评论。

三、《懿德太子哀册文》《上应天神龙皇帝册文》和《神龙历序》

李峤有两篇册文传世，即《懿德太子哀册文》和《上应天神龙皇帝册文》。关于“册”，徐师曾《文体明辨序说》有：

按《说文》曰：“册，符命也。”字本作策……又按：古者策书施予臣下而已，后世则郊祀、祭享、称尊、加谥、寓哀之属亦皆用之。……

二曰玉册，上尊号用之。……

五曰哀册，还梓宫及太子诸王大臣薨逝用之。②

李峤的这两篇册文，一为哀册，一为上尊号之玉册。另外，其尚有一篇《神龙历序》，三文写作时间相近，背景相似，所以姑且放在一起讨论。

（一）《懿德太子哀册文》

这是一篇哀册文，带有墓志的性质，其内容既有对逝者的哀思怀念，又颂其美德。文章开篇即言：“维神龙二年岁次景午夏四月甲戌朔二十三日景申，懿德太子梓宫启自洛邑，将陪窆于乾陵，礼也。”③ 交代了该文写作的时间、目的，即前文所述为“哀册文”。懿德太子，名李重润（曾名重照，后为避武后讳而改），中宗与韦后之长子，年十九岁即与其妹永泰郡主（也即后来的永泰公主）、

① 《全唐文》，第1082页。

② 《文体明辨序说》，第115—116页。

③ 《全唐文》，第1114页。

妹夫魏王武延基一起为武则天所杀。《旧唐书》卷八十六[①]、《新唐书》卷八十一[②]有传。“重润秀容仪，以孝爱称，诛不缘罪，人皆流涕。”[③] 李重润如此出众却遭杀戮，时人皆唏嘘，武氏为维护自己权力大肆杀戮，由是可见一斑。中宗复政之后于神龙二年（706）李重润陪葬乾陵，并号墓为陵。是文作于中宗神龙二年夏四月，懿德太子陪葬昭陵之时。

册文由散文体的短序和骈体的正文两部分组成，小序除前文所说的交代了时间及制写册文目的之外，还简单叙述了懿德太子下葬的一些情况。册文的正文前半部分为整齐的四字句，后半部分则杂以四言、五言、六言与七言句式，由盛赞太子美德到抒发痛失太子的极度哀痛之情，连用六个“呜呼哀哉”，在反复中将抒情逐渐推向高潮，“麦枯兮夏旱，花落兮春残。林野晦而天无色，烟云愁而景欲寒。呜呼哀哉！”情与景相交融，“痛平生兮冥寞，哀倏忽兮今古。视不见兮呼不闻，天无晓兮夜无分。同变化兮光阴尽，配阳秋兮兰菊芬。呜呼哀哉！”伤心欲绝，天昏地暗，其痛惜之情在反复呼喊中淋漓尽致地表现出来，于绵绵不绝的哀痛中收束全文。

《懿德太子哀册文》典丽凝重，音韵和谐，文采斐然，带有很强的抒情色彩却并不滥于伤情，充分显示出作者一贯的大手笔特色。另，《全唐文》卷二百四十六有李峤《谢撰懿德太子哀册文降敕褒扬表》，盖因其撰写该文受到褒扬嘉奖而作，无非“恭闻圣旨，辄奏庸音，岂足以褒叙重离，激扬三善，宣睿慈之恻怆，述天顾之绸缪”之类自谦之语，不过可知其文颇令中宗满意。

（二）《上应天神龙皇帝册文》

《旧唐书·中宗纪》曰：“（神龙三年）九月，庚子，上皇帝尊号曰应天神龙，皇后尊号曰顺天翊圣，大赦天下，改元景龙。”[④] 李峤《上应天神龙皇帝册文》即作于此时。应为中宗上其尊号“应天神龙皇帝”时所用之册。

册文首言时间：“维神龙三年，岁次丁未，九月丙申朔，五日庚子，具官某

---

① 参见《旧唐书》，第 2834—2835 页。

② 参见《新唐书》，第 3593 页。

③ 《新唐书》，第 3593 页。

④ 《旧唐书》，第 145 页。

及文武群官等谨昧死再拜稽首奉册言……"① 接着便是大段颂美之词："应天皇帝陛下垂旒御辩，截海披图，承四业之休光，握三灵之宝契，虞舜蒸蒸之德，永锡群方，周文翼翼之心，其凝庶绩。"② 又是古时圣君虞舜、周文，既是为皇帝上尊号，这些阿谀赞颂自然是必不可少的。继而对刚刚过去的由太子重俊策动的兵变予以叙述，所谓"而孽子滔天，乱臣干纪，谋同触瑟，祸剧弄兵"云云，最后在"天长地久，更隆四大之尊名；玉振金声，恒为百王之称首。盛矣美矣，皇哉唐哉"的祝颂以及"臣某等诚欢诚喜，顿首顿首，死罪死罪，再拜以闻"的套话中结束。

作为册文，该篇主旨即为上尊号，因此以歌功颂德为要旨，不惜堆砌完全属于阿谀奉承的典故，或具史料价值，实无可取之处。

（三）《神龙历序》

《旧唐书》卷三十二《历》二曰"中宗时，南宫说造景龙历"③，此当即所谓"神龙历"。因序文中有"皇帝抚天下之三载也"，可知本文写作时间在中宗神龙三年、景龙元年（707）。

序文开篇先言《神龙历》修撰及颁行的背景：

> 昔者龙负河图，八卦列明时之象……自重黎并命，叔仲分官，理八节而调四时，部三元而齐七政。权衡度律，在虞夏而兼修；正朔阴阳，及殷周而备举……序临安宁，岁次强围。皇帝抚天下之三载也，珍图政御……④

接着叙述皇帝下令修历的英明以及修历的意义，进而盛赞参与修历的大臣杨慎交、柳冲等资质出众，有此等名望与才能之士，加之"虽异体而各术，并同心而合契"，自然是"可以为帝王之式。盛矣美矣"。序言对《大唐神龙历》给予了很高的评价。

《唐代文选》评此文曰："《神龙历序》记叙中宗下令修历及修历诸臣之资

---

① 《全唐文》，第1083页。

② 《全唐文》，第1083页。

③ 《旧唐书》，第1152页。

④ 《全唐文》，第1105页。

望、才能，复赞新历之精密、命名之缘由。全文典雅精实，整饬中寓有疏宕之气，足见文章老宿之风采。序文所述历代历法之擅变、得失，中宗时代修历之经过，亦可成为研究我国盛唐以前历法演变之可贵资料。”① 于内容及价值两方面有比较精当的评论。

《唐宋骈文史》引该文最后一段并评论其“卷舒开合，自然灵活，很少有滞涩不畅之类，加之文气充足，所以能运用自如，典而不繁，丽而不艳，文质相扶”。并引高步瀛《唐宋文举要》对此文的评价“典丽精实，仍寓疏宕之气，自是可珍”，认为其评价“恰如其分”。其对该文之艺术方面的特点予以充分肯定。②

第三节　李峤文的分体研究之三——碑、墓志

一、碑与墓志概述

有关碑的产生以及碑文的特点，明代徐师曾《文体明辨序说》有较为详细的论述。关于碑的产生，其认为：

> 按刘勰云：“碑者，埤也。上古帝皇，始号封禅，树石埤岳，故曰碑。周穆纪迹于弇山之石，亲始刻石于峄山之巅，此碑之从始也。”然考士昏礼，“入门当碑揖”。注云：“宫室有碑，以识日影，知早晚也。”《祭义》云：“牲人丽于碑。”注云：“古宗庙系于牲。”是知宗庙皆有碑，所为识影系牲之用。后人因于其上纪功德，则碑之所从来远矣。而依仿刻铭，则自周秦始耳。③

刘勰《文心雕龙》认为，远古帝王封禅树碑为碑之起源，而徐氏则认为宗庙用于“识影系牲”的石碑，人们刻字其上，成为碑之渊源。徐氏进而指出“后汉以来，作者渐盛”，于是就有了置于不同场合的诸如山川之碑、宫室之碑、宗庙

① 本段引文转引自于景祥著《唐宋骈文史》第 32 页。

② 参见《唐宋骈文史》，第 31—32 页。

③ 《文体明辨序说》，第 144 页。

之碑等各种类型。

> 故碑实铭器，铭实碑文。其序则传，其文则铭，此碑之体也。又碑之体主于叙事，其后渐以议论杂之，则非矣。故今取诸大家之文而以三品列之，其主于叙事者曰正体，主于议论者曰变体，叙事而参之以议论者曰变而不失其正。①

徐氏在此对碑的起源、演变、种类以及碑的文体要求作了论述。据此可知，所谓碑，其实最初是用来“识影系牲”的，后来人们才逐渐在上边刻字纪功颂德。东汉之后渐盛。唐代是最为发达时期，不仅碑文内容丰富，其书法亦精湛，遂成为一种文化。

《全唐文》著录李峤碑文 4 篇，即《大周降禅碑》《洛州昭觉寺释迦牟尼佛金铜瑞像》《宣州大云寺碑》《攀龙台碑》，尽管数量不是很多，却均为鸿篇巨制，堪称大手笔，且均创作于一定的历史背景之下。另外有《大周故纳言博昌县开国男韦府君夫人琅耶郡太君王氏（婉）墓志铭》（为补入，韦承庆作序，李峤制铭，见《全唐文补遗》第二辑），因内容相近，或追悼逝者，或追思先人，或纪念所谓重大事件，均属于颂美述德之作，因此合而论之。

二、纪功颂德之《大周降禅碑》

李峤这篇碑文作于武则天天册万岁二年、万岁登封元年、万岁通天元年(696)，是年腊月，武则天封嵩山神岳，此事《旧唐书·则天皇后纪》有载：

> 万岁登封元年腊月甲申，上登封于嵩岳，大赦天下，改元，大酺九日。丁亥，禅于少室山。己丑，又制内外官三品已上通前赐爵二等，四品已下加两阶。洛州百姓给复二年，登封、告成县三年。癸巳，至自嵩岳。甲午，亲谒太庙。②

① 《文体明辨序说》，第 144 页。

② 《旧唐书》，第 124—125 页。

《新唐书·则天皇后纪》①、《资治通鉴》卷二百五《唐纪》二十一②所载大致相同。李峤于此次封禅神岳仪式中担任司牧，也即活动中的执事者，属于大礼之中非常重要的角色，因此才会诚惶诚恐地说自己“臣峤谬忝司牧，躬陪错事”③，并且撰写了这篇碑文。也正是因为有这篇碑文，为我们保存了古代帝王祭天祀地的具体仪式情况，这一点颇据史料价值。

封为“祭天”，禅为“祭地”，在太平盛世或天降祥瑞之时，作为祭祀天地的大型典礼，封禅一般由帝王亲自到泰山上举行。“国之大事，在祀与戎”，古代封禅是远比新君登基等一些邦国大事更为重要的事情，毕竟它宣示着成功与荣耀，被认为是逢盛世明主的象征：“封禅者，所以告成功也。夫成功者，德无不被，人无不安，万国无不怀。”④ 历史上行过封禅之礼的秦皇汉武，无一不是为了炫耀国力强盛，表明君权天授，并借此为自己歌功颂德，且均是将封禅之地选择在东岳泰山。武则天此次封禅的目的，就是要向世人昭示武周代李唐“革命”之顺应天意，其封禅嵩山而非东岳泰山本身就在刻意表现其与以往是完全不同的。于是，《大周降禅碑》一开篇即在努力强调这次封禅的史无前例，强调选择中岳嵩山而不是泰山的意义：

> 未有回舆按驿，觐中土之神灵；刻石泥金，崇外方（此指嵩山——笔者注）之禋祀。名臣于是乎断其去就，良史于是乎题其失得。然则置表测日，阳城当六气之交；祭林奠山，太室为九封之长。神翰降生于廊庑，王畿仰瞩于峰岫。风雷所蓄，俯镇于三河；辰纬所躔，旁临于四岳。立崇乾事坤之兆，疏就下因高之位，舍此地也，畴其尚焉！⑤

真可谓占尽了天时与地利，霸气十足地宣告：“舍此地也，畴其尚焉！”接下来便是连篇累牍的歌功颂德的文字，“我大周之有天下也，鼓道德之林薮，恢圣神

① 参见《新唐书》，第95—96页。

② 参见《资治通鉴》，第6503页。

③ 《全唐文》，第1106页。

④ 《新唐书》，第4089页。

⑤ 《全唐文》，第1106页。

之事业”云云，泱泱大国的自尊与自豪感跃然纸上。

《大周降禅碑》还有一个重要的价值就是保存了封禅神岳的大致情况，这一点在以往文献之中是不曾提及的。尽管古代封禅是件大事，但是，关于具体的礼仪我们确实无从知晓，李峤这篇碑文为我们做了尽管不甚详细却前所未有的叙述，这对研究封禅祭祀等相关问题无疑十分重要。

> 天册万岁二年腊月乙亥……万乘停镳，百司就列……天子乃幸斋寝，披仙幄……唯夫蠲意澄心，所以至诚尽敬。于是乎，山祇护野，风伯清尘，玉醴潜滋，金沙暗涌。神钟惊曙，峰岩传九乳之音；寒律移暄，草树动三阳之色。征祥之报，影响不违。①

大礼之前首先是斋戒，一定要“至诚尽敬”，接着是“壬申，柴燎祀昊天上帝于岳南，显祖立极文穆皇帝、太祖无上孝明高皇帝，侑神作主。天子戴圆冕，披大裘，登三垓，植四邸，藉陈藁秸，器用陶匏。高炎四施，耀流沙而烛沧海；广乐六变，来象物而降天神。感霏烟瑞露之徵，延薰风景星之祉”②，继而进入最为隆重庄严的祭天仪式：

> 大礼既毕，嘉应既臻，思欲契精爽于高明，剖灵符于峻极。甲申，御金跸，登玉舆，环拱百神，导从群后，遂陵桂莩，攀松磴，跨峥嵘而出烟道，排列缺而趾天门。羽节高挥，上干鸟星之次；黾坛下映，俯瞰鹏云之色。琼文秘检，络之以银绳；宝算休期，探之于金策。交大灵于咫尺，受洪釐于亿万。然后徜徉烟霄，怊怅古昔，凝神于九天之上，游目于八纮之表……仰斗杓之运行，仍布维新之令。③

大礼既成，遂改元为“万岁登封元年”，之后是禅于少室的祀地仪式，“丁亥，禅祭后土于少室下趾东南”。④ 最后，武后登朝觐台，接受百官及四方使者朝贺，

---

① 《全唐文》，第1107页。

② 《全唐文》，第1107页。

③ 《全唐文》，第1107页。

④ 《全唐文》，第1107页。

即朝觐：

> 于是事毕功宏，礼周庆洽。方欲辑圭璧，陈韎任，铺六代之礼文，受万邦之朝贺。宏规大业，其盛矣哉……我后乎出帝先，遂康天步，登封降禅，拉宇宙之枢衡；立显崇功，定皇王之轨式。鸿勋上格于穹昊，厚福旁浸于黎元。炜炜煌煌，亘寰区而宣壮丽；巍巍荡荡，横山丘而殷声名……天下之大功成矣，域中之能事毕矣。①

文字委实古奥，并且带有极其强烈的颂德色彩。

《大周降禅碑》全文约四千言，将整个祭祀大礼过程交代给我们，细节不是很清楚，更像电影中的远景镜头，然而通观全文，洋洋洒洒，气势恢宏，字里行间充斥着大量溢美之词，堆砌着许许多多的典故，我们能够感受到作者身处太平盛世，又值此空前之祭祀天地的盛况，“我大周之有天下也，鼓道德之林薮，恢圣神之事业，始于闾阈，成于家邦；辉光烛于两朝，德泽流于八裔……盖千帝所不能及，六籍所不能谈”②，竟是如此自豪！纵观全文，女皇威仪，仪式庄严，典礼隆重，碑文华丽典雅，真可谓“凌云之笔”。

这次封禅神岳，武则天实现了高宗李治欲禅嵩山的愿望，彰显了大周的实力，笼络了人心——官吏晋级，百姓免税，同时，也满足了她自己好大喜功、追逐夸饰铺张的极强的虚荣之心。而李峤《大周降禅碑》的价值则在于为我们研究古代尤其唐代祭天祀地的封禅大礼留存了宝贵的资料。

三、追思诔美之墓碑（志）文

墓碑文只是一个较为笼统的称谓，具体尚有诸多名目，“其或曰碑，或曰碑文，或曰墓碑，……或曰神道碑，或曰神道碑文……”③。其主要内容不外乎悼亡与颂美——追思逝者，倾诉哀思；追述先人功德，表达仰慕之情。为便于研究，笔者将内容十分相近的《攀龙台碑》和《大周故纳言博昌县开国男韦府君夫人琅耶郡太君王氏（婉）墓志铭》于此并论之。

---

① 《全唐文》，第 1107—1108 页。

② 《全唐文》，第 1107 页。

③ 《文体明辨序说》，第 144 页。

（一）《攀龙台碑》

李峤《攀龙台碑》碑文载《全唐文》卷二百四十九，全文6700多字，确实堪称大手笔。“攀龙台碑”又称“大周无上孝明高皇帝碑”，其建成之后立于并州文水武氏原籍，乃武则天于长安元年（701）十二月为其父武士彟所立。碑文撰成之后由相王李旦（也就是后来的睿宗皇帝）书写。该碑高5丈，宽9尺，厚3尺，是古今第一大墓碑。可以说，无论碑的巨大抑或碑文的鸿篇巨制，都与武后喜欢大手笔十分契合，而李峤所撰碑文之内容，更是投其所好。

碑文分为序文及正文两部分。序的主要内容是追思武氏先祖，详述则天之父武士彟生平。碑文首先强调武姓“其先出自周平王少子，有文在其手曰‘武’，因以姓氏，居沛之竹邑，晋尚书仆射开府仪同三司薛侯孩其后也”①，从而力证武姓先祖血统之高贵、出身之高贵。接着，碑文不惜笔墨，极力铺叙武则天之父武士彟生而有异，“幼而聪达”，以及其“志立功名，而不求苟得；心重气侠，而动循常宪”。② 碑文用了大量篇幅，详叙其生平仕历，而对于其在隋末助唐高祖李渊成就大业以及高祖对他的格外倚重则尤为浓墨重彩。

碑文还叙述了高祖为则天父武士彟“亲为其求偶”，礼聘隋室疏宗杨达之女为妻之事，“隋纳言遂宁公杨达，才为英杰，地则膏腴。今有女贤明，可以辅德，秦晋之匹，不能加也”。③ 强调则天武后之母亦出自名门。

最终，武士彟因高祖去世过度伤心而卒：“唐高祖崩，帝奉讳号恸，因以成疾，太宗遣名医诊疗，道路相望。医以病候将深，劝令进药，帝因举声大哭，呕血而崩。”④ 之后，同大多数此类作品一样，碑文详实地叙述了朝廷的礼遇、身后的追赠谥号等。而墓碑正文则完全是歌功颂德之词。

骆宾王《代李敬业讨武氏檄》开篇直言：“伪临朝武氏者，人非和顺，地实寒微。”⑤ 圣历元年（698）突厥默啜起兵，其中一个理由就是“我可汗女当嫁天子儿，武氏小姓，门户不敌”⑥。当然，不可否认的是，前者是在为徐敬业出兵

① 《全唐文》，第1111页。

② 《全唐文》，第1111页。

③ 《全唐文》，第1113页。

④ 《全唐文》，第1103页。

⑤ 《全唐文》，第886页。

⑥ 《资治通鉴》，卷二百六《唐纪》二十二，第6531页。

讨武寻找充足的理由，而后者则是为其兴兵寇边多找些借口，然而却可从侧面表明，唐代对门第出身是很重视的，而门第本身又恰恰是武氏之“软肋”。因此，武则天当政之后即重修《姓氏录》而毁《贞观氏族志》，将武姓列于第一，一方面是为了打压关陇集团势力，打击李唐宗室，另一方面则是为了极力宣扬自己的门楣高贵。而李峤这篇《攀龙台碑》因极力宣扬武姓血统高贵，则天之父武士彠生即不同凡俗，入仕后又功勋卓著，则天之母杨氏本隋室疏宗，又有高祖亲自主婚云云，加之碑文辞采华美典雅，乃大手笔，不仅内容正迎合女主之意，其鸿篇巨制及善于铺陈恐正与武则天好夸饰颂美相契合。而此碑文尽管过多谀美颂德之词，于后世还是有其史料价值的。

《全唐文》卷二百四十五录有李峤《谢撰〈攀龙台碑〉赐物表》，表达其撰写此碑文受到恩赐之后诚惶诚恐的心情。据表可知，“编撰《攀龙台碑》文，赐臣物四百段”[①]，这不仅为李峤撰写此碑文的酬劳，也间接表明，武后对李峤的碑文还是很满意的。

钱基博先生在其《中国文学史》中对李峤《攀龙台碑》有如此评价：“《攀龙台碑》，错综震荡，才章富健，斯则集中之胜。”[②] 诚然如是。尽管这篇碑文为替武氏家族歌功颂德之作，文中充斥着溢美之词，但其落笔极有气势，叙述武士彠身世仕历一波三折，颇有跌宕之姿，同时可为学者研究初唐历史以及武氏家族情况提供一定的借鉴与参考。

（二）墓志铭——《大周故纳言博昌县开国男韦府君夫人琅耶郡太君王氏（婉）墓志铭》

该文《全唐文》未载，吴钢主编的《全唐文补遗》于第二辑收录[③]，亦见录于周绍良主编的《唐代墓志汇编续集》[④]。韦承庆撰序，李峤制铭。墓主则为韦承庆继母王氏。韦承庆与韦嗣立为韦思谦之子，为同父异母兄弟。《旧唐书·韦嗣立传》载：“嗣立，承庆异母弟也。母王氏。遇承庆甚严，每有杖罚，嗣立必解衣请代，……”[⑤] 墓志自然不会记录这些。通观全文，满是赞美之词。

---

① 《全唐文》，第 1100 页。

② 钱基博：《中国文学史》，第 278 页。

③ 参见《全唐文补遗》，第 8 页。

④ 参见《唐代墓志汇编续集》，第 349—351 页。

⑤ 《旧唐书》，第 2865 页。

一般而言，墓志由以散体为主或骈散结合的序和韵文之铭两部分构成。该文之序为韦承庆撰写，记述了王氏讳、字、姓氏、籍贯、族出、寿年、葬地等，颂其贤德并盛赞李峤“时秀朝英，文宗学府”①。韦承庆在此称李峤为“凤阁舍人”，可知此文当作于李峤知凤阁舍人事期间，也即长寿二年（693）或稍后。铭文为李峤撰，骈体，内容亦颂其美德。其所用文辞典事明显带有专属于女性的特征，如“高门有閟，之子于归，乘龙有德，占凤齐飞”“垂芬懿于兰菊，怀罔极于霜露”②。其价值或在于有助于我们更多了解唐代女性墓志文特征，且于研究相关人物具有一定史料价值。

四、颂德弘佛之寺庙碑《宣州大云寺碑》《洛州昭觉寺释迦牟尼佛金铜瑞像》

女主武则天原本就笃信佛教，为使其以周代唐合理合法且天下归心，更为其以女性身份践祚寻找充足的理由，在欲废唐立周前，武则天尤好祥瑞图谶，广置佛寺，度僧尼甚众，李峤两篇寺庙碑文均创作于这样的大背景之下。

（一）《宣州大云寺碑》

> （载初元年）秋七月……有沙门十人伪撰《大云经》，表上之，盛言神皇受命之事。制颁于天下，令诸州各置大云寺，总度僧千人。③
>
> ——《旧唐书·则天皇后纪》

此处所说的实际上为《大云经（疏）》，武则天将其中净月天女之事附会到自己的身上，并在她以周代唐“革命”前后以及其执政期间大力弘扬此经，为自己造势。此事《新唐书·则天皇后纪》所载稍略：

> （天授元年）七月辛巳……颁《大云经》于天下……（十月）辛

① ［唐］韦承庆：《大周故纳言博昌县开国男韦府君夫人琅耶郡太君王氏（婉）墓志铭》，见《全唐文补遗》，第二辑，第10页。

② 《全唐文补遗》，第二辑，第10页。

③ 《旧唐书》，第121页。

末，……置大云寺。①

又《新唐书》卷一百二有岑长倩本传附于岑文本本传后。其云：

和州浮屠上《大云经》，着革命事，后喜，始诏天下立大云寺。（岑）长倩争不可，繇是与诸武忤，罢为武威道行军大总管，征吐蕃。未至，召还，下狱。②

看来当时有识之士对武氏“诏天下立大云寺”还是有异议的，只是其间往往顺之者昌、逆之者亡而已。又宣州，治所在今安徽宣州市。《元和郡县图志》卷二十八《江南道四》有宣州③，属宣歙观察使。

李峤《宣州大云寺碑》，按碑文所说作于“天授二年，乃下制令天下诸州，各置大云寺一所”④ 之后。而据《太平广记》卷二二一“袁天纲”条引《定命录》有云：“其（指李峤——笔者注）在润州也，充使宣州山采银。时妄传其暴亡，举朝伤叹……”⑤ 可知此文作于天授三年（692）之后。是年一月，李峤出为润州司马，其间充使往宣州采银，有机会更多了解宣州风物。而《宣州大云寺碑》有“慈氏越古金轮圣神皇帝体兼具相，心冥泉相……爰命下臣”之语，《旧唐书·则天皇后纪》载：

证圣元年春一月，上加尊号曰慈氏越古金轮圣神皇帝，大赦天下，改元，大酺七日。……丙申夜，明堂灾，至明而并从煨烬。庚子，以明堂灾告庙，手诏责躬，令内外文武九品已上各上封事，极言正谏。春二月，上去慈氏越古尊号。

① 《新唐书》，第 90 页。

② 《新唐书》，第 3968 页。

③ 参见《元和郡县图志》，第 681 页。

④ 《全唐文》，第 1108 页。

⑤ 《太平广记》，第 1697 页。

可知“慈氏越古金轮圣神皇帝”这一称谓仅仅在证圣元年（695）春一月到二月这段时间使用，因此《宣州大云寺碑》当作于此时。陈冠明《李峤年谱》亦将此文系于证圣元年。①

碑分序与正文两部分。碑文的核心内容即宣州物华天宝、人杰地灵；当今圣上“体兼具相，心冥众善，超十方四谛之门，总三明六通之业”；大云寺的情况概述“宣州大云寺者，本名永安寺，晋义熙二年之所立也”；置宣州大云寺以及立碑的意义；置寺立碑的人物个个出类拔萃。碑文还很应景地堆砌了诸多佛教专用词语，如“佛影龙龛”“奈苑”等。文中同样充斥着对武则天的歌功颂德之词。

（二）《洛州昭觉寺释迦牟尼佛金铜瑞像》

洛州昭觉寺为晋代净宗名寺，唐太宗贞观三年（629）下诏重建。圣历年间（698—700），时为太子的相王李旦（即后来的唐睿宗）在此“发愿造释迦牟尼佛尊像一躯，大菩萨弟子神王各二身”，碑文即为此事而作。

碑文由序及铭文两部分组成。序为骈体，先赞颂佛法无边，非常人可以领悟其妙，又赞逢明主盛世，才会有“赤县为休祥之宅，苍生沐仁寿之赐”，而太子相王“八卦乾男，五行帝子，金相玉质，凤毛龙翰”，因此，他发愿造像，自然如有神人相助云云。全文近2500字，大量使用佛教典故和语言，宣扬佛教思想，对佛及皇帝皇子极尽赞颂谀美。

李峤的4篇碑文以及1篇墓志铭皆文辞华美典雅，句式骈偶为主，语言婉转流畅，大量隶事用典，堆垛颂德溢美之词，平心而论，于思想及艺术上无多大价值。其意义在于为研究唐代历史、民俗、佛教提供有价值的史料。

第四节　李峤文的分体研究之四——赋、书

李峤传世之文中，只有1篇赋，即《楚望赋》，另外，《全唐文》录其书6篇、启1篇，这些作品不仅数量不多，篇幅也不大，但它们却是李峤众多文中少数能够彰显其性情、体现其文学特色的作品，因此，放在一起加以论述。

---

① 参见《苏味道　李峤年谱》，第109页。

一、《楚望赋（并序）》

（一）《楚望赋》之“登临说”与“物感说”及其价值

李峤传世之赋仅有《楚望赋》一篇，明代铜活字本《李峤集》将其置于卷首。然而实际上，它在自汉至唐众多大赋、抒情小赋之中，却算不上名篇佳作。但文中所提出的“登高能赋，谓感物造端者也”“人禀性情，是生哀乐，思必深而深必怨，望必远而远必伤”，即“登临说”与“物感说”，具有一定的理论价值与贡献。《楚望赋》序云：

> 序曰：登高能赋，谓感物造端者也。夫情以物感，而心由目畅，非历览无以寄杼轴之怀，非高远无以开沈郁之绪。是以骚人发兴于临水，柱史诠妙于登台，不其然欤？盖人禀性情，是生哀乐，思必深而深必怨，望必远而远必伤。千里开年，且悲春目；一叶早落，足动秋襟。坦荡忘情，临大川而永息；忧喜在色，陟崇冈以累叹。故惜逝懋时，思深之怨也；摇情荡虑，望远之伤也。伤则感遥而悼近，怨则恋始而悲终。达节宏人，且犹轸念；苦心志士，其能遣怀？是知青山之上，每多惆怅之客；白蘋之野，斯见不平之人。良有以也。余少历艰虞，晚就推择，扬子《甘泉》之岁，潘生《秋兴》之年，曾无侍从之荣，顾有池笼之叹。而行藏莫寄，心迹罕并，岁月推迁，志事辽落，栖遑卑辱之地，窘束文墨之间。以此为心，心可知矣。县北有山者，即禹贡所谓岐东之荆也。岧峣高敞，可以远望，余薄领之暇，盖尝游斯。俯镜八川，周睇万里，悠悠失乡县，处处尽云烟，不知悲之所集也。岁聿云暮，游子多怀，援笔慨然，遂为赋云尔。①

序往往用以交代写作缘由。该文开宗明义，首先即指出，“登高能赋，谓感物造端者也”，接着便叙述并总结了“感物造端”的具体情况，“夫情以物感，而心由目畅，千里开年，且悲春目；一叶早落，足动秋襟”，其或受陆机《文赋》“遵四时以叹逝，瞻万物而思纷。悲落叶于劲秋，喜柔条于芳春”，以及《文心雕龙·物色》“情以物迁”与“一叶且或迎意，虫声有足引心”的影响，铺陈外物触动内心之情状。而至于其成因，李峤认为：“盖人禀性情，是生哀乐，思必

① 《全唐文》，第1079页。

深而深必怨，望必远而远必伤。”正是由于人的内心因外物而有所动，生出哀乐之情，因此，这是一个诗人内心与自然界相互作用、辩证统一的过程。作者进而表明，登山临水，似乎更容易有所感触，所谓“伤则感遥而悼近，怨则恋始而悲终”，因此才会有“惆怅之客”“不平之人”多见于“青山”“白蘋”之间。

作者于是慨叹自己身世“艰虞”，而正是这种复杂而令人伤感的情愫，使诗人“余薄领之暇，盖尝游斯”，登高尽览，“俯镜八川，周睇万里，悠悠失乡县，处处尽云烟”也。最后总结：“岁聿云暮，游子多怀，援笔慨然，遂为赋云尔。”

在赋的正文中，作者更极力铺写所见所闻所感，对序的内容做了进一步阐释、生发，“霜尽川长，云平野阔，恨游襟之浩荡，愤羁怨之忉怛。寂焉长想，倏若有亡，固将言而已叹，信无哀而自伤”。更揭示出致感悟造端的根本原因，则是“罔兮若有求而不致也，怅乎若有待而不至也”。最后总结全文核心内容，即陈述登高望远会使人伤感，“故夫望之为体也，数纤惨凄伊郁，惆怅不平，兴发思虑，震荡心灵。……此欢娱者所以易情而慨慷，达识者所以凝虑而徘徊者也”。

关于李峤《楚望赋（并序）》的文学意义及价值，刘伟生《李峤〈楚望赋〉并序的理论内涵与价值》曾进行探讨，并对屈原、宋玉情怀与赋体文学对感物兴思及登临伤神现象与理论的影响做出深入研究，对李峤此文给予充分肯定。①文章认为：

> 《楚望赋》及序内含着相互关联的两大理论：感物说与登临说。单以感物说而言，李赋并无多少创见。在登临说方面，李赋道出了登山临水，使人心瘁神伤的根本原因：“有求而不致，有待而不至”。更重要的是李峤《楚望赋》及序是结合登高望远必致伤感这一具体的感发形式来阐述感物兴思的现象与原因的，所以更具有综会性。此外，它也提示我们，屈、宋情怀与赋体文学对感物兴思及登临伤神现象与理论的影响，并意识到诗赋创作与理论发展客观存在的绵绵不绝的轨迹和李峤本人在文学发展史上的多样贡献。

---

① 参见《李峤〈楚望赋〉并序的理论内涵与价值》。

文章将李峤《楚望赋》对登高望远而致人感伤的现象、原因的描述进行了总结，并指出其对屈、宋及《文心雕龙》相关理论的继承。笔者认为，该文的观点是正确的，对李峤赋的分析评价是准确精当的。

（二）《楚望赋》对《恨赋》《别赋》的继承与超越

南朝江淹的《恨赋》《别赋》，超越了汉代大赋或以时间或以空间为线索叙述议论的呆板枯燥的结构框架，努力摆脱汉大赋极力铺张堆砌之弊，以小巧的篇幅容纳更为充实的内容，抒发更为丰富的情感，形式上将散体变为骈体，这一系列具有开拓意义的特点，使其成为后世称道的名篇佳作。李峤《楚望赋》亦深受其影响，并能够对它有所超越。

《恨赋》是以情系事，以“恨”为线索贯串全文，生动地写出了各种各样的、不同人物的恨情，帝王之恨、名将之恨、美人之恨……围绕恨之情，各种事件于时间空间上不相关联。《别赋》则是以事系情，生动描写了众多离别的场景，核心却是“黯然销魂者，唯别而已矣”的忧伤哀怨。

很显然，李峤《楚望赋》继承了江淹两篇赋以抒情为主、以小巧精致的篇幅容纳更多内容等独特之处，而更多是受到《别赋》的启发。即《别赋》以各种离别场景共同表现离别的哀怨忧伤，而《楚望赋》则是极写登临远望而使人产生的悲伤与惆怅。不仅如此，李峤《楚望赋》还能够从以下三个方面对《别赋》有所超越：首先，尽管两赋所表达的情感有相通之处，但李赋的结构更趋完善，意境更加完整统一且尤为恢宏壮阔，相对而言，江赋描绘不同场景不同情感，似乎稍显松散；其次，江淹之赋无论是以情系事还是以事系情，均是借助叙述描绘客观对象以表现中心内容，尽管有个人情感之流露，作者自己并未出现，而李赋抒情主体更为突出，即作者是自己要登高远望以抒发惆怅与悲伤；最后，李赋骈偶倾向更为明显，语言更具诗歌特色。

总之，钱基博所云“文则唯《秋望赋》，自伤牢落，颇脱胎江淹《恨》《别》二赋，而逊其标致”有一定道理。江淹之赋具有开拓意义，李峤之赋深受其影响，在某些方面具有一定的超越。

二、书、启

《全唐文》录有李峤书 6 篇。其中《上中宗书》属上书言事类，已见前论。《答李清河书》基本上可以确定非李峤作品。余者，《与雍州崔录事司马录事书》《与夏县崔少府书》为写给友人之作，《上雍州高长史书》《上巡察覆囚使历城张明府书》及《上高长史述和诗启》属于上尊者之书。这些书信当作于李峤仕途蹭蹬时期，或为干谒乞求对方伸援手以相助，或抒对同属才俊的友人诗文才华的仰慕之情，自是另一种风格。

（一）与尊长书，干谒以期施与援手

李峤有两封致尊长之书，一为上张明府，一为上高长史；一作于李峤任职泾州安定尉时，一作于其任职三原县尉时。只是，惜于史料缺失，笔者无从确认此二人的身份。二书的核心内容都是希望获得对方拔擢举荐，从而改变自己现状，能够被赏识被重用。《上巡察覆囚使历城张明府书》据陈冠明考证作于唐高宗咸亨二年（671）[①]，彼时李峤任职泾州安定尉。安定，治所在今甘肃泾川县北。[②]“峤，西垂之贱吏耳，技非专业，未始存于剑书；迹唯太简，居然弊于刀笔。”[③] 或因刚刚入仕，自诩才高却位卑而形成巨大落差；或因对建功立业的渴望与对现实的失望，倍感前途渺茫；或因身在荒远偏僻之地有诸多不适与不安；或因其他我们无法知道的原因，李峤上书张明府，希望对方可以助自己一臂之力，以期改变“岂期事以命迍，迹随冗摈，沈泣与泾泥共滓，悲歌将陇泉俱咽。彩叨灵鉴，觖三献而孤愤；影昧天机，怀九方而累悒”[④] 抑郁不得志的状况。是典型的下层官吏干谒之书。书全文以骈文为主，偶有散句。文辞华美，对对方的仰慕以及自身的郁闷之情被作者表现得含蓄到位。

《上雍州高长史书》作于李峤任职三原县尉之时，即唐高宗上元三年、仪凤元年（676）或稍后。此时的李峤已经仕途蹭蹬十余年，显然和在安定尉时有所不同，仅仅就文风而言已明显成熟，这封书笔力强健，气势不俗，最后同样表达了渴望对方举荐一起建功立业的意思：“愿君侯垂古人之风，申国士之分，假其白璧之契，接以黄金之言，不忽当年，要之卒岁，则重如熊掌，府中饶取义之宾；轻若鸿毛，节下有徇身之士矣。”[⑤]

（二）与友人书，说诗论文诉倾慕之情

毋庸置疑，这种所谓的仰慕之情未必完全发自内心，其中很可能有出于其

① 参见《苏味道　李峤年谱》，第96页。

② 参见《中国历史地名大辞典》，第1120页。

③ 《全唐文》，第1105页。

④ 《全唐文》，第1105页。

⑤ 《全唐文》，第1104页。

他目的而对对方极尽赞美。李峤《上高长史述和诗启》开篇即言：

> 近于录事参军杜延昌处，伏见公《秋月遥想洛城十韵》之作。曲中之妙，传乎郢客之声；天下之珍，得自隋侯之掌。凤鸣六吕，龙文九光，骇属奇观，相趋动色。……足使两都宾主，羞谈翰墨；二陆兄弟，耻论词赋。①

《文苑英华》将其归入“谢文序并和诗”一类。启的主要内容为赞扬高长史诗作，极言自己“以庸音自效，辄忘固陋”，字里行间充满对对方的敬仰赞誉，表现着自己的谦卑。然而笔者检索《全唐诗》等文献，未找到上文中提到的诗，甚至这位高长史，我们也无法确知其为何许人也，自然不能明白诗究竟何等精妙而让李峤这位公认的才子有如此之赞叹。纵观全文，对高长史及其诗作的褒扬是泛泛的，没有基于诗作本身的具体评论，甚至也不能体现李峤的诗学主张或文学思想，也就是说，这篇文章中心就是投书高长史以表敬慕。

李峤与崔融均以文知名于当时，二人的诗文交往亦是目前所见文献资料中所载有关“文章四友”交游的最早记录。高宗仪凤二年（677），三十三岁的李峤寻访绛州夏县县尉崔融不遇，得到其弟的接待，遗憾之余遂有《与夏县崔少府书》及赠诗以表达未遇的遗憾，以及对其才华的仰慕。

李峤年长崔融八岁，在当时文坛已然算是崭露头角，然而通观全文，却自是谦逊有礼，抒发了对崔融才华的敬仰倾慕之情。书信开篇即表达了对崔融这位少年才俊的仰慕——“伏闻高义之日久矣”，由此可以看出，两人之前并不相识，属于神交。接着对其才能大加赞赏，表达了欲与之成为知音的愿望：“仆窃不逊，仰希古人，以为天下襟期，四海兄弟，款平生于千载，感气义于一言。道或乖，胶漆不能同其异；志苟合，楚越无以异其同。”寻访未遇，即以书信及短诗相赠：“顷者关塞羁游，风尘旅泊，抒情歌事，略有短篇。未足追踵词人，亦以言其所志。窃不自外，思简知音。”同时，文中还述说了对自身现状的不满：

---

① 《全唐文》，第1105页。

> 若下官者，落拓无系，支离少合，何尝效一艺于友朋，关一奇于卿相？形沦散冗，名弃草泽，通人未曾接赏，谈士不以挂言，行为诮累，动成嗤鄙。……且仆智不效于一官，谋不周于千虑，德惭季路，诉甚伯寮，畏此简书，就兹文墨，首路之日，驰情下风，不谓燕雀联翩，鸿鹄已远，形留神往，室迩人遐，孤此宿心，延伫何极？①

文中大量使用典故借以表达自己的思想，有对崔融由衷的钦慕，有对建功立业的渴望，亦有对自身命运遭际的倾诉，典雅的风格一如其他文章。然而与前面上尊长之书相比，又多了几分真实情感的流露。

《全唐文》卷二百二十有崔融《报三原李少府书》，可资参照理解，是书为崔融于次年回报李峤之书。在书中，崔融首先解释了自己不在夏县的原因："仆去夏遄征祖秋，戾止于舍弟圆处，辱吾子赠书。"接着，不惜笔墨盛赞李峤书信诗文："是何词裁清雅，兴旨奥深，黄缣白锻吐其文，玉篆银钩艳其彩。"赞美其才华、为人："足下博闻强学，丰才赡思。以为魏蜀名游，吴郑奇节，不独砖古，可生于今。"表达与之成为知音的愿望，"且仆之于君，早钦风素"云云。文中对李峤所处之逆境深表痛心且给予鼓励，通篇热情洋溢：

> 夫黄金之为宝也重矣，而众或铄之；白玉之为璞也真矣，而众或非之。木秀于林，堆出于岸者，卒为风波所击；材出于众，行高于人者，必为时俗所议。……霜雪增加，然后知松柏之劲也；阴阳薄蚀，然后知日月之明。②

黄金会遭众人"烁之"，美玉也会被非议，木秀于林，风必摧之，崔融不仅将李峤比作黄金美玉，还热情洋溢地给予其安慰与激励。尽管其后二人之间再未留下诗文唱和的文献资料，但我们可以从这两封书信之中感受到他们相互仰慕、倾心相交的情谊。

最后，李峤尚有《与雍州崔录事司马录事书》，其中的崔录事、司马录事姓

---

① 《全唐文》，第 1104 页。

② 《全唐文》，第 979 页。

名、生平、仕历亦不可考。此书篇幅不大，却文采飞扬，充满对二位录事的赞赏敬仰之情，如其中有一段曰：

伏唯公等思侔天假，道合神契，清襟与秋水俱映，缛藻共春葩竞发，风云感其声律，墙仞深其阃奥。羽陵缃简，遥开博综之门；洞庭金石，近入铿锵之韵。固以重规坐右，连华史笔，深思匠之真筌，毕文心之能事。峤学术芜浅，才艺寡薄，弓冶遗业，独事斯文，而衣冠后进，多惭接武。顷以三余暇景，四时风月，斗酒娱乐，嘤鸣感召。春还江北，时兴楚客之谣；木落淮南，乍动潘生之思。有同狂简，无近雅什。不意频降德音，猥垂访逮，恭承嘉惠，揣摩虚寡，鉴淄水而惭容，遵寿陵而恧步。①

将二位录事的卓尔不凡，“清襟与秋水俱映，缛藻共春葩竞发”，与自己的“学术芜浅”“才艺寡薄”对比，当然绝非妄自菲薄，而是要表达自己对对方由衷的赞誉和倾慕。尽管让我们感到多少有些言过其实，但也不得不赞叹，李峤竟能把这种赞美说得如此华丽。

要之，相对于前文所论那些程式化的章表奏疏，那些堆砌颂德谀美之词的墓志碑文，李峤的书、赋之类尽管数量不是很多，却往往有真情实感的自然流露，其内容亦较为充实，更具有文学色彩，即文中大量使用典故以增强其表达效果；大量使用非常漂亮的对偶句、排比句；同时，境界开阔，气势恢宏，的确能够显示其才子气质。

第五节　李峤文在文学史上的地位及价值

尽管李峤传世之文有 12 类，164 篇，7 万多字，在初唐文坛已属名列前茅，然而历来少有关注评论，究其原因首先便是其作品之中占据大多数的是那些表疏制册之类的案牍公文以及歌功颂德的墓志碑文，这些往往会因程式化形式和颂圣的内容而稍逊于情采，能够真正彰显文人才子之性情的作品并不是很多；其次，一直以来学界对唐文尤其初唐文的研究相对薄弱，受到重视的是那些如

① 《全唐文》，第 999 页。

陈子昂、“四杰”等对唐代文风变革有着深远影响的作家；最后，李峤之文未能引起足够重视，恐与其御用文人身份，为人多遭诟病不无关系。这最后一点固然存在，却与文学本身关联不大，因此，在这里笔者将围绕两点对李峤各类文章给予一个较为准确的定位，即探讨其艺术价值以及在文学史上应有的地位。

一、典丽雅正的艺术风格

关于李峤的文，之前学界关注很少，自然对其风格的整体评价见诸于各类文学专著或者专文的更如凤毛麟角。于景祥先生在其《唐宋骈文史》中认为：“李峤骈文寓疏宕之气于精实典丽之中，虽风姿秀逸，但却无绮靡之弊。”① 其评价可以说是比较准确的。作为武后、中宗时期具有代表性的宫廷文臣，李峤之文种类众多，内容丰富，不同的文体在语言上会呈现出不同的风格，如表的谦卑得体、顿挫浏亮；制的程式化结构之下语言的灵活多样；碑文的铺陈夸饰、气势壮阔；书的疏宕有致、才章富健……无不体现着作者深厚的文化底蕴以及对文学的认知与感悟能力。遗憾的是，李峤并未留下专门阐释其文学主张的诗文著作，其文学思想具体体现在创作实践当中。李峤一直被目为“文章宿老”，其文风格典丽雅正，多有气势健举之作，成为当时学者取法的典范，无论是其《楚望赋》，其与尊者友人之书，还是其堪称鸿篇巨制的碑文甚至那些程式化的表疏制册，尽管难免有伤于伪滥之作，却多精实典丽，又不流于绮靡浮艳，在初唐文坛的地位不容小觑。

（一）骈俪偶对，隶事用典，整体风格典丽雅正

这里首先应明确的是，李峤之文偶有散句，但基本上属于骈文，因而具备骈体文之特征——讲究对仗，句式骈偶，多以四字六字相间定句，读起来朗朗上口，音韵和谐。再者，就是文中大量使用典故，这样，其很多文章便呈现典丽雅正的风格特征。比如，李峤如此赞美高长史的诗：

> 曲中之妙，传乎郢客之声；天下之珍，得自隋侯之掌。凤鸣六吕，龙文九光，骇属奇观，相趋动色。若乃政理余隙，翱翔多暇，临八水之高秋，企三河之上国。衣冠济济，入青琐而步丹墀；车马喧喧，下铜衢而赴金谷。人物仙舟之会，风尘侠窟之游，莫不属想心目，托情谣咏。九回灵府，遥

---

① 《唐宋骈文史》，第31页。

驰两露之郊；千里神畿，近接风云之思。雕文将锦绣同美，惠气与芝兰等馥。用过秦肆，悬轻吕氏之金；持入周京，即贵洛阳之纸。足使两都宾主，羞谈翰墨；二陆兄弟，耻论词赋。死者可作，贾生为入室之徒；来者难诬，潘子得扶轮之地。①

——《上高长史述和诗启》

“郢客之声”“隋侯之掌”“洛阳纸贵”，甚至二陆兄弟都“耻论词赋”，几乎句句用典。尽管这些典故使对高长史诗的赞扬有明显言过其实之嫌，但典故的使用却有助于准确传达作者的思想，使文章语言更加典雅厚重。这些典故作者竟是如此信手拈来，丝毫没有堆砌之感。不仅如此，文句对仗十分工整，整段文字若行云流水，流畅而自然。

再如《为公主辞家人畜产官给料表》：

臣妾等言：妾闻贤相防微，杜盈门之车骑；通人酌损，忌满堂之金玉。尚子平之读《易》，富不如贫；孔宣父之立言，奢也宁俭。永言故实，此为明鉴。妾等并承灵坤载，荷荫中枢，或天妹申慈，忝扶桑之瑞萼；或王姬藉宠，窃禯李之奇秀。开沁水之园苑，赐常山之汤沐。榜悬金字，分衢离巽之宫；路夹银河，并列星辰之位。通秘籍于龙廷之内，枉仙舆于凤楼之下。殊私曲奖，以日而系年；缛礼崇徽，夸今而迈昔。兼复别隆朝旨，猥存家务，舆台供隶之衣食，栈厩豢牢之秣养，并回中府，俱出大农。聚终岁之储，但凭丝绂；供阖门之费，不烦机杼。仰祗鸿泽，退省微躬。生以地高，徒窃云霄之幸；宠非德进，曾微纤芥之劳。何义而虚受渥恩？何功而谬延赏赐？是用每积惭悚，常忧颠沛，敢忘周公逸豫之诫，深念老氏止足之言。乞留圣慈，俯鉴愚恳，使荣无过忲，满不至溢。国邑田租之常料，既已丰殷；马牛陪隶之杂供，并希停减。庶得无耗府实，稍清朝谤。长毂远驭，不逢于致寇之人；高门洞开，无怯于害盈之鬼。不任兢悚愧惧之至，谨遣某官诣朝堂奉表陈请以闻。②

① 《全唐文》，第1105页。

② 《全唐文》，第1094页。

因为代言，其用词遣句便十分符合公主特定身份，整体感觉典雅得体，极富贵族气息。表文首先引经据典，强调应像古之圣贤一样崇尚节俭，再讲自己已然是深受天恩，所得宠眷甚为丰厚，因此“仰祇鸿泽，退省微躬”，反思自己究竟何德何能？“生以地高，徒窃云霄之幸；宠非德进，曾微纤芥之劳”。接着连用两个反问以强化表达效果：“何义而虚受渥恩？何功而谬延赏赐？”最后点明上此表之目的——“国邑田租之常料，既已丰殷；马牛陪隶之杂供，并希停减。庶得无耗府实，稍清朝谤”。层层深入，条理十分清晰，通篇多处用典，语言典丽雅正。尽管为代公主上表，个中难免有虚以谦让的成分，缺少真情实感，然而即使这样的一个代言之表，也被作者写得“顿挫浏亮，不同琭琭”①。

诚然，我们应该承认，李峤那些传世之文并非全部都是这样，其中有不少伤于形式的板滞、内容的空洞，尤其是大量的章表奏疏制册之类公文，但其中依然不乏文质兼备、情采俱佳之作。纵观其文，讲究对偶及声律且呈现出典丽的总体风格，之所以会有如此特点，一方面是由于作者生长于名门望族——赵郡李氏家族，自幼饱读诗书，接受了良好的教育，因而“十五通《五经》”“二十擢进士第”②。当然，如此的家族背景，更使其深受家风熏染以及家学渊源浸润，这无疑使他积累了丰富的历史文化知识，可以自如娴熟地运用经史子集中的各种典故。同时，这样的成长环境，更能使其最终形成典丽雅正的审美情趣。

另一方面，李峤文的整体风格必然深受其所生活的宫廷台阁环境的影响，受到当时文坛整体风气的影响。作为武后、中宗朝位高权重的御用文臣，李峤虽然早年蹭蹬下僚，中年偶遭贬谪，晚年又遭贬黜，可谓宦海沉浮，但其仕宦生涯的大部分时光是在朝堂之上或者扈从游幸中度过的，其身份与地位决定其文章风格必然有别于如卢照邻等那样的中下层文士。当然，彼时文坛的整体风气亦是不容忽视的因素，关于这一点，笔者会在下文中专门论述。

还有一点，这种风格是由具体文体特征决定的。不同的文体对文的风格有着不同的要求，关于这一点，最早可以追溯到曹丕的《典论·论文》中“盖奏

① 钱基博：《中国文学史》，第 278 页。

② 《新唐书》，第 4367 页。

议宜雅，书论宜理，铭诔尚实，诗赋欲丽”[①] 的概括。而稍后，陆机《文赋》则有更为细致的表述：“诗缘情而绮靡，赋体物而浏亮，碑披文以相质，诔缠绵而凄怆，铭博约而温润，箴顿挫而清壮，颂优游以彬蔚，论精微而朗畅，奏平彻以闲雅，说炜晔而谲诳。”[②] 占李峤这些传世之文大部分的，是应“平彻以闲雅”的奏疏之类，当然要风格典丽。

（二）不少作品富丽却不柔媚，境界开阔

李峤之文，因为大量使用典故，且在选词造句方面十分讲究，因而整体感觉很华美富丽，其文恰如一位富家子弟，很有雍容华贵的气度，尤其他的《楚望赋》还有那些碑文墓志等文，落笔不凡，气势壮阔恢宏，称其为“大手笔”名副其实，甚至一部分表及疏，铅华尽洗，大气凝练。如前文已经提及的《楚望赋》序最后云：“余薄领之暇，盖尝游斯。俯镜八川，周睇万里，悠悠失乡县，处处尽云烟，不知悲之所集也。”而赋的开篇云：“眇乎忽然，高山之颠，露团团而湿草，风烈烈而鸣泉。对苍茫之寒日，听萧瑟之悲蝉，廓独处而无晤，吾凝睇乎八埏。”[③] 李峤这仅存的一篇赋，尽管是抒写登临使人感物伤怀，难免悲从中来，但极目远眺，境界竟是如此开阔！

不仅仅是赋，李峤其他体裁的文亦不乏气势键举之作，我们看《大周降禅碑》中的一段：

> 历千载而撰徽音，早闻先觉；超百王而崇轨躅，允资元圣。我大周之有天下也，鼓道德之林薮，恢圣神之事业，始于闺阈，成于家邦，辉光烛于两朝，德泽流于八裔。登庸纳麓，则舜有大功；锡范陈谟，则禹跻元后。讴歌而鼎新革故，揖让而改物承天，由牝马而御飞龙，自积沙而臻练石。盖千帝所不能及，六籍所不能谈。[④]

虽为典型的歌功颂德之语，却写得大气不凡，通篇充满自豪与优越感。再如

---

① 《文选》，第 720 页。

② 《文选》，第 241 页。

③ 《全唐文》，第 1079 页。

④ 《全唐文》，第 1106 页。

《攀龙台碑》，对武后之父的颂扬，读之无不深感作者笔力劲健。这些碑文本满是阿谀之词，却实在没有谄媚的卑微，难怪武则天会“朝廷每有大手笔，皆特命峤为之”，李峤的确具有担当这个职责的能力。

李峤之文之所以会有这样的风格，首先与其所处的大的社会政治背景密切相关。大唐王朝自高祖开国，经贞观之治，再到高宗、武后及至中宗时期，国力日趋强盛，与蒸蒸日上的态势相对应的是文人士子源于内心的自豪感和建功立业的渴望，这种豁达的胸襟、昂然向上的激情折射到文学作品之中，自然会使其呈现出大气壮阔的特色。其次，与当时有识之士对文风变革的探索尝试有关。此时，如陈子昂、“四杰”等变革文风的尝试探索，亦可视之为李峤文学创作的大背景。李峤虽然没有如陈子昂《与东方左史虬修竹篇序》那种高屋建瓴的对文学创作的思考与总结的文章传世，但是他也和“文章四友”的其他成员以及活跃于文学舞台上的宫廷文人一起，于有意无意间为宫廷文学的革故鼎新做着尝试与努力，而这也正具体体现于其文的创作之中。最后当然是笔者前边已经反复强调的文体自身的特点要求之使然。总之，李峤之文在其风格方面表现为典丽精实的特征，不少作品境界开阔，已初见盛唐曙光。

二、正确定位李峤在唐文流变中的地位与价值

前文已经强调过，李峤之文，无论是碑文墓志还是章表奏疏制册之类，其中的骈体文占据绝对优势，此时，骈文尚占据着文坛的主导地位。姜书阁先生在论及骈文的盛衰流变时曾经说过：“然而骈体文已形成了四百余年，到梁、陈、周、隋，已僵化成为不适于表达日益复杂的社会生活的现实，不变是不可能的。至于如何变，则是谁也不清楚的，也不是人们的主观意志所能决定的。……唐兴以后，也还有人想继续保持六朝骈体，但骈体却又在潜移默化中逐渐起了变化，而终致为新兴的散体‘古文’所代替，而成为‘文起八代之衰’的新局面。”① 这可视为李峤文章创作所处时代背景的概括。还有一段被广为征引的有关“唐文三变”之说，见于《新唐书》卷二百一《文艺上》，其文曰：

> 唐有天下三百年，文章无虑三变。高祖、太宗，大难始夷，沿江左余风，絺句绘章，揣合低卬，故王、杨为之伯。玄宗好经术，群臣稍厌雕琭，

---

① 《骈文史论》，第447页。

> 索理致，崇雅黜浮，气益雄浑，则燕、许擅其宗。是时，唐兴已百年，诸儒争自名家。大历、正元间，美才辈出，擩哜道真，涵泳圣涯，于是韩愈倡之，柳宗元、李翱、皇甫湜等和之，排逐百家，法度森严，抵轹晋、魏，上轧汉、周，唐之文完然为一王法，此其极也。若侍从酬奉则李峤、宋之问、沈佺期、王维，制册则常衮、杨炎、陆贽、权德舆、王仲舒、李德裕，言诗则杜甫、李白、元稹、白居易、刘禹锡，谲怪则李贺、杜牧、李商隐，皆卓然以所长为一世冠，其可尚已。①

上文因为其对唐代文学发展的概括比较准确而历来广为学界所认可。在此，宋祁与欧阳修将李峤归入“侍从酬奉”当属恰如其分。我们在这里需要明确的是，在唐文流变的过程中，我们究竟应当给予李峤怎样的定位？换言之，在这其中，我们应当如何评价李峤在唐代文风变革中的作用？

唐朝初定天下，至李峤“侍从酬奉”以及从事其他文学活动的武后、中宗时期的半个多世纪间，伴随历史进程的是文学观念主张以及文风的悄然变化。初唐贞观年间，由于南北文化交汇以及由北朝入唐的文臣的影响，加之太宗君臣已经注意摒弃南朝绮靡浮艳之文风，于观念上是有所倡导的，然于实践方面似乎无甚建树。在理论与实践上主张并尝试改革创新的是“四杰”与陈子昂，他们在理论上提出自己的主张，并且于创作实践中进行了必要的尝试与探索，尽管这些努力并未真正完全改变当时的文风，甚至矫枉过正，但是，他们拓宽了文学的视野，追求文质并重，其变革文风之功历来受到学者肯定。

李峤所生活的时代较陈子昂与“四杰”同时或稍晚，又略早于“崇雅黜浮，气益雄浑”之“擅其宗”的“燕许大手笔”苏颋与张说。他虽然没有明确的理论主张，但观其文章，无论艺术手法还是总体风格，都具有较为明显的过渡性质，这主要表现在前文已经论及的其文精实典丽却并不流于绮靡浮艳；尽管喜用典故却多为熟典，有的作品甚至很少或不用典；很多文章内容充实，笔力劲健，气势壮阔恢宏。

当然，作为宫廷御用文人的代表，在文风的变革方面，李峤并未做出实质性的突出贡献，比如说，他没有相关的文论专著，也没有具体的文论主张。然

---

① 《新唐书》，第 5725—5726 页。

而，从其传世的文章作品中，我们还是能够感受到他与前辈文人在艺术特色以及文风上的不同之处，能够看出其对前辈的继承以及对后世的影响。或许用郑亚《太尉卫会昌一品制集序》中一段话，可以给李峤在唐代文坛的地位做一个更为客观公正的评价："我高祖革隋，文物大备，在贞观中则颜公师古、岑公文本兴焉，在天后时则李公峤、崔公融出焉，燕、许角立玄宗之朝，常、杨继美于代宗之代。"① 我们无须人为拔高其审美价值和其成就，亦不必苛责其某些作品伤于夸饰溢美，难免有冗滥之嫌。李峤之文，属于其所处的特定时代，也就是所谓的"当时体"也。

小 结

李峤传世各种体裁的文中，表的数量最多，思想内容也最丰富，其中不乏语言简练、具有一定性情流露之作。制尽管数量不少，却流于程式化，唯其语言上略有变化。奏疏则以议论为主，有理有据，论证合理。

李峤几篇碑文堪称鸿篇巨制，《攀龙台碑》对武氏家族、武后之父身世叙述尤为详尽；《大周降禅碑》保存了武则天封禅神岳的珍贵史料。碑文语言华丽，极尽铺陈，属于大手笔。

与其制册表疏等案牍公文语言多枯燥乏味、墓志碑文喜歌功颂德不同，李峤《楚望赋（并序）》体现其个人情感，其"登临说"与"物感说"具有一定理论价值。而其几篇书则颇具文学色彩，彰显李峤才子风范。

总之，李峤之文呈现精实典丽却不流于绮靡的总体风格，已有气势恢宏的盛唐气象之端倪。

① 《文苑英华》，卷七百六，第3639页。

结 语

李峤是初唐武后、中宗朝位高权重的台阁重臣，同时也是一位具有相当影响力的作家，其传世诗文，不仅数量可观，思想内容亦相当丰富，被目为“文章宿老”，成为当时学者取法的典范。

李峤出身于赵郡李氏家族，“代传儒学”为其家风，对其思想产生了根深蒂固的影响，同时，燕赵地域文化精神也在一定程度上对其思想产生影响。而其先祖“代为著姓”，生平事迹均于正史可考：七世祖李顺官“四部尚书、高平宣王”，为北魏重臣；六世祖李式，以学业知名，官至西兖州刺史，濮阳侯；五世祖李宪，“清粹善风仪，好学有器度”，为濮阳文静伯；高祖李希礼性敦厚，容止枢机，动遵礼度；曾祖李孝基“风词甚美。以卫尉丞待诏文林馆”；祖野王，隋鲁郡功曹，“学通典训，词高风雅”；其父镇恶，终于襄城令；母亲张氏，系出名门。

李峤早孤，“事母以孝闻”，少负才名，十五通《五经》，弱冠擢进士第，解褐安定尉，举制策甲科，历仕高宗、武后、中宗、睿宗、玄宗五朝，仕历监察御史、侍御史、凤阁舍人、凤阁鸾台平章事同中书门下三品，景龙年间晋封赵国公，曾三知政事，堪称仕宦显达，亦曾因覆验狄仁杰案忤旨出为润州司马，尤其晚年屡遭贬黜，终因获罪于玄宗，贬为庐州别驾而卒，可谓宦海沉浮。

李峤因先依附武氏集团，后追随韦氏一党，而多被诟病，甚至有“李公有三戾”这类子虚乌有之说广为流传，“苏瓌有子，李峤无儿”之说更是由来已久。其实，李峤一生，自有其功过是非，其曾赴岭南监军，亲入獠洞招降叛军；曾为狄仁杰等被冤屈者仗义执言，终致忤旨；曾多次上疏谏言，也曾以谋私惠为目的奏置员外官数千，更能够深悟其失，上表引咎辞职，有功有过。我们自然不必苛责古人，当给予其客观评价。

李峤诗文作品的版本情况较为复杂，其杂咏诗最迟在天宝年间即已结集并由张庭芳为之作注。此注本很快便东渡日本，平安时代成为日本重要的蒙学读物家传户颂，在传抄过程中形成多种版本，至清代由天瀑山人整理而成的《佚存丛书》本以及后来形成的源于此的《艺海珠尘》本、《正觉楼丛书》本，是研究李峤杂咏的重要版本。李峤诗文在国内至宋代已经大多散佚，很多诗文作品赖《文苑英华》等类书、选本得以保存。明代有铜活字本黄氏浮玉山房本、十家唐诗本等不同版本，为明人摭拾而成，均先赋后诗，保存了大量李峤诗作。清代在胡震亨《唐音统签》及季振宜《唐诗写本》基础上纂修的《全唐诗》以及稍后成书的《全唐文》，加上后来学者的辑佚辨伪，现知李峤诗文已基本搜集完备。20 世纪 90 年代以来，尤其进入 21 世纪，李峤的诗文成就已经开始引起学界关注，涌现了不少研究。

李峤在初唐众多作家之中可谓著述丰富，今存其诗 208 首，文 162 篇。诗作中占据大多数的为咏物诗及应制之作。杂咏诗善用典故，韵律、声律对仗皆无误，为标准规范的五律，其为有目的有计划有组织的创作，更像一部类书，具有启蒙诗学的意义。其应制诗、边塞诗、送别诗甚至挽诗都具有一定的思想内容，风格则典丽雅正，具有较高的艺术价值，应将其置于初唐特定历史环境中予以研究，肯定其价值。同时，其诗中出现了流水对的使用，增强诗作流动之美。另外，李峤对推动近体诗定型功不可没。

李峤之文内涵丰富多彩，既有程式化的表制奏疏等公文之类，又有碑文墓志等大手笔之作，更有《楚望赋》这样登高远望、感悟造端的抒情小赋，亦有与尊长友人之书显示作者性情。尽管能够体现其文学色彩的文章并不是很多，甚至没有留下宣扬其文学主张的专门文论著作，但是，其文风格精实典丽，具有自初唐向盛唐过渡的性质，其价值不容忽视。

参考文献

一、古代文献

[1] 李峤. 李峤集（三卷本）[M]. 明嘉靖刻本. 唐百家诗·初唐二十一家明末重印. 国家图书馆藏.

[2] 李峤. 李峤集（三卷本）[M]. 黄氏符玉山房本. 国家图书馆藏.

[3] 李峤. 李峤集（缩微制品三卷本）[M]. 明嘉靖刻本. 国家图书馆藏.

[4] 李峤. 李峤集 [M]. 铜活字本. 国家图书馆，南京图书馆藏.

[5] 李峤. 李峤诗集一卷 [M]. 十家唐诗本. 南京图书馆藏.

[6] 李峤. 杂咏百二十首 [M]. 佚存丛书本. 国家图书馆藏.

[7] 李峤. 李峤杂咏 [M]. 艺海珠尘本. 国家图书馆藏.

[8] 李峤. 李峤杂咏 [M]. 正觉楼丛书本. 国家图书馆藏.

[9] 李峤. 日藏古抄本李峤咏物诗注 [M]. 张庭芳，注. 胡志昂，编. 上海：上海古籍出版社，1998.

[10] 李峤，苏味道. 李峤诗注　苏味道诗注 [M]. 徐定祥，注. 上海：上海古籍出版社，1995.

[11] 中华书局. 全唐诗增订本全 15 册 [M]. 北京：中华书局，1999.

[12] 董诰，等. 全唐文（附唐文拾遗，唐文续拾，读全唐文札记）[M]. 上海：上海古籍出版社，1990.

[13] 高棅. 唐诗品汇 [M]. 上海：上海古籍出版社，1982.

[14] 骆宾王. 唐骆先生集 [M]. 王衡，评释. 任文京，赵东岚，整理. 石家庄：河北教育出版社，2011.

[15] 脱脱，等. 宋史 [M]. 北京：中华书局，1977.

[16] 王尧衢. 唐诗合解笺注 [M]. 单小青，詹福瑞，点校. 保定：河北大学出

版社，2000.
[17] 俞琰. 咏物诗选 [M]. 成都：成都书店，1984.
[18] 刘昫. 旧唐书 [M]. 北京：中华书局，1975.
[19] 欧阳修，宋祁. 新唐书 [M]. 北京：中华书局，1975.
[20] 辛文房. 唐才子传校笺 [M]. 傅璇琮，校笺. 北京：中华书局，1987.
[21] 魏收. 魏书 [M]. 北京：中华书局，1974.
[22] 计有功. 唐诗纪事 [M]. 上海：上海古籍出版社，2008.
[23] 魏徵，等. 隋书 [M]. 北京：中华书局，1973.
[24] 高儒. 百川书志 [M] //续修四库全书编纂委员会编. 续修四库全书第九一九册. 上海：上海古籍出版社，1996.
[25] 王夫之. 姜斋诗话笺注 [M]. 戴洪森，笺. 北京：人民文学出版社，1981.
[26] 刘肃. 大唐新语 [M]. 许德楠，李鼎霞，点校. 北京：中华书局，1998.
[27] 长孙无忌. 唐律疏议 [M]. 北京：中华书局，1984.
[28] 刘悚，张鷟. 隋唐嘉话 朝野佥载 [M]. 北京：中华书局，1979.
[29] 李吉甫. 元和郡县图志 [M]. 贺次君，点校. 北京：中华书局，1983.
[30] 杜佑. 通典 [M]. 北京：中华书局，1983.
[31] 王谠. 唐语林校正 [M]. 周勋初，校正. 北京：中华书局，1984.
[32] 大唐传载 [M]. 文渊阁四库全书本. 台北：台湾商务印书馆，1986.
[33] 王溥. 唐会要 [M]. 北京：中华书局，1955.
[34] 郭庆藩. 庄子集释 [M]. 王孝渔，点校. 北京：中华书局，2004.
[35] 王世贞. 艺苑卮言校注 [M]. 罗仲鼎，校注. 济南：齐鲁书社，1992.
[36] 刘勰. 文心雕龙义证 [M]. 詹锳，义证. 上海：上海古籍出版社，1989.
[37] 司马光，等. 资治通鉴 [M]. 胡三省，音注. 北京：中华书局，1985.
[38] 晁公武. 衢本郡斋读书志 [M]. “宛委别藏”本. 南京：江苏古籍出版社，1988.
[39] 陈振孙. 直斋书录解题 [M]. 上海：上海古籍出版社，1987.
[40] 郑樵. 通志 [M]. 北京：中华书局，1987.
[41] 马端临. 文献通考 [M]. 上海：上海古籍出版社，1987.
[42] 林宝. 元和姓纂附四校记 [M]. 郁贤皓，陶敏，整理. 北京：中华书局，1994.

[43] 陈应行. 吟窗杂录 [M]. 王秀梅，整理. 北京：中华书局，1997.
[44] 孔安国. 尚书正义 [M]. 孔颖达，疏. 十三经注疏整理委员会，整理. 北京：北京大学出版社，2000.
[45] 王钦若，等. 册府元龟 [M]. 北京：中华书局，1960.
[46] 徐松. 登科记考 [M]. 赵守俨，点校. 北京：中华书局，1984.
[47] 徐松. 登科记考补正 [M]. 孟二冬，补正. 北京：燕山出版社，2003.
[48] 永瑢，等. 四库全书总目 [M]. 北京：中华书局，1965.
[49] 郑处诲. 明皇杂录 [M]. 北京：中华书局，1997.
[50] 范仲淹. 范仲淹全集 [M]. 李勇先，王蓉贵，校点. 成都：四川大学出版社，2002.
[51] 胡震亨. 唐音癸签 [M]. 北京：中华书局，1959.
[52] 胡应麟. 诗薮 [M]. 上海：上海古籍出版社，1979.
[53] 许学夷. 诗源辩体 [M]. 杜维沫，校点. 北京：人民文学出版社，1987.
[54] 陈鸿墀. 全唐文纪事 [M]. 北京：中华书局，1959.
[55] 吴文治. 明诗话全编 [M]. 南京：江苏古籍出版社，1997.
[56] 吴文治. 宋诗话全编 [M]. 南京：江苏古籍出版社，1998.
[57] 徐倬. 御定全唐诗录 [M]. 文渊阁四库全书本. 台北：台湾商务印书馆，1986.
[58] 郭绍虞. 中国历代文论选 [M]. 上海：上海古籍出版社，2001.
[59] 司马迁. 史记 [M]. 北京：中华书局，1950.
[60] 杨慎. 升庵诗话笺证 [M]. 王仲镛，笺证. 上海：上海古籍出版社，1987.
[61] 王应麟. 玉海 [M]. 文渊阁四库全书本. 台北：台湾商务印书馆，1990.
[62] 欧阳修，王尧臣，等. 崇文总目 [M]. 文渊阁四库全书本. 台北：台湾商务印书馆，1986.
[63] 姚铉. 唐文粹 [M]. 文渊阁四库全书本. 台北：台湾商务印书馆，1986.
[64] 郭茂倩. 乐府诗集 [M]. 北京：中华书局，1979.
[65] 蒲积中. 古今岁时杂咏 [M]. 徐敏霞，校点. 沈阳：辽宁教育出版社，1998.
[66] 赵宦光，黄习远. 万首唐人绝句 [M]. 北京：书目文献出版社，1983.
[67] 李昉，等. 文苑英华 [M]. 北京：中华书局，1966.

[68] 李昉，等. 太平广记 [M]. 北京：中华书局，1961.
[69] 孙希旦. 礼记集解 [M]. 王星贤，沈啸寰，点校. 北京：中华书局，1989.
[70] 逯钦立. 先秦汉魏晋南北朝诗 [M]. 北京：中华书局，1983.
[71] 李延寿. 北史 [M]. 北京：中华书局，1974.
[72] 周绍良，赵超. 唐代墓志汇编续集 [M]. 上海：上海古籍出版社，2001.
[73] 邓名世. 古今姓氏书辩证 [M]. 王利平，点校. 南昌：江西人民出版社，2006.
[74] 魏收. 魏书 [M]. 北京：中华书局，1974.
[75] 赵超. 魏晋南北朝幕志汇编 [M]. 天津：天津古籍出版社，1992.
[76] 魏徵，等. 隋书 [M]. 北京：中华书局，1973.
[77] 吴澄. 礼记纂言 [M]. 文渊阁四库全书本. 台北：台湾商务印书馆，1986.
[78] 曹学佺. 蜀中广记 [M]. 文渊阁四库全书本. 台北：台湾商务印书馆，1986.
[79] 陆楫. 古今说海 [M]. 文渊阁四库全书本. 台北：台湾商务印书馆，1986.
[80] 李濬. 松窗杂录 [M]. 文渊阁四库全书本. 台北：台湾商务印书馆，1986.
[81] 陶宗伟. 说郛 [M]. 北京：中国书店，1986.
[82] 陈耀文. 天中记 [M]. 文渊阁四库全书本. 台北：台湾商务印书馆，1986.
[83] 何良俊. 何氏语林 [M]. 文渊阁四库全书本. 台北：台湾商务印书馆，1986.
[84] 王谠. 唐语林 [M]. 上海：古典文学出版社，1957.
[85] 曾慥. 类说 [M]. 文渊阁四库全书本. 台北：台湾商务印书馆，1986.
[86] 绀珠集 [M]. 文渊阁四库全书本. 台北：台湾商务印书馆，1986.
[87] 祝穆. 古今事文类聚 [M]. 文渊阁四库全书本. 台北：台湾商务印书馆，1986.
[88] 潘自牧. 记纂渊海 [M]. 文渊阁四库全书本. 台北：台湾商务印书馆，1986.
[89] 刘声木. 苌楚斋随笔　续笔　三笔　四笔　五笔 [M]. 刘笃龄，点校. 北京：中华书局，1998.
[90] 陈尚君. 全唐文补编 [M]. 北京：中华书局，2005.
[91] 赵翼. 陔余丛考 [M]. 上海：商务印书馆，1957.

［92］吴钢. 全唐文补遗［M］. 西安：三秦出版社，1995.
［93］班固. 汉书［M］. 北京：中华书局，1964.
［94］沈德潜. 唐诗别裁集［M］. 上海：上海古籍出版社，1979.
［95］孙星衍. 平津馆鉴藏书籍记［M］//续修四库全书编纂委员会，编. 续修四库全书. 上海：上海古籍出版社，1996.
［96］郑玄. 礼记正义［M］. 孔颖达，疏. 北京：北京大学出版社，2000.
［97］吴汶. 历朝应制诗选［M］. 吴英，编. 海口：海南人民出版社，2000.
［98］陆时雍. 诗镜［M］. 任文京，赵东岚，点校. 保定：河北大学出版社，2010.
［99］韩愈. 韩昌黎文集校注［M］. 马其昶，校注. 马茂元，整理. 上海：上海古籍出版社，1986.

二、今人论著

［1］万曼. 唐集叙录［M］. 北京：中华书局，1980.
［2］陈伯海，朱易安. 唐诗书录［M］. 济南：齐鲁书社，1988.
［3］王重民. 敦煌古籍叙录［M］. 北京：中华书局，1979.
［4］孙康宜，宇文所安. 剑桥中国文学史［M］. 刘倩，等，译. 北京：生活·读书·新知三联书店，2013.
［5］陈寅恪. 唐代政治史述论稿［M］. 上海：上海古籍出版社，1997.
［6］杜晓勤. 初盛唐诗歌的文化阐释［M］. 北京：东方出版社，1997.
［7］杜晓勤. 齐梁诗歌向盛唐诗歌的嬗变［M］. 台北：商鼎文化出版社，1992.
［8］杜晓勤. 隋唐五代文学研究［M］. 北京：北京出版社，2001.
［9］陈冠明. 苏味道李峤年谱［M］. 北京：中央文献出版社，2000.
［10］任文京. 中国古代边塞诗史［M］. 北京：人民文学出版社，2010.
［11］周振甫. 文心雕龙今译［M］. 北京：中华书局，1986.
［12］葛晓音. 诗国高潮与盛唐文化［M］. 北京：北京大学出版社，1992.
［13］葛晓音. 唐诗宋词十五讲［M］. 北京：北京大学出版社，2003.
［14］葛晓音. 八代诗史［M］. 西安：陕西人民出版社，1989.
［15］聂永华. 初唐宫廷诗风流变考论［M］. 北京：中国社会科学出版社，2002.

[16] 王大鹏. 中国历代诗话选 [M]. 长沙：岳麓书社，1985.
[17] 王明好. 卢照邻研究 [M]. 北京：人民出版社，2013.
[18] 陈伯海. 唐诗汇评 [M]. 杭州：浙江教育出版社，1992.
[19] 陈伯海. 唐诗学引论 [M]. 上海：东方出版中心，1988.
[20] 陈伯海，朱易安. 唐诗书录 [M]. 济南：齐鲁书社，1988.
[21] 陶敏，李一飞. 隋唐五代文学史料学 [M]. 北京：中华书局，2001.
[22] 陶敏. 全唐诗人名考证 [M]. 西安：陕西人民教育出版社，1996.
[23] 程建虎. 中古应制诗的双重观照 [M]. 北京：人民出版社，2010.
[24] 吕玉华. 唐人选唐诗述论 [M]. 台北：文津出版社，2004.
[25] 吴汝煜，胡可先. 全唐诗人名考 [M]. 南京：江苏教育出版社，1990.
[26] 傅璇琮. 唐代科举与文学 [M]. 西安：陕西人民出版社，1986.
[27] 傅璇琮. 唐五代文学编年史 [M]. 沈阳：辽海出版社，1998.
[28] 傅璇琮. 唐代诗人丛考 [M]. 北京：中华书局，2003.
[29] 杜荣泉. 唐代燕赵诗人丛说 [M]. 北京：中国社会科学出版社，2009.
[30] 马茂元. 马茂元说唐诗 [M]. 上海：上海古籍出版社，1995.
[31] 王勋成. 唐代铨选与文学 [M]. 北京：中华书局，2001.
[32] 罗宗强. 隋唐五代文学思想史 [M]. 北京：中华书局，1999.
[33] 闻一多. 唐诗杂论诗与批评 [M]. 北京：生活·读书·新知三联书店，1999.
[34] 宇文所安. 初唐诗 [M]. 贾晋华，译. 北京：生活·读书·新知三联书店，2000.
[35] 张少康，刘三富. 中国文学理论批评发展史 [M]. 北京：北京大学出版社，1995.
[36] 刘跃进. 中古文学文献学 [M]. 南京：江苏古籍出版社，1997.
[37] 詹福瑞. 汉魏六朝文学论集 [M]. 保定：河北大学出版社，2001.
[38] 韩成武，张志民. 杜甫诗全译 [M]. 石家庄：河北人民出版社，1997.
[39] 姜剑云. 审美的游离——论唐代怪奇诗派 [M]. 北京：东方出版社，2002.
[40] 袁行霈. 中国诗歌艺术研究 [M]. 北京：北京大学出版社，1987.
[41] 孙昌武. 道教与唐代文学 [M]. 北京：人民文学出版社，2001.
[42] 孙昌武. 中国佛教文化 [M]. 天津：南开大学出版社，2000.

[43] 孙昌武. 佛教与中国文学 [M]. 上海：上海人民出版社，1991.
[44] 金开诚，葛兆光. 古诗文要籍叙录 [M]. 北京：中华书局，2005.
[45] 林大志. 苏颋张说研究 [M]. 济南：齐鲁书社，2007.
[46] 程蔷，董乃斌. 唐帝国的精神文明 [M]. 北京：中国社会科学出版社，1996.
[47] 周啸天. 唐绝句史 [M]. 重庆：重庆出版社，2006.
[48] 林庚. 中国文学简史 [M]. 北京：北京大学出版社，1995.
[49] 李从军. 唐代文学演变史 [M]. 北京：人民出版社，1993.
[50] 傅璇琮，蒋寅. 中国古代文学通论 [M]. 沈阳：辽宁人民出版社，2005.
[51] 郑振铎. 插图本中国文学史 [M]. 北京：人民文学出版社，1957.
[52] 游国恩，等. 中国文学史 [M]. 北京：人民文学出版社，1962.
[53] 聂石樵. 唐代文学史 [M]. 北京：中华书局，2009.
[54] 袁行霈. 中国文学史纲要 [M]. 北京：北京大学出版社，1983.
[55] 郭预衡. 中国古代文学史长编·隋唐五代卷 [M]. 北京：北京师范学院出版社，1993.
[56] 乔象锺，陈铁民. 唐代文学史 [M]. 北京：人民文学出版社，1995.
[57] 袁行霈. 中国文学史 [M]. 北京：高等教育出版社，1999.
[58] 冯沅君，陆侃如. 中国诗史 [M]. 天津：百花文艺出版社，1999.
[59] 沈松勤，胡可先，陶然. 唐诗研究 [M]. 杭州：浙江大学出版社，2006.
[60] 冯秉文. 全唐文篇目分类索引 [M]. 北京：中华书局，2001.
[61] 张相. 诗词曲语辞汇释 [M]. 上海：上海古籍出版社，2009.
[62] 王瑛. 诗词曲语辞例释 [M]. 北京：中华书局，2011.
[63] 钱基博. 中国文学史 [M]. 北京：中华书局，1993.
[64] 于景祥. 唐宋骈文史 [M]. 沈阳：辽宁人民出版社，1991.
[65] 王长华. 河北文学通史 [M]. 北京：科学出版社，2010.

三、今人论文

（一）学位论文

[1] 祝良文. 初唐宫廷诗考论 [D]. 上海：华东师范大学，2005.

[2] 张开. 初唐乐府诗研究 [D]. 北京：首都师范大学，2007.
[3] 赵楠. 唐代的教育和教育诗 [D]. 南京：南京师范大学，2006.
[4] 亢巧霞. 初唐骈散文编年史 [D]. 厦门：厦门大学，2007.
[5] 梁尔涛. 唐代家族与文学研究 [D]. 苏州：苏州大学，2011.
[6] 于志鹏. 宋前咏物诗发展史 [D]. 济南：山东大学，2005.
[7] 高淑平. 中古咏物诗研究 [D]. 长春：东北师范大学，2011.
[8] 郭庆如. 唐代表文研究 [D]. 沈阳：辽宁大学，2018.

(二) 期刊论文

[1] 徐定祥. 论李峤及其诗歌 [J]. 江淮论坛，1992，6：95-102.
[2] 徐定祥. "文章四友"和盛唐边塞诗——兼谈边塞诗的文学渊源 [J]. 安徽大学学报，1988，4：32-37.
[3] 陈冠明.《全唐文》李峤卷考辨厘正 [J]. 古籍整理研究学刊，1994，1、2 期合刊：23-26+20.
[4] 刘伟生. 李峤《楚望赋》并序的理论内涵与价值 [J]. 中国韵文学刊，2011，3：83-87+96.
[5] 魏勇军. 从李峤"杂咏诗"看诗歌功用的拓展 [J]. 湖州师范学院学报，2011，6：37-40.
[6] 程文丰. 从李峤诗看武后时代宫廷诗风的变化 [J]. 九江师专学报，2000，3：81-84.
[7] 段莉萍. 从敦煌残本考李峤《杂咏诗》的版本源流 [J]. 敦煌研究，2004，5：74-78.
[8] 葛晓音. 创作范式的提倡和初盛唐诗的普及——从《李峤百咏》谈起 [J]. 文学遗产，1995，6：30-41.
[9] 葛晓音. 论宫廷文人在初唐诗歌艺术发展中的作用 [J]. 辽宁大学学报：哲学社会科学版，1990，4：69-74+39.
[10] 韩成武，陈菁怡. 杜审言与五律、五排声律的定型——兼述初唐五律、五排声律的定型过程 [J]. 深圳大学学报：人文社会科学版，2003，1：108-113.
[11] 韩成武. 试论七律的定型与成熟 [J]. 河北大学学报：哲学社会科学版，1997，1：41-48.

[12] 韩成武，赵林涛. 坚实的奠基——初唐河北诗人在唐诗发轫期的重要贡献 [J]. 河北大学学报：哲学社会科学版，2006，1：17-24.
[13] 兰翠. 论唐代咏物诗与士人生活风尚 [J]. 齐鲁学刊，2003，1：18-22.
[14] 赵昌平. 从初、盛唐七古的演进看唐诗发展的内在规律 [J]. 中国社会科学，1986，6：121-138.
[15] 胡大浚，兰甲云. 唐代咏物诗发展之轮廓与轨迹 [J]. 烟台大学学报：哲学社会科学版，1995，2：22-28.
[16] 张家壮. “文章四友”诗歌的宫廷情结与革故鼎新 [J]. 福建师范大学学报：哲学社会科学版，2002，4：88-93.
[17] 张家壮. 宫廷之外的自树立——“文章四友”诗歌的个体化倾向 [J]. 中国韵文学刊，2005，1：42-47.
[18] 张家壮. 新诗贯宇宙——“文章四友”近体诗的体制建设与推普之功 [J]. 长江大学学报：社会科学版，2005，3：22-26.
[19] 刘艺. 蒙学视野中的李峤《杂咏诗》[J]. 四川师范大学学报：社会科学版，2002，2：80-86.
[20] 刘艺. 李峤评价中的误区 [J]. 西南民族学院学报：哲学社会科学版，2001，3：117-121.
[21] 刘艺. 李峤《杂咏诗》：普及五律的启蒙教材 [J]. 四川大学学报：哲学社会科学版，2002，1：135-144.
[22] 余恕诚. 初唐诗歌的建设与期待 [J]. 文学遗产，1996，5：42-51.
[23] 唐华全. 赵郡李氏与北齐皇室通婚考论 [J]. 齐鲁学刊，2010，5：52-56.
[24] 王启兴. 初唐三诗人重出诗篇考辨 [J]. 武汉大学学报：哲学社会科学版，1997，1：73-81.
[25] 赵荣蔚. 初唐十家诗文别集提要 [J]. 盐城师范学院学报：人文社会科学版，2007，6：22-27.
[26] 陈瑜，杜晓勤. 从阿史那忠墓志考骆宾王从军西域史实 [J]. 文献，2008，3：29-37.
[27] 张葳. 隋唐赵郡李氏家学家风略论 [J]. 西南大学学报：社会科学版，2009，4：167-173.
[28] 聂永华. 对盛唐的呼唤——再论“文章四友”对唐诗发展的贡献 [J]. 南

都学坛，1995，5：18-24.
[29] 聂永华. 玲玲如振玉　累累若贯珠——论“文章四友”近体诗的历史地位 [J]. 南都学坛，1994，2：22-29.
[30] 郭预衡. 武周治下的文章 [J]. 北京师范大学学报，1987，6：18-26.
[31] 彭庆生. 唐高宗朝诗歌系年考（总章元年至上元元年）[J]. 中国文化研究，2006，3：158-178.
[32] 张佳，刘和平. 唐代诗歌注释学视域中的“本朝人注本朝诗”——以唐人注唐诗为例 [J]. 华中师范大学研究生学报，2011，1：74-77.
[33] 龚祖培. 七律的定型者究竟是谁 [J]. 中州学刊，2009，5：215-219.
[34] 冻国栋. 河北元氏新出数方唐赵郡李氏家族墓志概观 [J]. 魏晋南北朝隋唐史资料，2010，26：146-156.
[35] 梁桂芳. 论初唐宫廷文人山水诗 [J]. 云南师范大学学报：哲学社会科学版，2004，2：91-96.
[36] 陈冠明. 论唐代文学创作的政治环境 [J]. 唐代文学研究，2006：1-12.
[37] 魏祖钦. 论七言古诗在初唐的演变 [J]. 江汉论坛，2007，2：87-90.
[38] 史实. 江淹二赋对初唐文坛的影响 [J]. 东北师大学报，1994，4：72-75＋82.

附　录

一、《文苑英华》载录李峤诗的情况

卷	部	所选篇目	备注
一五一	天部	《日》《月》	
一五二		《秋山望月酬李骑曹》	
		《咏星》	诸本均作《星》
一五三		《雨》《晚秋喜雨》	
一五四		《雪》	
一五六		《咏风》《露》《烟》	《咏风》诸本均作《风》
一五七		《寒食清明日早赴王门率成》	
一五八		《同赋山居七夕》	
一五九	地部	《山》	
一六一		《石》	
一六二		《海》	
一六七	帝德	《皇帝上礼抚事述怀》	
一六八	应制	《奉和天枢成宴夷夏群僚应制》	
一六九		《立春日侍宴内出剪彩花应制》	
		《春日侍宴幸芙蓉园应制》	
		《中宗降诞日长定公主满月侍宴应制》	诸本均作“长宁公主”
		《七言侍宴桃花园咏桃花应制》	诸本无“七言”二字
一七〇		《奉和拜洛》 《奉和登骊山高顶寓目应制》	

续表 1

卷	部	所选篇目	备注
一七一		《和周记室从驾晓发合璧宫》	
		《扈从还洛呈侍从群臣》	诸本作“群官”
一七二		《人日重宴大明宫恩赐彩楼人应制》	
一七三		《奉和七夕两仪殿会宴应制》 《奉和春日游苑喜雨应诏》 《奉和人日清晖阁宴群臣遇雪应制》 《游禁苑幸临渭亭遇雪应制》 《奉和游苑遇雪应制》	
一七四		《奉和幸长安故城未央宫应制》	
一七五		《奉和幸韦嗣立山庄侍宴应制》	
		《上又制七言绝句侍臣皆和》	今作《奉和应制》
一七六		《侍宴安乐公主庄应制》	此诗《搜玉小集》等诸本均作《太平公主山亭应制》
		《侍宴长宁公主东庄应制》	
		《奉和初春幸太平公主南庄应制》	
		《奉和送金城公主适西蕃应制》	
一七七		《奉和幸望春宫送朔方军大总管张亶》	当为“张仁亶”
		《送沙门弘景道俊玄奘还荆州应制》	
一七八		《和九月九日登慈恩寺浮图应制》 《闰九月九日幸总持寺登浮图应制》 《奉和幸三会寺应制》 《奉和幸大荐福寺》《幸白鹿观应制》	
一七九	应令	《奉教追赴九成宫途中口号》	
一九〇	朝省	《和杜侍御太清台宿直旦有怀》	
	乐府	《拟古东飞百劳西飞燕》	诸本均作“伯劳”
二一二	音乐	《琴》	
		《咏笛》	今作《笛》
		《咏钟》	今作《钟》
二一三		《歌》	

续表 2

卷	部	所选篇目	备注
二四一	酬和	《刘侍读见和山邸十篇重申此赠》 《和杜学士江南初霁羁怀》 《和杜五弟晴朝独坐见赠》 《和杜学士旅次淮口阻风》 《和同府李祭酒休沐田居》	
二四九	寄赠	《扈从还洛呈侍从群官》	重出
		《晚景怅然简二三子》	
		《田假限疾不获还庄载想田园兼思亲友赠杜幽素》	重出
二六七	送行	《送光禄刘主簿之洛》	实为五题六首
		《送骆奉礼从军》《饯骆四二首》	
		《送李安邑》	今作《送李邕》
		《又送别李安邑》	今作《又送别》
二九六	行迈	《奉使筑朔方六州城率尔而作》	
二九七		《早发苦竹馆》	
二九九	军旅	《奉和杜员外扈从教阅》 《军师凯旋自邕州顺流舟中》	
三〇〇		《安辑岭表事平罢归》	
三一〇	悲悼	《马武骑挽歌二首》	
		《武三思挽歌》	
		《天官崔侍郎夫人卢氏挽歌》	诸本作“吴氏”
三一一	居处	《夏晚九成宫呈同僚》	
三一五		《王屋山第之侧杂构小亭暇日与奉公同》	
三一七		《田假限疾不获还庄载想田园兼思亲友率成短韵用写长怀赠林幽素》	重出，存题
三二四	花木	《松》《桂》《桐》《槐》	
三二五		《竹》	

续表3

卷	部	所选篇目	备注
三二六		《橘》《桃》《赋得李》《梨》《梅》《瓜》《菱》《咏藤》	《赋得李》作《李》，《咏藤》作《藤》
三二七		《萱草》《萍》《茅》	《萱草》作《萱》
三二八	禽兽	《凤》《鹤》《乌》《鹊》《咏雁》《莺》	《咏雁》作《雁》
三二九		《雉》《凫》《燕》《咏雀》	《咏雀》作《雀》
三四七	服用	《宝剑篇》	
三四八	博戏	《汾阴行》	

二、《文苑英华》载录李峤文的情况

卷	类别	所选篇目	与《全唐文》比较
一二七	赋	《楚望赋》（并序）	
三八一	中书制诰	《授于唯谦给事中制》	
三八三		《授太子舍人刘如玉等右史制》	《全唐文》题目有“崔融”
		《授杨泚通事舍人制》	
三八六		《授豆卢钦望秋官尚书制》	
三八七		《授建昌郡王攸宁冬官尚书制》	《全唐文》为“武攸宁”
三八八		《授唐奉一兵部侍郎制》	
三九二		《授崔玄玮库部员外郎制》	
三九四		《授崔昪等侍御史制》	
三九五		《授冯嘉宝左台监察御史制》	
三九六		《授高平郡王重规司马卿制》	《全唐文》为“武重规”
三九七		《授豆卢钦望太府卿制》	
三九八		《授宋玄爽司膳少卿制》《授张沛司膳少卿制》《授杜景佺司刑少卿制》《授徐有功司刑少卿制》	

续表1

卷	类别	所选篇目	与《全唐文》比较
三九九		《授张昌宗麟台监制》 《授敬晖营缮少监制》 《授王方庆麟台监修国史制》 《授皇甫文佾营缮少监制》	
四〇〇		《授崔融著作郎制》 《授崔挹成均司业制》	
四〇一		《授乌薄利左金吾卫大将军制》	《全唐文》为《授武懿宗武重规左金吾卫大将军制》
		《授河内高平王等大将军制》	
四〇四		《授王方庆左庶子制》	
		《授于复业太子中允制》	
		《授相王男成器太子左赞善大夫制》	《全唐文》"相王男成器"作"寿春郡王成器"
四〇七		《授郑仙客长安县令制》	
四一〇		《授成善威等刺史制》	《全唐文》为《授成善威甘州刺史卜处冲龙州刺史制》
		《授坊州刺史豆卢志静等官制》	
四一四		《授张元福腾州都督府长史制》 《授陈璲凉州都督府长史制》	
四一五		《授杜从则雍州司马制》	
		《授吉义福等鄯州都督府司马制》	
		《授元素履忠州临江县令制》	《全唐文》题目中无"忠州"
		《授李承嘉并州太原县令制》	《全唐文》题目中无"并州"
		《授赵崇嗣南由县令等制》	
		《授高昌首领予蒲类县主簿制》	《全唐文》"高昌首领予"后有"麴元福"
四一六		《封右武威卫将军沙咤忠义郕国公制》 《封乌薄利归义县开国子制》 《封刘瑨彭城县开国男制》 《封沙叱忠义等官爵制》	

续表 2

卷	类别	所选篇目	与《全唐文》比较
四一七	翰林制诰	《授宣城县令储孝任等加阶制》 《授右卫亲府中郎将裴思谅等加阶制》 《授通州刺史于光远等加阶制》	
四四二		《上应天神龙皇帝册文》	
五五四	表	《朝集使等上尊号表》	
五六一		《为百僚贺雪表》	
		《为定王贺雪表》	《全唐文》“定王”作“武攸暨”
		《为纳言姚琦等贺雪表》	
五六二		《百官贺日抱戴庆云见表》	
		《百僚贺戮逆人王慈徵后庆云见表》	《全唐文》题前有“为”，无“戮逆人王慈徵后”
五六三		《为姚琦等贺瑞桃表》 《为百僚贺瑞笋表》	
五六四		《为姚琦等贺瑞石龟表》 《百寮贺瑞石表》 《为纳言姚琦等贺瑞石表》	
五六五		《贺麟迹表》	
五六六		《为姚琦等贺破契丹表》	
五六九		《为杭州崔使君贺加尊号表》 《为雍州父老贺銮驾停洛邑表》 《为何舍人贺于梁王处见御书杂文表》 《为秋官员外郎李敬仁贺圣躬新牙更生表》	
五七一		《代百僚慰七庙追崇先祖表》	
五七二		《为魏王让制政事第二表》	《全唐文》“魏王”作“武承嗣”
		《让知政事表》	
		《为王及善让内史第二表》	
		《为王方庆让凤阁侍郎表》	

续表 3

卷	类别	所选篇目	与《全唐文》比较
五七二		《第二表》	
		《为杨执柔让同凤阁鸾台平章事表》	
		《让同平章事表》	
		《让鸾台侍郎表》	
		《为张令让麟台监封国公表》	
五七六		《为第二舅让江州刺史表》	
		《为临川王嗣宗让陕州刺史表》	《全唐文》“临川王嗣宗”作“武嗣宗”
		《为窦孝谌让润州刺史表》	
五七七		《为李景谌让天官尚书表》	
		《让地官尚书表》	
		《为欧阳通让夏官尚书表》	
		《为杨执柔让夏官尚书表》	
		《为欧阳通让司礼卿第二表》	
		《为司礼武卿让官表》	《全唐文》作《为武重规让司礼卿表》
		《为崔神基让司宾卿表》	
		《为宗楚客让营膳大监表》	
		《为王遗恕让殿中少监表》	
		《为第十舅让殿中监兼仗内闲厩表》	
		《让麟台少监表》	
		《让成均祭酒表》	
		《自内史再让成均祭酒表》	
五七八		《为道士冯道力让官封表》	
		《代公主让起新宅表》	
		《为公主辞人畜官给料表》	
		《为裴驸马让官与父表》	
		《为建昌王辞夺礼表》	《全唐文》“建昌王”作“武攸宁”

续表 4

卷	类别	所选篇目	与《全唐文》比较
五八二		《为左承宗楚客谢知政事表》	
五八八		《谢加授通议大夫表》	
五九〇		《代群官谢恩表》	
五九一		《为魏王武承嗣谢男授官表》	
五九二		《谢撰懿德太子哀策文降敕褒扬表》 《谢撰攀龙台碑蒙赐物表》 《为纳言姚琦等谢敕赐飞白书表》	
五九三		《谢加赐防阁品子课及全禄表》 《为第五舅谢加赐臣防阁品子课及全禄表》	
五九四		《为御史大夫娄师德谢赐杂彩表》	
		《为定王谢赐锦表》	《全唐文》“定王”作“武攸暨”
五九五		《谢端午赐物表》	
五九六		《谢腊日赐腊脂口脂表》	
六〇〇		《百官请不从灵驾表》	
		《在神都留守请车驾还洛表》	《全唐文》无“在神都留守”
六〇一		《为水潦灾异陈情表》	
六〇二		《自叙表》	
六〇三		《为王左相请致仕表》	
六〇四		《谢恩敕许致仕表》	《全唐文》无“恩敕”
六〇五		《皇太子请加相王封邑表》	
		《为太平公主请住山陵转一切经表》	
		《为太平公主辞起新宅表》	重出，存题
		《为魏国北寺西寺请迎寺额表》	
六〇七		《为孤独氏请陪昭陵合葬母表》 《为某官等请预陪告庙献捷表》 《为汴州司马唐授衣请预斋会表》	
六一〇		《朝集使绛州刺史为孔祯等进大酺诗表》 《为凤阁侍郎王方庆进书法表》 《为凤阁侍郎王方庆进南齐临轩图表》	

续表 5

卷	类别	所选篇目	与《全唐文》比较
六一二		《为杭州刺史崔元将献绿毛龟表》	
		《为司农卿宗晋卿进赤鴹山鹊表》	
		《为凤阁李侍郎进瑞牛一头额上有“万”字蒙赐马一匹表》	《全唐文》作《为凤阁李侍郎进瑞牛字蒙赐马表》
		《为凤阁侍郎李元素进冬椹表》	
六一三		《为绛州刺史孔祯等上献食表》	
		《为纳言姚玮等上礼食表》	
		《为定王上礼食表》	《全唐文》“定王”作“武攸暨”
		《为魏王梁王贺贼帅李尽臧死及新殿成上食表》	《全唐文》作《为武承嗣等平贼从新殿成上食表》
六一八		《为百僚请加王慈徵等罪罚表》	
		《百僚贺恩制逆人亲属不为累表》	《全唐文》题目无“逆人亲属不为累”
六二八	状	《谢礼让状》	
六五六	启	《上高长史述和诗启》	
六七二	书	《上雍州高长史书》	
六七三		《与雍州崔录事司马录事书》 《与夏县崔少府书》 《上巡察覆囚使张明府书》	
六九五	疏	《与夏县崔少府书》	重出
六九七		《论巡察风俗疏》	
七三六	序	《神龙历序》	
八三九	谥哀册文	《唐懿德太子哀册文》	
八四四	碑	《大周降禅碑》	
八五四		《洛州昭觉寺什迦牟尼佛金铜瑞像碑》	
八五五		《宜州大云寺碑》	
八七五		《攀龙台碑》	

三、《唐音统签》录李峤诗情况①

卷	体裁	所选篇目	备注
四十六	五言古诗	《奉教追赴九成宫途中口号》 《扈从还洛呈侍从群官》 《安辑岭表事平罢归》 《奉使筑朔方六州城率尔而作》 《早发苦竹馆》《咏云》 《和同府李祭酒休沐田居》	《全唐诗》《咏云》作《云》
	七言古诗	《拟古东飞伯劳西飞燕》《宝剑篇》《汾阴行》	
四十七	五言律诗	《中宗降诞日长宁公主满月侍宴应制》 《甘露殿侍宴应制》《奉和春日游苑喜雨应制》 《立春日侍宴内殿出剪彩花应制》 《春日侍宴幸芙蓉园应制》 《奉和人日清辉阁宴群臣遇雪应制》 《奉和七夕两仪殿会宴应制》 《奉和骊山高顶寓目应制》 《九日幸临渭亭登高应制》 《游禁苑幸临渭亭遇雪应制》 《侍宴长宁公主东庄应制》 《奉和九月九日登慈恩寺浮图应制》 《闰九月九日幸总持寺登浮图应制》 《幸白鹿观应制》《奉和送金城公主适西蕃应制》 《送沙门弘景道俊玄奘还荆州应制》 《寒食清明日早赴王门率成》 《和周记室从驾晓发合璧宫》 《和杜侍御太清台宿直旦有怀》 《和杜学士江南初霁羁怀》 《和杜五弟晴朝独坐见赠》 《同赋山居七夕》《送李邕》《送别》 《晚景怅然简二三子》《送崔主簿赴沧州》 《饯骆四二首》《马武骑挽歌》《武三思挽歌》 《天官崔侍郎夫人卢氏挽歌》	《送沙门弘景道俊玄奘还荆州应制》题下注“一作宋之问诗”

① 《唐音统签》，第186—209页。

续表

卷	体裁	所选篇目	备注
四十八		《日》《月》《星》《风》《云》《烟》《露》《雾》《雨》《雪》《山》《石》《原》《野》《田》《道》《海》《江》《河》《洛》《城》《门》《市》《井》《宅》《池》《楼》《桥》《经》《史》《诗》《赋》《书》《檄》《纸》《笔》《砚》《墨》《刀》《剑》《箭》《弹》《弩》《旗》《旌》《笙》《歌》《舞》	选诗未细分小类，也没有完全按诸本的分类及顺序。《原》《河》《檄》等缺字句
四十九		《珠》《玉》《金》《银》《钱》《戈》《鼓》《弓》《琴》《瑟》《琵琶》《筝》《钟》《箫》《笛》《锦》《罗》《绫》《素》《布》《舟》《车》《床》《席》《帷》《帘》《屏》《被》《鉴》《扇》《烛》《酒》《兰》《菊》《竹》《藤》《萱》《茅》《萍》《菱》《瓜》《荷》《松》《桂》《槐》《柳》《桐》《桃》《李》《梨》《梅》《橘》《凤》《鹤》《乌》《鹊》《雁》《凫》《莺》《雉》《燕》《雀》《龙》《麟》《象》《马》《牛》《豹》《熊》《鹿》《羊》《兔》	《钟》题下注“一作宋之问诗”
五十	五言排律	《奉和拜洛应制》《奉和天枢成宴夷夏群僚应制》 《奉和幸长安故城未央宫应制》 《奉和幸三会寺应制》《奉和幸大荐福寺应制》 《奉和幸望春宫送朔方总管张仁亶》 《奉和幸韦嗣立山庄侍宴应制》《皇帝上礼抚事述怀》 《晚秋喜雨（并序）》 《夏晚九成宫呈同僚》《奉和杜员外扈从教阅》 《王屋山第之侧杂构小亭暇日与奉公同游》 《军师凯旋自邕州顺流舟中》《倡妇行》 《田假限疾不获还庄载想田园兼思亲友赠杜幽素》 《刘侍读见和山邸十篇重申此赠》 《和杜学士旅次淮口阻风》《秋山望月酬李骑曹》 《饯薛大夫护边》《送光禄刘主簿之洛》《送骆奉礼从军》	
	七言律诗	《人日重宴大明宫恩赐彩楼人应制》 《奉和初春幸太平公主南庄应制》 《太平公主山亭侍宴应制》	
	五言绝句	《咏风》 《中秋月二首》	《咏风》今作《风》
	七言绝句	《奉和圣制幸韦嗣立山庄应制》 《陪游苑遇雪应制》《上清辉阁遇雪》 《送司马先生》	

后　记

这本书稿是我的博士毕业论文，犹记得彼时选择李峤这个出身于唐代赵郡李氏家族、活跃于武则天时期的御用文臣及其诗文作为研究对象，最初纯粹是因为其留存的作品数量相当可观，存在一定的研究空间。然而在选定题目之后一年多的大量的文献检索、阅读以及对一些问题的深入思考与探究的过程中，不经意间，我却倾注了太多心血与热情，以至于多年以后的今天，当书稿终于得以付梓之际，颇多的感慨萦绕于心间，竟使我有不知从何处说起的惶然。

为了追逐梦想，十余年前，已逾不惑之年的我毫不犹豫地选择了与青灯黄卷为伴的生活，从考博、读博到毕业，再到河北工程大学，一路走来，师长亲朋所给予我的关爱、激励与帮助，让这条原本或许应该是崎岖坎坷的路变得多姿多彩，变得温暖而令我眷恋！

于是，我常常会情不自禁地感慨，我其实是非常幸运的，于是，我会于不经意间回忆起那些似水流年，而许许多多温暖身心的细节，更是成为被我珍视的宝贵财富深深埋藏在记忆深处。

感谢我的导师姜剑云先生，感谢韩成武、詹福瑞、任文京、时永乐诸位先生，他们严谨的治学态度成为我的榜样，真诚不倦的教诲如春风化雨，润物无声，使我面对困难与挫折之时有了足够的勇气与力量。感谢我的亲密好友孙欣欣、王明好，我们彼此间曾经相濡以沫似的情感是我人生旅程中不可或缺的记忆。因为你们，我的求学之路、治学时光更加精彩；因为你们，我的世界总是春暖花开！

寥寥几行文字，真的无法承载那浓浓的情谊与美好的回忆，很惭愧，我十分有限的语言表达能力辜负了师长、挚友、亲人所给予我的厚重的情意，然而，这些终将会被珍藏，成为我继续前行的动力。

感谢姜剑云先生为我的书稿撰写序言！

感谢韩成武先生为我题写书名！

吴萱

2021年8月于河北工程大学

本书为作者2018年承担的河北省社会科学基金项目“李峤研究——兼论赵州李氏家族传承及影响”成果，项目编号：HB18WX013。